यू.आर. अनन्तमूर्ति

जन्म : 21 दिसम्बर, 1932 ई. में मिलिगे नामक गाँव, जिला शिमोगा (कर्नाटक)।

शिक्षा : मैसूर विश्वविद्यालय से अंग्रेजी साहित्य में एम.ए. और बर्मिंघम विश्वविद्यालय (इंग्लैंड) से पी-एच.डी.।

कन्नड़ के प्रख्यात उपन्यासकार और कथा-लेखक। यदा-कदा कविताओं की भी रचना।

सन् 1975 में आयोवा विश्वविद्यालय, 1978 में तुफ्त्स विश्वविद्यालय (अमेरिका) में विज़िटिंग प्रोफेसर और 1985 में आयोवा विश्वविद्यालय द्वारा आयोजित अन्तर्राष्ट्रीय लेखक सम्मेलन में हिस्सेदारी। सन् 1987 से 1991 तक महात्मा गांधी विश्वविद्यालय, कोट्टायम के उप-कुलपति और सन् 1980-1992 के बीच मैसूर विश्वविद्यालय में अंग्रेजी के प्रोफेसर-पद पर कार्य। नेशनल बुक ट्रस्ट, नई दिल्ली के चेयरमैन और साहित्य अकादेमी के अध्यक्ष-पद पर भी कार्यरत रहे।

भारतीय ज्ञानपीठ सहित साहित्य, संस्कृति और फिल्म क्षेत्र के अनेक प्रतिष्ठित पुरस्कारों से सम्मानित। देश-विदेश में आयोजित अनेक साहित्य-सम्मेलनों में व्याख्यान और अनेक संस्थाओं की मानद सदस्यता। *अवस्था, संस्कार* आदि उपन्यासों पर फिल्मों का निर्माण। अंग्रेजी, रूसी, फ्रेंच, हंगेरियन, हिन्दी, बांग्ला, मलयालम, मराठी, गुजराती आदि भाषाओं में रचनाओं का अनुवाद।

हिन्दी में अनूदित कृतियाँ : *संस्कार, अवस्था, भारतीपुर* (उपन्यास); *घटश्राद्ध, आकाश और बिल्ली* (कहानी संग्रह); *किस प्रकार की है यह भारतीयता* (निबन्ध)।

निधन : 22 अगस्त, 2014

संस्कार

यू.आर. अनन्तमूर्ति

अनुवादक
चन्द्रकान्त कुसनूर

राधाकृष्ण पेपरबैक्स

पहला पुस्तकालय संस्करण
राधाकृष्ण प्रकाशन प्राइवेट लिमिटेड द्वारा
1977 में प्रकाशित

राधाकृष्ण पेपरबैक्स में
पहला संस्करण : 2001
दसवाँ संस्करण : 2025

राधाकृष्ण पेपरबैक्स : उत्कृष्ट साहित्य के जनसुलभ संस्करण

राधाकृष्ण प्रकाशन प्राइवेट लिमिटेड
जी-17, जगतपुरी, दिल्ली-110 051
द्वारा प्रकाशित

शाखाएँ : अशोक राजपथ, साइंस कॉलेज के सामने, पटना-800 006
पहली मंजिल, दरबारी बिल्डिंग, महात्मा गांधी मार्ग, प्रयागराज-211 001
1, अनमोल सोराबजी सन्तुक लेन, धोबी तलाव, मरीन लाइंस, मुम्बई-400 002
वेबसाइट : www.radhakrishnaprakashan.com
ई-मेल : info@radhakrishnaprakashan.com

बी.के. ऑफसेट
नवीन शाहदरा, दिल्ली-110 032
द्वारा मुद्रित

मूल्य : ₹250

SANSKAR
Novel by U.R. Ananthmurthy

ISBN : 978-81-8361-622-5

प्रकाशकीय

1965 में जब यह उपन्यास कन्नड़ में प्रकाशित हुआ तो एक युगान्तरकारी उपन्यास के रूप में पाठकों और समीक्षकों ने इसका स्वागत किया। यथार्थ ब्यौरों से भरी हुई यह एक प्रतीकात्मक कथा है–दक्षिण भारत के एक ब्राह्मण-ग्राम के ह्रास की। इसे एक धार्मिक उपन्यास कहकर भी पुकारा गया है जबकि इसके अनेक प्रमुख पात्र धर्म और उनकी परम्पराओं से जाने-बूझे विद्रोह करते हैं, या उनसे कभी परिचित ही नहीं हुए। इसके नायक ब्राह्मण-श्रेष्ठ प्राणेशाचार्य हैं, या ब्राह्मणवादी रूढ़ियों का आजन्म विद्रोही नारणप्पा, जिसकी मृत्यु से उपन्यास का आरम्भ होता है?–इसका निर्णय करना आज भी सुसंस्कृत पाठकों को दुरूह जान पड़ेगा।

1970 में जब इस उपन्यास की फिल्म बनाई गई थी, तो उसकी नायिका थीं स्नेहलता रेड्डी, जिन्हें इमर्जेंसी के दिनों में उन पर किए गए अत्याचारों के परिणामस्वरूप प्राण गँवाने पड़े। यह हिन्दी-संस्करण उन्हीं की पुण्य-स्मृति को समर्पित है।

पहला भाग

1

भागीरथी की सूखी-सिकुड़ी देह को नहलाकर उन्होंने उसे कपड़े पहना दिए। फिर हमेशा की दिनचर्या की तरह पूजा-नैवेद्यादि सम्पन्न करके देवता के प्रसाद का फूल उसके बालों में लगाया, चरणामृत पिलाया। भागीरथी ने उनके चरण स्पर्श किए और उनसे आशीर्वाद पाया। फिर प्राणेशाचार्य रसोई से एक कटोरी-भर दलिया ले आए।

"पहले आप भोजन कर लीजिए न," भागीरथी ने क्षीण स्वर में कहा।

"नहीं, पहले तुम यह खत्म कर लो।"

बीस वर्षों से लगातार एक ढर्रे में बँधा कार्यकलाप। सुबह का स्नान, संध्यावन्दन, रसोई, पत्नी की दवाई, फिर नदी के उस पार जाकर मन्दिर में हनुमानजी की पूजा—ऐसी बँधी दिनचर्या थी, जिसमें कभी कोई चूक न होती थी।

प्रतिदिन पुराणों की पुण्यकथाओं के अगले अंश को सुनने के लिए, भोजन के पश्चात् एक-एक कर अग्रहार[1] के ब्राह्मण घर के चबूतरे पर जमा होते। शाम को फिर स्नान, संध्यावन्दन, पत्नी के लिए मांड, दवा, रसोई, खाना और फिर चबूतरे पर बैठकर ब्राह्मणों के सामने प्रवचन।

कभी-कभी भागीरथी कहती, "मुझसे बँधकर आपको क्या सुख मिला है? घर में सन्तान तो होनी ही चाहिए न? आप एक शादी और कर लीजिए।"

"मुझ जैसे बूढ़े की शादी?" कहकर प्राणेशाचार्य हँस देते।

"अभी चालीस भी तो पार नहीं किया है। कहाँ से बूढ़े हो गए हो? काशी जाकर संस्कृत का अध्ययन कर आए हैं आप। ऐसे में कौन पिता

1. वह ग्राम या ग्राम का वह भाग जो केवल ब्राह्मणों के निवास के लिए सुरक्षित रहता है।

आपको अपनी बेटी नहीं देना चाहेगा? घर में एक पुत्र होना ही चाहिए! जब से आपने मेरा हाथ थामा है, सुख कहाँ मिला है आपको...?''

प्राणेशाचार्य मुस्करा देते। उठकर बैठने की कोशिश करती हुई पत्नी को लेट जाने के लिए कहते। क्या भगवान कृष्ण ने कहा नहीं है कि 'फल की इच्छा न रखते हुए कर्म करो!' मुक्ति-मार्ग के पथिक को ब्राह्मण का जन्म देकर भगवान ने उसकी परीक्षा के लिए ही शायद संसार-चक्र में उन्हें बाँध दिया है। वे अपने भाग्य को पंचामृत की भाँति पवित्र मानते। अपनी रुग्णा पत्नी के लिए उनका मन करुणा से भर-भर आता। अपने भाग्य पर वह मानो इतराते और सोचते कि जीवन-भर की रोगिणी से विवाह बन्धन में बँधकर मेरा जीवन सफल होगा और उसमें परिपक्वता आएगी।

भोजन से पहले केले के पत्ते पर गौ-ग्रास लेकर पिछवाड़े चरनेवाली गौरी नाम की गाय के सामने रखा और गाय के रोमांचित शरीर पर हाथ फेरकर आँखों से लगाते हुए भीतर आ ही रहे थे कि किसी स्त्री की आवाज सुनाई दी, ''आचार्यजी, आचार्यजी!'' सुनते ही पहचान गए कि यह नारणप्पा की रखैल चन्द्री की आवाज है। उससे बात करने पर फिर से स्नान करना पड़ेगा और फिर भोजन हो सकेगा, किन्तु आँगन में ही किसी स्त्री को रुकने को कहकर क्या उनके गले से निवाला नीचे उतर सकेगा?

वे चबूतरे पर आए। चन्द्री ने तुरन्त सिर पर आँचल कर लिया। उसके चेहरे का रंग उड़ा हुआ था और वह भयग्रस्त खड़ी थी।

''क्या बात है? किसलिए आई हो?''

''वह...वह...।''

चन्द्री काँप रही थी। उसके मुँह में बात अटक रही थी। वह खम्भे से टेक लेकर खड़ी रही।

''कौन? नारणप्पा? क्या हुआ?''

''वे चल बसे!''

चन्द्री ने हाथों से अपना चेहरा ढाँप लिया।

''नारायण! नारायण!...कब?''

''अभी-अभी।''

''नारायण! हुआ क्या था उसे?''

सिसकियाँ भरते हुए चन्द्री बोली, ''शिवमोग्गा से आए थे तो ज्वर था। खाट पर सो गए।...बस चार दिन ज्वर रहा। पसली के पास गाँठ निकल आई

थी। फोड़ा जिस तरह फूल जाता है न, वैसे।''

''नारायण!''

वही कपड़े पहने प्राणेशाचार्य भागते हुए गरुड़ाचार्य के घर गए। ''गरुड़ा, गरुड़ा!'' पुकारते हुए उसके रसोईघर में ही घुस गए। नारणप्पा और गरुड़ाचार्य में पाँच पीढ़ी का सम्बन्ध था। नारणप्पा की नानी की नानी और गरुड़ाचार्य की नानी की नानी दोनों बहनें थीं। अभी मुँह में कौर रखने ही वाले थे गरुड़ाचार्यजी कि...।

''नारायण! गरुड़ा, खाना मत खाओ। नारणप्पा गुजर गया है,'' कहते हुए प्राणेशाचार्य ने दोपहर की गर्मी के कारण पसीने से तर अपने चेहरे को पोंछा। गरुड़ाचार्य सन्न रह गया। उसके और नारणप्पा के बीच के सभी सम्बन्ध कभी के टूट चुके थे, फिर भी वह कौर पत्तल में ही छोड़कर उठ खड़ा हुआ। सामने खड़ी पत्नी सीतादेवी से वह बोला, ''बच्चों को खाने के लिए दे दो, कुछ हर्ज नहीं है। दाह-संस्कार होने तक हम लोग कुछ खा नहीं सकते।''

वह प्राणेशाचार्य के साथ बाहर आ गया। समाचार मिलने से पहले ही कहीं पास-पड़ोस के लोग भोजन न कर लें इस शंका से प्राणेशाचार्य ने बड़ी तेजी से जाकर उडुपी लक्ष्मणाचार्यजी के घर खबर दी। गरुड़ाचार्य ने अधपगली लक्ष्मीदेवम्मा और गली में काफी बढ़कर दुर्गाभट्ट के घर में जाकर सूचना दे दी। खबर आग की तरह अग्रहार के शेष दस घरों में फैल गई।

बच्चों को भीतर बिठाकर घरों के किवाड़ बन्द कर दिए गए। भगवान की कृपा से अभी किसी ब्राह्मण ने भोजन नहीं किया था। नारणप्पा की मृत्यु की खबर सुनकर औरतों, बच्चों से लेकर अग्रहार के किसी भी व्यक्ति को कोई दुख नहीं हुआ था, फिर भी उनमें एक अव्यक्त, अपरिचित भय और चिन्ता पैदा हो गई थी। जिन्दा था तो शत्रु था ही, मरने पर अन्न खाने में बाधा बना; जीवनहीन शव के रूप में एक समस्या और प्रश्न के समान प्रस्तुत हो गया! सभी ब्राह्मण प्राणेशाचार्यजी के घर के सामने आ खड़े हुए।

आचार्य के चबूतरे पर जमा होनेवाले प्रत्येक पुरुष के कान में उसकी पत्नी ने फुसफुसाकर कहा, ''जब तक स्वयं प्राणेशाचार्य कोई निर्णय नहीं लें, तब तक आप स्वयं ही शव-संस्कार के लिए तैयार नहीं हो जाना। कल इसे गलत कहकर कहीं गुरुजी ने बहिष्कृत कर दिया तो क्या होगा?''

प्राणेशाचार्य से पुराण-कथा सुनने के लिए जिस तरह रोज जमा होकर

बैठते थे, उसी तरह ब्राह्मण आ बैठे थे। किन्तु उनके मन में कुछ शंकाएँ भी उठ रही थीं। तभी, तुलसी की माला गले में पहने हुए जैसे प्राणेशाचार्य ने अपने-आप से प्रश्न किया हो–"पहला प्रश्न तो यह है कि नारणप्पा का शव-संस्कार होना चाहिए। उसकी कोई सन्तान नहीं है। किसी अन्य को उसका संस्कार करना चाहिए, यह दूसरा प्रश्न है।"

ब्राह्मण लोग क्या उत्तर देते हैं, यह जानने को उत्सुक, प्रतीक्षा करती हुई, आँगन में खम्भे से पीठ लगाकर चन्द्री खड़ी थी। अपनी उत्सुकता पर काबू न पा सकने के कारण ब्राह्मणों की पत्नियाँ भी पिछवाड़े से आकर प्राणेशाचार्य के घर के बीच के कमरे में जमा होकर सब बातें सुन रही थीं। उन्हें डर था कि कहीं उनके मर्द किसी उतावली में इसका बीड़ा न उठा लें!

गरुड़ाचार्य ने आचार्य की बातें सुनते हुए अपने खूब पुष्ट और काले बाजुओं पर हाथ फेरते हुए हमेशा की तरह कहा, "हाँ जी, हाँ जी...हाँ-हाँ जी!"

"शव-संस्कार होने तक कोई भोजन भी तो नहीं कर सकता न," उन ब्राह्मणों में ही बलराम की गाय की भाँति दुबले शरीर के दासाचार्य ने कहा।

"ठीक है–बिलकुल ठीक है..." लक्ष्मणाचार्य ने अपनी तोंद पर हाथ फेरते और पहले चेहरे को आगे, फिर पीछे की ओर ले जाते हुए पलकें झपकाकर कहा। ज्वर के कारण उसके शरीर का एकमात्र तगड़ा अंग था, उसका फूला हुआ पेट। पिचके हुए गाल, पीली आँखें, हड्डियों से उभरी छाती और टेढ़ी टाँगों के कारण उसके शरीर का सन्तुलन बिगड़ चुका था और उसका शरीर आगे की ओर झुका रहता था। इसीलिए पारिजातपुर के लोग चिढ़ाने की नीयत से उसे 'दुम्बा' कहते थे।

यह देखकर कि कोई स्पष्ट उत्तर दे नहीं रहा है, प्राणेशाचार्य ने कहा, "अब हमारे सामने समस्या यह है कि कौन इसका दाह-संस्कार करे? कोई रिश्तेदार न हो तो और कोई ब्राह्मण यह कार्य कर सकता है–ऐसी बात धर्मशास्त्र में है।"

'रिश्तेदार' कहते ही शेष ब्राह्मणों ने गरुड़ाचार्य और लक्ष्मणाचार्य की तरफ देखा।

वह जैसे उससे सम्बन्धित ही न हो, ऐसा जताने के लिए लक्ष्मणाचार्य ने आँखें बन्द कर लीं। लेकिन कई कचहरी-मुकदमा करनेवाले गरुड़ाचार्य ने सोचा कि इस समय उसका बोलना बेहद जरूरी है। सो उसने थोड़ी-सी सुँघनी

सूँघी और खँखारकर बोला, "धर्मशास्त्र जैसा कहे उसी के अनुसार हमें चलना ठीक होगा। हम लोगों में महापंडित कहलाने योग्य आप ही हैं, आपकी बातें हमारे लिए वेदवाक्य हैं। आपकी जो आज्ञा होगी वही ठीक होगी। यह सच है कि मेरे और उसके बीच पीढ़ियों से सम्बन्ध रहे हैं। लेकिन जैसा कि आप जानते हैं, मेरे और उसके पिता के बीच कई झगड़े-मुकदमे हो चुके हैं। खेत को लेकर, अनबन हुई थी। उसके पिता के देहान्त के बाद मैंने धर्मपीठ से न्याय प्राप्त करने के लिए गुरुजी से प्रार्थना की। वहाँ से मेरे हक में निर्णय होने के बाद भी इसी नारणप्पा ने देवाज्ञा का तिरस्कार किया था, सो तो क्या...कहा था कि अब उसके बाद पीढ़ी-दर-पीढ़ी न तो आपस में बातचीत होगी, न शादी-ब्याह होंगे। न खान-पान होगा और न और कुछ...शपथ लेकर...सो तो क्या...।"

गरुड़ाचार्य का सानुनासिक प्रवाह रुक गया। फिर एक बार सुँघनी चढ़ाकर, ताजादम होकर उसने साहस से चारों तरफ देखा, फिर चन्द्री की ओर ताककर, निडर होकर बोला, "आपकी बात गुरुजी मान लेंगे। सो तो क्या...अभी इस प्रश्न को छोड़ दें कि मुझे संस्कार करना चाहिए या नहीं...। पहला सवाल तो यह है कि यह ब्राह्मण है भी या नहीं? क्या कहते हैं...शूद्रा से निरन्तर सहवास किया था इसने...।"

इन माध्वों के आचार-व्यवहार कितने शुद्ध हैं, यह देखने के लिए उपस्थित अग्रहार के एकमात्र स्मार्त[1] दुर्गाभट्ट ने चन्द्री की ओर कनखियों से देखा और कहा, "छीः छीः छीः, उतावले मत होइए, आचार्यजी! शूद्रा को रखैल बनाकर रखने से ही ब्राह्मणत्व नष्ट नहीं होता। उत्तर से इस ओर आए हुए हमारे पूर्वज...। चाहें तो आप प्राणेशाचार्यजी से ही पूछ लीजिए...। द्रविड़ स्त्रियों के साथ सहवास हुआ है उनका...ऐसा इतिहास बताता है। मैं हँसी-ठट्ठे में ऐसा नहीं कह रहा हूँ। इसी तरह देखते जाएँ तो दक्षिण कन्नड़ होकर आनेवाले प्रायः सब लोग बसरूर[2] के वेश्यालयों के...।"

गरुड़ाचार्य यह सोचकर विचलित हो गए कि यह स्मार्त माध्वों की हँसी उड़ा रहा है। "बात न बढ़ाइए, दुर्गाभट्टजी! यहाँ प्रश्न केवल काम-सम्बन्ध का ही नहीं है। काशी जाकर अनुलोम-विलोम के बारे में वेदान्त पढ़कर आए

---

1. ब्राह्मणों की एक उप-शाखा जो प्राचीन काल से माध्वों के विरुद्ध रही है।
2. कर्नाटक का एक प्रमुख नगर।

हुए वेदान्त-शिरोमणि प्राणेशाचार्यजी को आपसे कुछ सीखने की आवश्यकता नहीं है। ये आपकी और मेरी जाति के दिग्गज पंडितों के साथ तर्क-चर्चा कर चुके हैं; इन्होंने दक्षिण की सभी पीठों से प्रशस्ति पाई है, इन्हें जरी के पन्द्रह दुशाले और चाँदी के थाल उपहार में मिल चुके हैं, सो तो क्या...अपने प्राणेशाचार्यजी को...सो तो क्यों...।''

बात मुख्य प्रश्न से दूर हटकर उनकी प्रशंसा पर उतर आई थी। वे असमंजस में पड़ गए। बोले, ''क्या कहना चाहते हो, लक्ष्मण? तुम्हारी पत्नी की बहन नारणप्पा से ही ब्याही गई थी या नहीं?''

लक्ष्मणाचार्य ने आँखें मूँद लीं।

''जैसी आपकी आज्ञा हो, आपकी अनुमति चाहिए। हम क्या जानें धर्म की सूक्ष्म बातें? जैसा कि गरुड़ ने कहा, नारणप्पा ने एक निचली जाति की स्त्री से सम्पर्क...।'' अपनी बात उसने बीच में ही रोक ली। फिर अपनी आँखें खोलकर और अंग-वस्त्र से अपनी नाक साफ करते हुए वह बोला, ''जैसा कि आप जानते ही हैं, वह उसके हाथ की बनाई हुई रसोई तक खाता था।''

''शराब भी तो पीता था वह,'' नारणप्पा के घर के सामने के घर में रहनेवाले पद्मनाभाचार्य ने और जोड़ दिया।

''शराब ही नहीं, मांस भी खाता था जी,'' दुर्गाभट्ट की ओर मुड़ते हुए गरुड़ाचार्य ने कहा, ''आप लोगों को शायद इस बात में भी कोई विशेष संकोच नहीं होगा। पूर्ण अनुभव प्राप्त करने की लालसा से आपके मत-प्रवर्त्तक महाचार्य शंकर ने एक मृत राजा की काया में प्रवेश कर उसकी रानी के साथ आनन्द लूटा था—या कि नहीं।''

बात अपनी सीमा लाँघ रही थी, प्राणेशाचार्य ने कहा, ''गरुड़ा, चुप रहो तुम।''

''जिसके गले में मंगल-सूत्र बाँधा, उसे त्याग दिया। खैर जाने दो, कहेंगे तो...,'' आँखें मूँद करके लक्ष्मणाचार्य ने फिर बोलना शुरू किया, ''किसी दूसरी स्त्री से जा फँसा...मेरी साली पागल होकर मर गई और इसने उसका दाह-संस्कार भी नहीं किया। खैर, यह भी जाने दीजिए, कहेंगे...तो...अपने माँ-बाप का श्राद्ध भी नहीं किया इसने। इसे निकट सम्बन्धी मानकर मैं कोई बात छिपाए नहीं रखना चाहता। मेरी पत्नी के मामा का बेटा था वह। जहाँ तक हो सका, अपना समझकर हम उसके किए-धरे पर परदा डालते रहे।

चलो भाई, यह भी छोड़ दें। और उसने क्या नहीं किया? सबके सामने नदी पर आकर परम्परा से पूजे जानेवाले शालिग्राम को पानी में फेंककर थूक दिया। खैर, इसे भी जाने दीजिए। कहें तो...हम लोगों की आँखों के सामने मुसलमानों को घर में बुलाकर अपेय पान और अभक्ष्य भोजन करना चाहिए क्या? 'भाई-भाई' कहते हुए कभी हित की बात कहने के लिए हम उसके पास जाते तो वह गन्दी गालियाँ बकता था। वह जब तक जीवित रहा, हम लोग उससे भयभीत ही रहे।''

अपने पति की इतनी समझदारी की बातें सुनकर भीतर खड़ी अनसूया को गर्व हुआ। खम्भे से पीठ टिकाकर बैठी चन्द्री को देखते हुए वह जी खोलकर मन-ही-मन कोसने लगी–'इसे आधी रात के वक्त बाघ खा जाएँ, साँप काट लें। यह राँड, दूसरों को फँसाती यह रंडी, अगर उस पर जादू न करती तो मेरे मामा का यह बेटा अपनी बीवी को रोगी कहकर न त्याग देता, सारी जायदाद बेचकर इस डाइन के गले में विरासत में पाया सारा सोना-गहना न डाल देता।' चन्द्री के गले में पड़ी चार लड़ी की माला और हाथ में पहने कंगनों को देखकर वह रोने लगी। यदि उसकी बहन जिन्दा होती तो यह सब उसके गले और कलाइयों में होता। तब क्या अपने इतने नजदीकी रिश्तेदार की देह इस तरह बिना संस्कार के पड़ी रहती? यह सब कुछ इसी अभागी राँड के कारण ही तो हुआ। ''इसके मुँह में आग लगे,'' कहते हुए, जल-भुनकर, वह उफक-उफककर रोने लगी।

''उसे अपना जीवन ब्राह्मण कर्म के अनुसार चलाना चाहिए था,'' भोजन के लिए दस मील तक पैदल पहुँचनेवाले और बरसियों पर ही खान-पान जुटानेवाले दासाचार्य ने अपनी शंका प्रकट की, ''जैसा कि आप जानते ही हैं, हमने उसे अग्रहार में रहने दिया, इसलिए सन्तर्पण हो या ब्राह्मणों द्वारा सम्पन्न किए जानेवाले किसी भी अन्य अवसर पर दो वर्ष से हमें कहीं से कोई निमन्त्रण नहीं मिला। अब अगर हम बिना सोचे-समझे या जल्दी में इसका दाह-संस्कार करना तय कर लें तो बस, हम ब्राह्मणों को कभी कोई भोजन-श्राद्ध पर नहीं बुलाएगा, यह निश्चित है। लेकिन शव को इसी तरह पड़े रहने देकर हम उपवास पर तो नहीं रह सकते। इस दुर्धर्ष दुविधा में प्राणेशाचार्यजी ही हमें धर्म-निर्देश दें। हमारी जाति में उनकी बात कौन काट सकता है?''

जैसे यह प्रश्न उनसे सम्बन्धित ही नहीं हो, सो जान-बूझकर उदासीन

बने दुर्गाभट्टजी चन्द्री की ओर अब कभी कनखियों से और कभी सीधे देखते हुए बैठे थे। कुन्दापुर से प्यार में लाई गई नारणप्पा की यह आत्मीया आमतौर पर घर से बाहर नहीं निकलती थी। आज पहली बार अपने पूरे साकार रूप में उनकी नजरों के सामने खड़ी थी, बिलकुल वात्स्यायन द्वारा चर्चित चित्रिणी जैसी। लम्बी-लम्बी उँगलियाँ, उन्नत उरोज। दुर्गाभट्ट ने सोचा–'सम्भोग में तो यह पुरुष को चूस ही जाती होगी। चंचल आँखें अब दुख और भय से कुम्हला-सी गई हैं।' उन्हें अपने सोने के कमरे में लगे रवि वर्मा द्वारा बनाए एक चित्र की याद हो आई। झीने आँचल में से उभरे कुच-युगल, संकोच और लज्जा से छुई-मुई बनी उस मत्स्यगन्धा की-सी नाक, आँखें, होंठ! इसी के लिए ही तो नारणप्पा ने शालिग्राम को नदी में फेंक दिया था। मांस-मद्याहार भी किया तो इसमें आश्चर्य की कोई बात नहीं। उसमें साहस था। यवन-कन्या से शादी करके कविराज जगन्नाथ ने अपने 'शृंगार-शतक' में उस म्लेच्छ कन्या के उरोजों का कैसा वर्णन किया है–आज उसकी याद आई। यदि प्राणेशाचार्य यहाँ नहीं होते और नारणप्पा का शव यहाँ नहीं पड़ा होता तो वे इन अरसिक ब्राह्मणों के सामने उस श्लोक को सुनाकर उसकी पूरी व्याख्या कर देते–'कामानुराणां'...अर्थात् नारणप्पा की तरह रहनेवाले लोगों को...'न भय न लज्जा!'

फिर यह देखकर कि सभा एकदम चुप है, दुर्गाभट्ट ने कहा, "हमें जो कुछ कहना था, कह चुके। वह मर चुका है। उसकी बुराइयाँ खोद-खोदकर निकालने से लाभ भी क्या है? अब प्राणेशाचार्यजी अपना मत कहें। जैसे आपके लिए, वैसे मेरे लिए भी वे गुरु के समान हैं। गरुड़ाचार्य का अपना मत है। उसे अपनी बात कहने का पूरा अधिकार है।"

सारे अग्रहार के ब्राह्मणत्व की रक्षा का दायित्व अपने कन्धों पर समझते हुए और अपनी ही बात को तोलते हुए, प्राणेशाचार्य ने रुक-रुककर कहा, "उसके और अपने बीच के झगड़े और शपथ की बात गरुड़ ने कही। उसके लिए धर्मशास्त्र में परिहार है। शान्ति करवानी चाहिए। गोदान देना चाहिए। किसी तीर्थ की यात्रा करनी चाहिए। यह सब खर्चे की बातें हैं। यह सब व्यय तुमको करना चाहिए, यह कहने का अथवा आदेश देने का अधिकार मेरा नहीं है। अब रहे लक्ष्मणदास और अन्य लोगों के उठाए गए प्रश्न। नारणप्पा सत्कुल में जन्मे ब्राह्मण की तरह नहीं रहा। इससे अग्रहार की अपख्याति हुई। यह एक गम्भीर प्रश्न है। इसका उत्तर मुझे नहीं सूझ रहा है। कारण यह है

कि उसके द्वारा ब्राह्मणत्व त्याग देने पर भी ब्राह्मणत्व ने उसे नहीं त्यागा। उसका बहिष्कार नहीं किया गया। शास्त्रों के अनुसार चूँकि वह बिना बहिष्कृत हुए मरा है, इसलिए वह ब्राह्मण रहकर ही मरा है। देखा जाए तो जो ब्राह्मण नहीं हैं, उन्हीं को उसके शव को स्पर्श करने का अधिकार नहीं है। उनके लिए उसके शव को स्पर्श करने को छोड़ देंगे तो हम अपने ब्राह्मणत्व की ही प्रवंचना करेंगे। इतना सब होने पर भी उसका रहन-सहन देखकर, उसके बारे में सुनकर आप लोगों को उसका संस्कार करना चाहिए या नहीं, यह कहने में मुझे अभी संशय हो रहा है। क्या करना चाहिए। धर्मशास्त्र इस बारे में क्या कहते हैं? दोष-परिहार के लिए शान्ति-उपाय इत्यादि तो होंगे या...।"

कि इतने में सारे ब्राह्मण चकित रह गए। औरतें बाहर चबूतरे पर आ गईं। किसी को अपनी आँखों पर विश्वास नहीं हो रहा था, जबकि चन्द्री ने अपनी सोने की माला और हाथों के कंगन आदि उतारकर प्राणेशाचार्य के सामने रख दिए और बोली–"उनके संस्कार के लिए।" फिर पहलेवाली जगह पर जाकर खड़ी हो गई।

औरतों ने हिसाब लगाया। दो हजार का तो सोना होगा ही। वे एक-एक कर अपने पतियों के चेहरों की तरफ देखने लगीं। ब्राह्मणों ने सिर नीचे कर लिए। उन्हें भय होने लगा था कि सोने के लालच में कहीं वे अपना ब्राह्मणत्व तो नष्ट करने के लिए तैयार नहीं हो जाएँगे! लेकिन पल में ही सभी के मन में यह प्रश्न उभर आया कि उनके अलावा अगर कोई और ब्राह्मण नारणप्पा का संस्कार कर देगा और ब्राह्मणत्व न खोते हुए इस सारे सोने को अपनी पत्नी के गले में चढ़ा देगा तो...? लक्ष्मणाचार्य और गरुड़ाचार्य की आपसी उलझन बात के इस नए मोड़ के कारण और भी बढ़ गई। यदि कोई आसानी से मिलनेवाले इस सोने को निर्लज्जता से ले लेता है और उसका ब्राह्मणत्व भी बचा रहता है तो कोई मामूली-सी गाय दान में देकर इहलोक और परलोक दोनों का लाभ मिल सकता है, फिर...? दुर्गाभट्ट ने सोचा–'ये माध्व, नारणप्पा का संस्कार तो करें, मैं गाँव-गाँव जा इनकी बखिया उधेड़ दूँगा!' दासाचार्य आदि गरीब ब्राह्मणों के मुँह में पानी भर आया और उनकी आँखें नम हो गईं। यह गरुड़, यह लक्ष्मण–कहाँ हम लोगों को नारणप्पा का संस्कार करने देंगे? अकेले प्राणेशाचार्यजी तो...। ऐसा त्याग-भाव दिखाकर चन्द्री ने सब कुछ बिगाड़ दिया, यूँ सोचकर वे लोग व्यथित हो उठे।

प्राणेशाचार्य एकाएक चिन्तित हो उठे। अपनी सद्भावनाओं की ऐसी अभिव्यक्ति से चन्द्री ने यह नया विघ्न क्योंकर पैदा कर दिया?

कौन कब राजी हो जाए, इस आशंका से प्रत्येक ब्राह्मण नारणप्पा द्वारा अपने प्रति किए गए अन्याय के बजाय दूसरों के प्रति किए गए अन्याय के बारे में अब बढ़-चढ़कर साफ-साफ शब्दों में कहने लगा।

"किसने गरुड़ाचार्य के बेटे को घर छोड़कर फौज में भरती होने के लिए उकसाया था? नारणप्पा ने ही न? प्राणेशाचार्य ने उसे वेदाध्ययन करवाया था, लेकिन असर हुआ नारणप्पा का ही...हमारे सारे बच्चों को बिगाड़ने की जैसे उसने जिद ही पकड़ ली थी...।"

"अब बेचारे लक्ष्मणाचार्यजी के दामाद को ही लीजिए। अनाथ बच्चे का पालन-पोषण किया और अपनी बेटी देकर विवाह किया, किन्तु नारणप्पा ने उसकी भी मति भ्रष्ट कर दी। महीने में एक बार भी उसकी शक्ल नजर आना मुश्किल हो गया है।"

"चलो, इन बातों को भी छोड़ दें तो...गजानन कुंड की मछलियाँ एक जमाने में भगवान की मछलियाँ मानी जाती थीं। कहा जाता था कि जो कोई उन्हें पकड़ेगा तो वह खून की कै करके मर जाएगा। किन्तु यह चांडाल इस श्राप पर ध्यान न देकर मुसलमानों के साथ वहाँ गया और इसने बारूद बिछाकर उन मछलियों को मार दिया। अब तो शूद्र भी वहाँ जाकर मछलियाँ पकड़ रहे हैं। ब्राह्मणों का प्रभाव कम करनेवाला कैसा अधम था यह! अपने अग्रहार का तो नाश किया ही, साथ ही पारिजातपुर के बच्चों को भी बिगाड़ गया—उन्हें नाटक और ड्रामों की लत लगा गया।"

"उस चांडाल का बहिष्कार कर देना चाहिए था। क्या कहते हैं...?"

"यह कैसे हो सकता था, गरुड़? बहिष्कार करोगे तो मैं मुसलमान हो जाऊँगा—यह उसकी धमकी थी। पहली एकादशी के दिन मुसलमानों को अग्रहार में बुलाकर उसने भोजन करवाया। कहता था, 'बहिष्कार करके तो देखो। मैं मुसलमान हो जाऊँगा और तुम सबको खम्भे से बँधवाकर तुम्हारे मुँह में गोमांस ठूँस दूँगा और देखूँगा कि तुम्हारा ब्राह्मणत्व मिट्टी-मिट्टी हो जाए।' यदि वह मुसलमान हो जाता तो उसे अग्रहार से बाहर निकाल देने का कोई तरीका-कानून ही नहीं था। बताइए तो, ऐसी परिस्थिति में क्या करना चाहिए था? क्या खुद प्राणेशाचार्यजी तब हाथ बाँधकर नहीं बैठ गए थे?

आम की चटनी लगी रोटी का प्रथम कौर मुँह में डाल भी न पाए थे कि दासाचार्य को भोजन छोड़ उठ आना पड़ा था। इसीलिए वे क्षुब्ध थे। उन्होंने बात बढ़ाई।

"उसके पिता के मरने के बाद उसके पिछवाड़े में लगे शहद जैसे मीठे कटहल का एक टुकड़ा भी किसी ब्राह्मण के मुँह में नहीं पड़ सका...।" सोने की ओर आँखें फाड़कर देखती हुई स्त्रियों को अपने पुरुषों की बातें सुनकर निराशा हुई। गरुड़ाचार्य की पत्नी को यह सोचकर बड़ा क्रोध आया कि यह बात कहने का लक्ष्मणाचार्य को क्या अधिकार था कि उनका बेटा मिलिटरी में चला गया है। और लक्ष्मणाचार्य की पत्नी अनसूया को भी गरुड़ाचार्य पर क्रोध आ रहा था, क्योंकि उसे उनके दामाद के बारे में भी कहने का अधिकार न था।

यह सोचकर कि यह कैसी परीक्षा की घड़ी आ गई है, प्राणेशाचार्य ने जैसे स्वगत ही कहा, "तो अब क्या उपाय करें? अग्रहार में शव रखकर, हाथ-पर-हाथ धरे बैठना कहाँ तक सम्भव है? सनातन धर्म के अनुसार अग्रहार से शव ले जाने और संस्कार करने तक, देवता-पूजा, स्नान, संध्यावन्दन, भोजन आदि कुछ भी नहीं किया जा सकता। और क्योंकि उसका बहिष्कार नहीं हुआ था, ब्राह्मणों के अतिरिक्त और कोई भी उसके शव को छू नहीं सकता।"

"बहिष्कार न करने के कारण ही तो यह दुविधापूर्ण स्थिति उत्पन्न हुई है...," बहुत अरसे से नारणप्पा का बहिष्कार करने के असफल प्रयत्न में लगे गरुड़ाचार्य ने कहा, "तब मेरी बात आपने नहीं सुनी।" फिर बात को आगे बढ़ाते हुए बोले, "लेकिन अगर वह मुसलमान हो जाता तो हम लोगों को अग्रहार ही छोड़ देना पड़ता। तब हमें कोई दूसरा मार्ग भी नजर नहीं आया था।"

सभी ब्राह्मण इस बारे में एक राय के थे।

दिन-भर उपवास की कल्पना कर दासाचार्य परेशान हो रहा था। उसे एक बात सूझी। तुरन्त उठकर खुशी से बोला, "सुना है कि पारिजातपुर के ब्राह्मणों और नारणप्पा में अच्छी-खासी दोस्ती थी। खाना-पीना भी चलता था। वहाँ चलकर पूछ लेते हैं। उनके आचार-व्यवहार हमारी तरह कठोर नहीं हैं...। पारिजातपुर के ब्राह्मण स्मार्त हैं। एक बार किसी विधवा को गर्भ रह गया था तो अग्रहार के लोगों ने इस बात को छिपाया था। सुनते हैं कि जब

शृंगेरी के गुरु को उसकी सूचना मिली तो उन्होंने सारे अग्रहार का ही बहिष्कार कर डाला। कुल मिलाकर पारिजातपुर के लोग सुखी हैं। नेम-निष्ठा के नाम पर उछलते-कूदते नहीं। सुपारी की खेती करने में कुशल हैं। काफी सम्पन्न हैं। इसीलिए दुर्गाभट्ट को उनसे सहानुभूति है। फिर वह खुद ही स्मार्त है, इस कारण उसे उन पर गर्व भी है। कभी-कभी वहाँ चुपचाप जाकर उपमा, चिउड़े और कॉफी का सेवन भी कर चुका है। इतना तो है कि उसने स्वयं जाकर वहाँ भोजन नहीं किया। व्यवहार के अतिरिक्त और एक आकर्षण यह भी है कि वहाँ की सुकेशिनी विधवाएँ भी पान-सुपारी का सेवन करती हैं!"

दासाचार्य की बेकार बातों से कुपित होकर दुर्गाभट्ट खड़ा हो गया और कहने लगा, "इस माध्व की मस्ती तो देखो। खाने के लिए अन्न नहीं है, फिर भी...।"

"तुमने उनसे परम अन्याय किया है। तुम लोगों ने उन्हें निम्न जाति का ब्राह्मण समझा, किन्तु वे तुम लोगों को हेय नहीं समझते। तुम्हारे मत की किसी स्त्री को रखने से जाति नष्ट होती तो उनकी जाति कहीं अधिक नष्ट हो चुकी होती। आप जाकर पूछने का साहस तो कीजिए, अच्छी पूजा करवाकर लौटेंगे। जानते हैं, पारिजातपुर के मंजय्या के पास इतना धन है कि वह हम सब लोगों को खरीद सकता है?"

प्राणेशाचार्य ने दुर्गाभट्ट के क्रोध को शान्त करने के लिए कहा, "आपका कहना न्याय-सम्मत है, भट्टजी! हमें जो करना है, उसे किसी और से करवाने में ब्राह्मणत्व नहीं है। किन्तु जितना रक्त के सम्बन्ध का महत्त्व होता है, उतना ही महत्त्व स्नेह-सम्बन्ध का भी तो होता है। नारणप्पा और उनके बीच स्नेह की बात क्योंकि सच है तो उन लोगों को उनके मित्र की मृत्यु की सूचना देना आवश्यक हो जाता है, यह बात तो आप मानते हैं न?"

दुर्गाभट्ट ने कहा, "मानता हूँ, आचार्यजी! अपनी जाति के लोगों का ब्राह्मणत्व अब आपके ही हाथों में है। आपकी जिम्मेदारी बड़ी है। आप जो निर्णय लेंगे, उसके विरुद्ध कौन जाएगा? जो कुछ हमें सच लगा, कहकर हम चुप हुए जा रहे हैं।"

फिर सोने के गहनों का सवाल उभर आया। पारिजातपुर के लोग संस्कार करने के लिए तैयार हो गए तो सोना भी उनके यहाँ चला जाएगा। यह ठीक है कि गलत? लक्ष्मणाचार्यजी की पत्नी अनसूया को यह सहन न

हो रहा था कि उसकी बहन की देह पर रहनेवाले ये गहने उन निम्न जाति के ब्राह्मणों के हाथों में चले जाएँ। वह अपने को रोक न सकी। ''किसकी जायदाद समझकर वह चुड़ैल इन गहनों को लुटा देगी? सब कुछ ठीक-ठाक रहता तो ये गहने मेरी बहन के होते,'' कहकर वह रोने लगी।

अपनी पत्नी की बात लक्ष्मणाचार्यजी को जँच गई, किन्तु अपने मर्द होने पर आँच आने की बात का खयाल कर वह रोब से बोले, ''पुरुषों की बातों में तुम अपनी टाँग क्यों अड़ाती हो? चुप रहो!''

गरुड़ाचार्य को भी गुस्सा आ गया। बोला, ''ठीक है, धर्मपीठ के न्याय के अनुसार यह सोना मुझे मिलना चाहिए।''

प्राणेशाचार्य को बड़ी कोफ्त हुई। बोले, ''आप जरा शान्त रहिए। हमारे सामने अभी शव पड़ा है, जिसका संस्कार होना शेष है। गहने-सोने की बात मेरे सामने न करें। पहले पारिजातपुर वालों को सूचना दीजिए। यदि वे संस्कार करना चाहें तो उन्हें करने दीजिए।'' फिर उन्हें तसल्ली देने के लिए बोलें, ''आप लोग अब जाइए। मैं जरा मनुस्मृति आदि शास्त्रों में इस विषय को देखूँगा। शायद कहीं इस संकटपूर्ण स्थिति का समाधान मिले तो...।'' वह खड़े हो गए। चन्द्री ने आँचल सिर पर ओढ़कर प्राणेशाचार्य की ओर आर्त्त दृष्टि से देखा।

2

छाछ रखे जानेवाले आले में तिलचट्टे, अनाज की कोठी में घूस; बीच के कमरे में बँधी डोरी और उस पर सुखाने को डाले धुले कपड़े। आँगन में चटाई पर सूखने के लिए रखे गए पापड़, मिर्च और पिछवाड़े में तुलसी। अग्रहार के हर घर में इसी तरह ही चीजें हैं। अतिरिक्त कुछ है तो वे हैं पिछले आँगन में उगाए गए फूलों के पौधे। भीमाचार्यजी के आँगन में पारिजात का पौधा है, पद्मनाभाचार्य के आँगन में चमेली का। लक्ष्मणाचार्य के यहाँ चम्पा, तो गरुड़ाचार्य के घर में एक और प्रकार का फूल। दासाचार्य के घर में मन्दार, तो दुर्गाभट्ट के यहाँ शंखपुष्प और बिल्वपत्र। पूजा के लिए फूल लाने को हर घर से एक ब्राह्मण घर-घर जाएगा ही। कुशल-क्षेम पूछेगा। किन्तु नारणप्पा के घर के फूल केवल चन्द्री के जूड़े में ही लगेंगे और बाकी सोने के कमरे में रखे फूलदान में सज जाएँगे। इसके अतिरिक्त घर के सामने ही साँपों का प्रिय और देवताओं की पूजा के लिए अयोग्य फूलोंवाली रातरानी का झाड़ है। रात को खिले रातरानी के गुच्छों से अँधेरे में मादक गन्ध फैलती है। लगता है, सारा अग्रहार जैसे किसी सम्मोहन के नागपाश में जकड़ गया हो। सूक्ष्म घ्राणशक्ति वाले सिरदर्द की आशंका से नाक पर कपड़ा रख लेते हैं। कुछ बुद्धिमानों का कहना है कि जमा-जोड़ा सोना चोर न ले जाएँ, इस कारण साँपों की पहरेदारी रखने के लिए नारणप्पा ने रातरानी का झाड़ लगाया है। मोटी वेणी और सूखे चेहरों की ब्राह्मण सुहागिनें मन्दार और चमेली पहनेंगी तो नागिन जैसे बालोंवाली चन्द्री जूड़े में लाल संपिगें और केवड़े के फूलों का शृंगार करती है। रात होने पर अग्रहार में रातरानी का राज्य चलता है तो दिन निकलने पर ब्राह्मणों के शरीर पर सजे पारिजात इत्यादि कोमल पुष्पों की मधुर गन्ध फैली रहती है। इसी तरह हर घर में अलग-अलग स्वाद के कटहल

और आम पाए जाते हैं। 'फल बाँटकर खाओ, फूल देकर पहनो' कहावत के अनुसार फल और फूलों का बँटवारा होता रहता है।

केवल लक्ष्मणाचार्य ही ऐसा है जो अपने यहाँ लगे आधे से अधिक फलों को सबकी नजर बचाकर कोंकणवाले दुकानदार के यहाँ बेच आता है। वह बड़ा ही कंजूस है। पत्नी के मायके से किसी के आ जाने पर वह गिद्ध-दृष्टि से पत्नी के हाथों की ओर ही देखता रहता है। उसे डर बना रहता है कि वह कहीं आगत को कुछ दे न डाले! चैत्र-बैशाख में हर घर में शरबत और 'कोशम्बीर'[1] बनाते-खाते हैं। कार्तिक में दीप-आरती के लिए एक-दूसरे को बुलाते हैं। नारणप्पा अकेला इन सबसे अलग रहता है। अग्रहार की गली के दोनों ओर कुल दस घर हैं। सबसे बड़ा घर नारणप्पा का ही है—वह एक किनारे पर बना है। बाजू के घरवालों के पीछे से तुंगा नदी बहती है। नदी तक उतरने के लिए पहले के कुछ दानी पुरुषों ने सीढ़ियाँ बनवाई हैं। श्रावण में तुंगा में बाढ़ आती है तो लगता है कि नदी अग्रहार में घुस आएगी, किन्तु तीन-चार दिन तक अपना जोश-खरोश और गहरे भँवर दिखलाकर, बच्चों की खुशी का कारण बनती, फिर उतर जाती है। जब गरमी में फटकर तीन धाराओं में बहने लगती है, तब ब्राह्मण रेत में ककड़ी-तरबूज की खेती कर लेते हैं और बरसात में कुछ और तरकारियाँ पैदा कर लेते हैं। वर्ष भर यह हरी-भरी ककड़ियाँ केलों के पत्तों में लिपटी छत से लटकती रहती हैं। वर्षाकाल में उन्हीं से बनाई गई साग-भाजी, साँभर, चटनी और उसके बीजों से बने 'रसम्' का वे उपयोग करते हैं। गर्भवती स्त्रियों की तरह ये ब्राह्मण साँभर की खट्टी चटनी के लिए लालायित रहते हैं। बारह महीनों व्रत, शादी-ब्याह, यज्ञोपवीत, श्राद्ध, बरसियाँ—कुछ-न-कुछ चलता ही रहता है। टीकाचार्य के जन्म-दिवस जैसे बड़े उत्सव के अवसर पर तीस मील दूर स्थित मठ में सहभोज होता है। इस तरह ब्राह्मणों का जीवन सरलता से बीतता चलता है।

इस अग्रहार का नाम है दुर्वासापुर। इसके साथ एक पौराणिक कथा जुड़ी हुई है। तुंगा नदी के बीचोबीच एक छोटे-से द्वीप में वृक्षों से लदी एक छोटी पहाड़ी है। कहा जाता है कि दुर्वासा वहाँ तपस्या करते थे। द्वापरयुग

---

1. मूँग की धुली हुई दाल पानी में भिगोकर नरम करते हैं। फिर उसमें नमक, हरी मिर्च वगैरह डालकर बनाया हुआ विशेष खाद्य।

में एक विशेष घटना हुई। यहाँ से दस मील की दूरी पर स्थित कैमर नाम की जगह पर थोड़े समय तक वनवास के दिनों में पांडव रुके थे। अपनी स्त्री की सभी इच्छाओं को पूरा करनेवाले भीमसेन ने तुंगा नदी के प्रवाह को रोक दिया। इधर स्नान और संध्यावन्दन आदि के लिए सुबह दुर्वासा नदी पर आ गए तो देखते क्या हैं कि नदी में पानी ही नहीं है। वे कुपित हो गए। धर्मराज युधिष्ठिर को अपनी दिव्य-दृष्टि से इसका पता चल गया। उन्होंने भीमसेन को समझाया। हमेशा अपने भाई की बात माननेवाले वायु-पुत्र ने अपने बनाए बाँध को तीन जगहों से तोड़ दिया। अभी तक कैमर में नदी बाँध से निकलकर तीन धाराओं में बहती है। दुर्वासापुर के ब्राह्मण अड़ोस-पड़ोस के अग्रहारों में रहनेवाले ब्राह्मणों को सुनाते हैं कि द्वादशी के दिन प्रातःकाल पुण्यात्माओं को दुर्वासावन से अभी भी शंख-ध्वनि सुनाई देती है। किन्तु दुर्वासापुर के ब्राह्मणों ने यह शंख-ध्वनि कभी स्वयं सुनी हो, ऐसा कहकर वे कभी डींग नहीं हाँकते!

पौराणिक महत्त्व का स्थल होने और महातपस्वी, ज्ञानी, वेदान्त-शिरोमणि प्राणेशाचार्य के यहाँ आकर बस जाने और फिर चांडाल-सम नारणप्पा की करतूतों के कारण यह अग्रहार दसों दिशाओं में ख्याति पा चुका है। आचार्यजी के मुख से पुराणों की कथाएँ सुनने के लिए रामनवमी के दिन पास-पड़ोस के अग्रहारों के ब्राह्मण और दिनों से भी अधिक संख्या में जमा होते हैं। प्राणेशाचार्य के लिए नारणप्पा बड़ी समस्या बन गया था। भगवान की कृपा से मिला कर्तव्य समझकर, रोगग्रस्त पत्नी की सेवा-शुश्रूषा में लीन रहते हुए, नारणप्पा के दुर्व्यवहारों को सहते हुए, धर्म और कर्म के अर्थ से अनभिज्ञ ब्राह्मणों के मस्तिष्कों में भरे अहंकार को शास्त्र-व्याख्या से दूर करते हुए, प्राणेशाचार्यजी अपने गृहस्थाश्रम का कठोर चन्दन-काष्ठ घिसकर, अपने जीवन और कर्तव्यों को अधिक सुगन्धित करते चल रहे थे।

उधर ब्राह्मण ऐसी चिलचिलाती धूप में, जिसमें मकई के दाने भी भुज सकें, अग्रहार की तपती गलियों में से सिरों पर अंगवस्त्र रखकर निकले। भूख से तड़पते हुए वे तीन धाराओं में बँटी तुंगा नदी को पार करके ठंडे जंगल में घुसे और एक घंटा-भर पैर घसीटते हुए पारिजातपुर आ पहुँचे। धरती की शीतलता को फैलाते हुए सुपारी के वृक्ष हवा के न होने से हिल तक नहीं रहे थे। जलती हुई रेत पर चलने से ब्राह्मणों के पैर झुलस गए थे। 'नारायण' के नाम का स्मरण करते हुए कभी उस तरफ रुख न करनेवाले ब्राह्मण,

साहूकार मंजय्या के घर पहुँच गए। व्यवहार कुशल साहूकार बही खोले जमा-खर्च में व्यस्त बैठा था। वह ऊँची आवाज में बोला :

"ओहो हो! आज क्या बात है, ब्राह्मणों का पूरा दल ही इधर आ गया है? ओहो हो...आइए...आइए...बैठिए। थकान दूर कर लीजिए। पैर धो लीजिए...अरे देखो...कुछ केले तो ले आओ..." कहते हुए मंजय्या ने उनकी आवभगत की। उसकी पत्नी एक थाली में केले ले आई। "अन्दर आ जाइए न!" नम्रता से कहकर वह भीतर चली गई। गरुड़ाचार्य ने लम्बी साँस छोड़कर, बैठते-बैठते नारणप्पा के मरने की सूचना दी।

"हे भगवान! क्या हो गया था उसे? मिलने के लिए आठ-दस दिन पहले ही तो इस ओर आया था। कहता था, शिवमोग्गा जाना है। कोई काम हो तो बताइए। मैंने कहा था, देख आना कि मंडी में सुपारी की बिक्री हो गई या नहीं। शिव...शिव...शिव! बृहस्पतिवार के दिन लौट आने की बात कही थी। क्या बीमारी थी?"

दासाचार्य ने कहा, "चार दिन बुखार रहा। सुना, सूजन आ गई थी— बस।"

"शिव...शिव...!" कहकर मंजय्या ने आँखें मूँद लीं; और पंखे से हवा करने लगे। वे कभी-कभी शिवमोग्गा हो आते थे। उन्हें दो अक्षर के उस भयंकर रोग की याद आई, लेकिन साफ-साफ कहने के डर से केवल 'शिव-शिव' ही बोले।

कुछ ही समय में पारिजातपुर के निम्न जाति के ब्राह्मण चबूतरे पर आ जमा हो गए।

व्यवहार कुशल गरुड़ाचार्य ने कहा, "आप सब जानते ही होंगे कि अग्रहार के हम लोगों और उसमें विचार-भेद और लड़ाई-झगड़ा होने से परस्पर हुक्का-पानी तक बन्द हो गया था। आप सब लोग उसके मित्र हैं इसीलिए...। अब उसके शव के संस्कार का प्रश्न उठा है...इसलिए...सो तो क्या...।"

अपने मित्र से बिछुड़ने का पारिजातपुर के लोगों को दुख हुआ। लेकिन यह जानकर उन्हें खुशी भी हुई कि उच्च जाति के एक ब्राह्मण के शव के संस्कार का सुअवसर उन्हें मिल रहा है। नारणप्पा उनके घर में बिना किसी संकोच के भोजन करता था, यही उन लोगों के स्नेह का प्रमुख कारण था।

पारिजातपुर के ब्राह्मणों के पुरोहित शंकरय्या ने कहा, "कहते हैं कि ब्राह्मण-धर्म के अनुसार साँप भी द्विज है, अर्थात् साँप का शव दिखाई देने

पर उसका भी यथोचित संस्कार करना चाहिए, नहीं तो भोजन नहीं किया जा सकता। कुछ ऐसा ही विधान है। ऐसी परिस्थिति में जब एक ब्राह्मण की मृत्यु हो गई है तो हम लोगों के लिए हाथ-पर-हाथ धरकर बैठना उचित नहीं। क्यों, आपका क्या कहना है?''

''हम भी शास्त्र जानते हैं, किसी से कम नहीं हैं।'' माध्वों का गर्वहरण करने के लिए ही उन्होंने यह सब कुछ कहा।

सुनकर दुर्गाभट्ट को बड़ी चिन्ता हुई। यह भोला ब्राह्मण है। जल्दी में कुछ कहकर स्मार्तों की कीर्ति नष्ट करना ठीक नहीं। यह सोचकर कुछ व्यंग्य से कहा, ''ठीक है...मान लेते हैं। प्राणेशाचार्य का भी यही कहना है। लेकिन असमंजस की जो स्थिति खड़ी हुई है, वह यह है कि मद्य और मांस का सेवन करने और शालिग्राम को पानी में फेंक देनेवाला नारणप्पा ब्राह्मण था या नहीं? कहिए, कौन जाति-भ्रष्ट होने के लिए तैयार होगा? लेकिन ब्राह्मण के शव को न उठाना भी अधर्म है, इसे भी मैं पूरी तरह मानता हूँ।''

शंकरय्या भयभीत हो उठे। पहले ही उन्हें निम्न जाति का माना जाता है। इस कृत्य से वे अपनी कीर्ति पर और लांछन नहीं लगाना चाहते थे; बोले, ''ऐसा है तो हम जल्दी में कुछ नहीं करेंगे। आपके यहाँ बल्कि पूरे दक्षिण में प्रसिद्ध प्राणेशाचार्य तो हैं ही। उन्हें आपद्धर्म आदि का मनन करके अपना निर्णय देने दीजिए। हम नारणप्पा का दाह-संस्कार और बाद की क्रियाएँ करने को तैयार हैं।''

मंजय्या ने कंजूस माध्वों को चिढ़ाने के लिए कहा, ''खर्च के बारे में आप चिन्ता न करें। वह मेरा मित्र था। मैं स्वयं दान आदि करवाऊँगा।''

3

सब ब्राह्मण पारिजातपुर चले गए थे। प्राणेशाचार्यजी ने कुछ द्रवित होकर चन्द्री को बैठने के लिए कहा। फिर अपने खाने के कमरे में आए जहाँ उनकी पत्नी सोई हुई थी। "देखो तो, चन्द्री का हृदय कितना साफ है," कहते हुए उन्होंने चन्द्री के द्वारा गहने उतारकर देने तथा उससे पैदा होनेवाली नई समस्या के बारे में पत्नी को बतलाया। इसके बाद भोजपत्र के ग्रन्थों को खोलकर देखने लगे कि इस बारे में धर्मशास्त्र क्या कहता है। हमेशा से ही यह नारणप्पा उनके सामने समस्या बनकर खड़ा रहा है। उन्हें भी जिद थी कि देखें अग्रहार में अन्तिम विजय उनके सनातन धर्म और उनकी तपस्या की होती है या नारणप्पा के राक्षसी स्वभाव की! जाने शनि की किस दशा से वह उस तरह का बन गया था, यह सोचकर वे दुखी हुए। ईश्वर की कृपा से उसका उद्धार हो, यही कामना करते हुए सप्ताह में दो बार वे रात का भोजन तक त्याग चुके थे। उनके हृदय में उसके लिए पश्चात्ताप की भावना या स्नेह का कारण था–उसकी माँ को दिया हुआ अपना वचन–'तुम्हारे पुत्र की रक्षा करूँगा। उसे सन्मार्ग पर लाऊँगा'–मरणासन्न बुढ़िया को यह वचन देकर उन्होंने धीरज बँधाया था। किन्तु नारणप्पा सन्मार्ग पर नहीं आया। जिस गरुड़ के पुत्र श्याम और लक्ष्मण के दामाद श्रीपति को उन्होंने शास्त्र पढ़ाए थे, मन्त्र कंठस्थ करवाए थे, उसने उन दोनों को उनके प्रभाव से बाहर खींच लिया था। उसी ने घर छोड़कर सेना में भरती होने के लिए श्याम को उकसाया था। गरुड़ और लक्ष्मण की शिकायतें सुनकर वे एक दिन उसके पास गए थे। वह गद्‌दी पर सो रहा था। उन्हें देखकर उठ खड़ा हुआ और उनके प्रति सम्मान दर्शाया। किन्तु जब वह उसके हित की बात कहने लगे तो उलटी-सुलटी बातें करने लगा। ब्राह्मण-धर्म की निन्दा करने लगा। "अब

आपका शास्त्र, धर्म नहीं चलेगा। आगे आएगा कांग्रेस का राज। अछूतों को देव-स्थान में प्रवेश करने का अधिकार आपको देना पड़ेगा।'' ऐसी अनेक असम्बद्ध बातें उसने कीं। उन्होंने उससे श्रीपति को उसकी पत्नी से अलग न करने का आग्रह किया तो 'मैंने क्या किया है' कहकर वह 'हा-हा' करके हँस दिया था।

''जो लड़की सुख नहीं देगी, उसके साथ कौन जिन्दगी चलाएगा आचार्यजी, सिर्फ बेकाम ब्राह्मणों के सिवा? रिश्ते की बात बताकर एक पगली को मेरे गले में बाँधना चाह रहे थे न आप ब्राह्मण लोग! अपना धर्म अपने पास ही रहने दीजिए। एक बार ही तो जिन्दगी मिलती है। मैं चार्वाक का वंशज हूँ : 'ऋणं कृत्या घृतं पिवेत'।''

प्राणेशाचार्य ने उसे समझाया कि यह भौतिक शरीर शाश्वत नहीं है भाई, फिर तुम जो चाहो करो। किन्तु इन बच्चों को तो बरबाद न करो।

सुनकर वह हँस दिया, ''विधवाओं की जायदाद हड़पनेवाला, जादू-टोना करवाकर दूसरों की बुराई चाहनेवाला गरुड़ आपकी दृष्टि में ब्राह्मण है न!'' कहकर उसने खिल्ली उड़ाई थी।

''देखते हैं आचार्यजी, अन्त में आप जीतते हैं या मैं? कितने दिन तक आपका ऐसा ब्राह्मणत्व चलेगा? जी में आए तो ब्राह्मणत्व का यह सारा गौरव मैं एक औरत के मिलनेवाले सुख पर लुटा दूँ। आप अब चले जाइए। ज्यादा कह-सुनकर आपको दुख देने की मेरी इच्छा नहीं है।''

ऐसे व्यक्ति का जब बहिष्कार किया जा रहा था तब आचार्य ही बीच में आ गए थे, भला क्यों? भय से? पश्चात्ताप से? अन्त में अपने जीतने की जिद उन्होंने क्यों पकड़ ली थी? क्या था उसका अर्थ? किन्तु वह अपने कहे के अनुसार जीता रहा और अब मरकर भी मेरे ब्राह्मणत्व की अग्नि-परीक्षा ले रहा है।

तीन महीने पहले चतुर्दशी की एक शाम को उन्होंने नारणप्पा को अन्तिम बार देखा था। उस दिन वह मुसलमानों के साथ गणेश मन्दिर के पास की नदी से भगवान की मछलियों को सभी के सामने पकड़कर ले गया था। शिकायत गरुड़ाचार्य ने आकर की थी। लोगों को विश्वास था कि नदी में पलने-खेलनेवाली मछलियों को जो पकड़ेगा, वह रक्त की कै करके मर जाएगा। नारणप्पा ने इस अन्धविश्वास की उपेक्षा की थी। प्राणेशाचार्य के मन में भय जागा। सोचा कि नारणप्पा के ऐसा करने पर शूद्र आदि लोगों

के मन में से भी न्याय और धर्म का भय जाता रहेगा। दैवी भय से ही सही, सामान्य जनों में कुछ थोड़ी-सी तो धर्मबुद्धि अभी तक बच रही है। अब वह भी नष्ट हो जाएगी, तो...? इस धरती की रक्षा करने की शक्ति तब कहाँ से आएगी? अपना चुप रहना अनुचित जानकर वे तुरन्त नारणप्पा के घर गए और दालान में जाकर उसके सामने खड़े हो गए।

शायद उसने पी रखी थी। आँखें लाल हो रही थीं। बाल बिखरे हुए थे। फिर उन्हें देखते ही झट से उठकर उसने अपना मुँह कपड़े से ढाँप लिया।

सोचा, उसका प्रकृति-जन्य स्वभाव भूलभुलैया-सा है। उसमें घुस-पैठने का कोई रास्ता न पाकर कभी-कभी आचार्यजी उदासीन हो जाते थे। किन्तु यह देखकर कि उसके गर्व के दैत्य के भीतर इन्हें देखकर भय की कहीं दरार पड़ गई है, उन्हें लगा कि उसके भीतर जैसे कोई सात्विक शक्ति उभर आई हो। उन्हें कुछ आशा बँधी।

उन्होंने सोचा, ज्यादा बातें करना व्यर्थ होगा। जब तक उनके अन्तर की गंगा की सात्विक धारा उसके अन्तरतम में भी न बहने लगेगी, तब तक वह खुलेगा नहीं। फिर भी, पवित्र गरुड़ के झपट्टे की भाँति उसे जर्जरित करके उसके भीतर के अमृत को बाहर निकालने की उनमें एकाएक कामना जगी।

उन्होंने कठोरता से उसकी तरफ देखा। उनकी दृष्टि ऐसी थी कि सामान्य पापी डरकर या लज्जित होकर जमीन में छिप जाता।

अगर उसकी आँखों से कहीं पश्चात्ताप की दो बूँदें भी गिर जाएँ तो बस...। अपने से पाँच वर्ष छोटे नारणप्पा को भ्रातृभाव से गले से लगा लूँगा, इस इच्छा से वे उसकी तरफ देख रहे थे।

नारणप्पा ने सिर नीचा कर लिया। उसे लगा कि अचानक उड़ते हुए शिकारी गरुड़ के पंजे में वह फँस गया है और एक पल के लिए कृमि-कीट की भाँति निरीह हो गया है। एकाएक प्रभावहीन, मानो कोई बन्द द्वार बिना पूर्वाभास के खुल गया हो।

"नहीं।" उसने मुँह पर से कपड़ा हटा लिया और उसे कुर्सी पर फेंककर ऊँची आवाज में हँसने लगा। बोला, "चन्द्री, बोतल कहाँ है? आचार्यजी को प्रसाद का एक घूँट तो दो।"

"मुँह बन्द करो।" आचार्यजी का सर्वांग काँपने लगा। नारणप्पा उनके प्रभाव से निकल चुका था। वे हताश हो उठे। उन्हें लगा कि जैसे सीढ़ियाँ

उतरते हुए उनका पैर अगली सीढ़ी पर न पड़कर फिसल गया है और निचली सीढ़ी पर जा पड़ा है।

"अहा! आचार्यजी को भी क्रोध आता है! मैंने सोचा था कि काम-क्रोधादि तो हम जैसे सामान्य लोगों के लिए होते हैं। कहते हैं, जो काम को जीत लेता है, उसका क्रोध नाक के अग्रभाग पर आ जाता है। दुर्वासा, पाराशर, भृगु, बृहस्पति, कश्यप–सभी ऋषि तो महाक्रोधी थे। चन्द्री, बोतल कहाँ है? हाँ, आचार्यजी, साथ ही कैसे कामुक लोग थे वे? उन्हीं के चरण-चिह्नों पर मैं चल रहा हूँ। क्या नाम था उनका जिन्होंने नाव में ही शील-भंग करके उस मछुआरिन को सदा के लिए 'सुरभित' कर दिया था? उन्हीं ऋषियों के वंशज, अग्रहार के इन बेचारे ब्राह्मणों को तो देखो!"

"नारणप्पा, जुबान बन्द करो।"

चन्द्री बोतल नहीं लाई। गुस्से से नारणप्पा खुद ऊपर गया। बोतल लाकर उसने गिलास में शराब ली। चन्द्री ने रोकने की कोशिश की तो उसे एक तरफ धकेल दिया। प्राणेशाचार्य ने आँखें बन्द कर लीं और लौटने के लिए मुड़े।

"आचार्यजी, कुछ देर तो रुकिए," नारणप्पा ने कहा। इस समय चले जाने पर वे डरपोक न कहलाएँ, इस भय से प्राणेशाचार्यजी यन्त्रवत् रुक गए। शराब की बू असहनीय थी। "सुनिए," कहकर नारणप्पा ने एक घूँट शराब पी और शरारत से हँसते हुए बोला–"देखें, आखिर कौन जीतता है–मैं या आप? मैं ब्राह्मणत्व का नाश करके ही हटूँगा। लेकिन मुझे दुख इस बात का है कि विनाश के लिए इस अग्रहार में आपके अतिरिक्त कोई दूसरा ब्राह्मण ही नहीं रहा। गरुड़, लक्ष्मण, दुर्गाभट्ट...हा-हा-हा...ये ब्राह्मण हैं? यदि मैं ब्राह्मण बना रहता तो आपके गरुड़ाचार्य अब तक मुझे आचमन के साथ ही लील चुके होते। और जायदाद के लालच से गन्दगी में पड़े सिक्के को जीभ से चाटकर उठा लेनेवाला वह लक्ष्मण! वह अपनी एक और कंकाल-सी साली मेरे गले मढ़ चुका होता। चोटी बढ़ाकर, शरीर में भस्म लगाकर आपके चबूतरे पर बैठकर आपके मुख से मुझे पुराणों की गप्पें सुननी पड़तीं।"

नाराणप्पा ने फिर एक घूँट भरा। आतंकित चन्द्री भीतर खड़ी थी। उसने हाथ जोड़कर इशारे से प्राणेशाचार्य को चले जाने के लिए कहा। प्राणेशाचार्य ने भी सोचा, इस शराबी से इस हालत में कोई भी बात करना निरर्थक है।

"आचार्यजी, सुनिए। अग्रहार के लोग हमेशा आप ही की बात सुनें,

ऐसी हठधर्मी क्यों? कभी मेरी भी सुन लीजिए। मैं एक कथा सुनाता हूँ, सुनिए—बहुत पहले एक अग्रहार में एक परम पूज्य आचार्य रहते थे। उनकी पत्नी सदैव रोगग्रस्त रहती थी। स्त्री-सुख किसे कहते हैं, इसी कारण वे उससे अनभिज्ञ थे। उनके तेज का एकमात्र कारण था, उनकी ख्याति। उनकी कीर्ति दूर-दूर तक फैली हुई थी। अग्रहार के शेष ब्राह्मण परम पापी थे—जीभ के स्वादों के वे गुलाम थे, महा लालची और हमेशा धन की तलाश में। इस विचार से कि आचार्य के पुण्य से जैसे उनके पाप भी कट जाएँगे, वे पाप करने से बाज नहीं आते थे। इस तरह आचार्य का पुण्य जैसे-जैसे बढ़ता गया, वैसे-वैसे अग्रहार के ब्राह्मणों के पाप में भी वृद्धि होती गई। एक दिन एक मजे की घटना घटी। सुन रहे हैं न, आचार्यजी? कथा के अन्त में एक शिक्षा भी है। हम जो कर्म करते हैं, उसका फल ठीक उसके विपरीत प्राप्त होता है। इस निष्कर्ष को आप अन्य ब्राह्मणों को भी बता दीजिएगा।''

नारणप्पा ने फिर कहना शुरू किया, ''तो मजे की बात यह नहीं कि उस अग्रहार में एक युवक था। उसकी धर्मपत्नी उसके साथ नहीं सोती थी। उसकी माँ का ऐसा ही हुक्म था। वह युवक उस आचार्य के पुराण-आख्यान सुनने के लिए रोज संध्या-समय हाजिर होता था। जीवन में कोई अनुभव न होने पर भी पूज्य आचार्य काव्यादि में बड़ा रस लेते थे। एक दिन कालिदास की शकुन्तला का वर्णन चल रहा था। स्पर्शमात्र से घबराकर माँ के पास जाकर शिकायत करनेवाली पत्नी से वह युवक पूरी तरह से चिढ़ चुका था। आचार्यजी के वर्णन से लगा कि उसकी देह में एक औरत पनप और फैल रही है। उसकी नसों में जैसे लालसा की आग-सी भभक उठी। आचार्यजी, जानते हैं कि यह सब क्या होता है? वह युवक आचार्य के चबूतरे से कूदकर भाग गया। सीधे जाकर नदी के शीतल जल में कूद पड़ा। खुशकिस्मती से वहाँ उस रात, पूरी खिली चाँदनी में, एक अछूत स्त्री स्नान कर रही थी। सौभाग्य से उसकी देह पर पूरे कपड़े भी नहीं थे। देह के जिन अंगों को देखने की उस युवक को चाह थी वे सब उसकी आँखों के सामने विवृत थे। जिस तरह की मत्स्यगन्धा पर आपके ऋषि-लोग मोहित हो जाते थे न, उसी तरह की वह भी थी। उस ब्राह्मण युवक ने समझा कि हो-न-हो, यही शकुन्तला है। बस, उसने वहीं—चन्द्रमा को साक्षी रखकर—उसके साथ सम्भोग किया।''

नारणप्पा ने आगे कहा, ''अब आप सोचकर बताइए कि क्या उस आचार्य ने उस गाँव के ब्राह्मणों के शील को बरबाद नहीं किया था? इसीलिए

बड़ों ने कहा है कि वेद-पुराण पढ़ो, किन्तु उनका अर्थ समझने का प्रयत्न मत करो। आप काशी होकर आए हैं न, आप ही कहिए। ब्राह्मणत्व का नाश किसके द्वारा हुआ?''

निश्चल होकर प्राणेशाचार्य नारणप्पा की बातें सुन रहे थे। उनके मन में एक विचार जन्मा। क्या यह मात्र एक शराबी का कथन है? क्या ऐसा सम्भव है कि उनसे भी इस तरह की भूलें हुई हों?

''केवल पाप वाक्-पटु होता है, पुण्य नहीं,'' प्राणेशाचार्य ने लम्बी साँस छोड़कर कहा, ''ईश्वर ही तुम पर दया करें, बस!''

''आप रस और कामाख्यानों से पूर्ण पुराणों का पाठ करते हैं, किन्तु उपदेश देते हैं नीरस जीवन जीने का। लेकिन मेरी बातों का एक ही अर्थ होता है। स्त्री के साथ सो जाने का अर्थ, स्त्री के साथ सोना ही होता है और मछली खाने के लिए कहूँ तो अर्थ मछली खाना ही होता है। मैं आप ब्राह्मणों को यदि कोई सलाह दे सकता हूँ, आचार्यजी, तो पहले आप लोग अपने तन और मन से रुग्णा पत्नियों को नदी में धकेल दीजिए। अपने पुराणों के ऋषियों की तरह जीना सीखिए। मछली की स्वादिष्ट तरी बनानेवाली किसी मत्स्यगन्धा-सी मछुआरिन को अपनाइए और उसकी बाँहों में लिपटकर सोइए। आँखें खुलने पर यदि आपको परमात्मा न दिखाई दे तो मेरा नाम नारणप्पा नहीं।'' इतना कहकर उसने आचार्यजी को आँख मारी, गिलास की शराब गटगट कर पी डाली और जोर से एक डकार ली।

अपनी रोगग्रस्ता पत्नी पर इस प्रकार व्यंग्य किए जाने से आचार्यजी ने व्यग्रता से 'थू, नीच' कहकर नारणप्पा को झिड़का और घर लौट गए। उस रात को जाप करने के लिए जब वे बैठे, चंचल चित्त वश में नहीं आ पाया। उन्होंने बार-बार 'ईश्वर' कहा और व्यग्र रहे।

शाम को पुराणों की कथाओं के बजाय वे केवल नीति-कथाएँ सुनाते रहे। पुराण की कथा सुनाने का उनका उत्साह ही जैसे लुप्त हो गया था। अनेक उत्साही बालक, जो उनके प्रवचन सुनते वक्त उनकी ओर टकटकी बाँधे देखते रहते थे, उन्होंने आना बन्द कर दिया। पुण्य बटोरने की आकांक्षा से कथा सुनते-सुनते हरिनाम-स्मरण करनेवाली ऊँघती विधवाएँ और बूढ़े लोग ही ज्यादातर श्रोताओं में रह गए।

भोजपत्र पर लिखे ग्रन्थों का तल्लीन होकर पारायण करते हुए प्राणेशाचार्यजी को अपनी पत्नी की कराह सुनाई दी। उन्हें याद हो आया कि

उसे दोपहर की दवा नहीं दी गई थी। पत्नी के सिर को अपनी छाती पर टेककर उसे उठाया, दवा पिलाई और फिर सो जाने को कहा। वहाँ से उठकर वे बीच के कमरे में आए। धर्मशास्त्रों में इस दुविधा का कोई निदान नहीं है, उन्होंने सोचा कि मेरे मन में उठी इस शंका का अर्थ क्या है? यह संशय मन में रखे वह उनका पारायण फिर से करने लगे।

4

इधर पारिजातपुर से धूप में तपते और भूख से कुलबुलाते ब्राह्मण लोग लौट आए। सोचा कि संध्या-समय घर में कुछ देर आराम कर लें। किन्तु वहाँ उन ब्राह्मणों की पत्नियों ने, विशेष रूप से गरुड़ाचार्य और लक्ष्मणाचार्य की पत्नियों ने उन्हें आराम का समय न देकर 'कान्तासम्मिता' शुरू कर दी।

गरुड़ाचार्य की एकमात्र सन्तान और उत्तराधिकारी, श्याम घर से भागकर मिलिटरी में भरती हो गया था। अग्रहार में इसके अनेक कारण बताए जाते हैं। गरुड़ाचार्य के विरोधी कहते हैं कि पिता की निर्मम पिटाई सहन न कर सकने के कारण वह भाग गया था। जो लोग नारणप्पा के विरोधी हैं, उनका कहना है कि उसी की प्रेरणा से ही वह मिलिटरी में चला गया। किन्तु प्राणेशाचार्य के शिष्यत्व में भी उसका भाग जाना, लक्ष्मणाचार्य की दृष्टि में, गरुड़ाचार्य द्वारा कराए जादू-टोने का ही असर था। हुआ यह कि वही जादू-टोना गरुड़ाचार्य पर उलट गया। सृष्टिकर्ता को जलाने पर उतारू भस्मासुर की तरह फल दिखाता है ऐसा जादू-टोना, जो इसके साधक का नाश कर देता है। लक्ष्मणाचार्य की पत्नी अनसूया अपनी माँ का कुल कलंकित हुआ देखकर दुखित होती और इसका दोष गरुड़ को देती—गरुड़ यदि जादू-टोना नहीं करवाता तो सत्कुल में उत्पन्न नारणप्पा गलत राह क्यों पकड़ता और जातिच्युत क्यों होता?

चांडाल नारणप्पा की प्रेरणा से उसका बेटा बिगड़ा, यह सोचकर गरुड़ाचार्य की पत्नी सीतादेवी अन्न-जल त्यागकर रात-दिन बेटे की प्रतीक्षा करती रही। अन्त में तीन महीने बाद श्याम की एक चिट्ठी मिली तो पता चला कि वह पूना में मिलिटरी में भरती हो गया है और एक अनुबन्ध पर हस्ताक्षर कर देने के कारण छह सौ रुपए दिए बिना वहाँ से छुटकारा भी नहीं

पा सकता। रास्ते में नारणप्पा को रोककर सीतादेवी ने उस दिन उसे खूब गालियाँ सुनाईं। फिर पुत्र को पत्र लिखकर अनुरोध किया कि कभी मांसाहार न करना और संध्यावन्दन और स्नानादि कभी न छोड़ना। पुत्र की सद्‌बुद्धि के लिए वह शुक्रवार के दिन रात का भोजन भी नहीं करती थी।

गरुड़ाचार्य ने दुर्वासा की तरह कुपित होकर कहा, "मेरे लिए तो वह मर गया समझो। अब वह इधर झाँका तो उसका सिर फोड़ दूँगा।" वे इस तरह उछले, मानो उन्हें लाल चींटियाँ काट रही हों। अपने पति की सहनशीलता को बढ़ाने और उनका पुत्र पर प्रेम-भाव बने रहने के लिए सीतादेवी रोज तुलसी की पूजा और शनीचर की रात को उपवास करने लगी।

जलती आग में घी डालते हुए माध्वों से द्वेष रखनेवाले दुर्गाभट्ट ने कहा, "मिलिटरी में स्नान, संध्यावन्दन कोई नहीं कर सकता। वहाँ तो जबरन मांस खिलाते हैं!" यह सुनकर गरुड़ाचार्य सिर भी न उठा सका।

सीतादेवी घर लौटी। यह सोचकर वह खुश थी कि यदि चन्द्री के गहने उन्हें मिल गए तो बेटे को मिलिटरी से वापस छुड़ा लाने में सुविधा हो जाएगी। धर्मशास्त्र के अनुसार उसके पति को ही नारणप्पा के शव-संस्कार का अधिकार होगा। यदि उसके पति से पहले ही लक्ष्मणाचार्य मान गया तो...? या छूतछात न माननेवाले पारिजातपुर के लोगों ने ही स्वीकृति दे दी तो...?

बस, यही बड़ी चिन्ता थी। उसने हनुमानजी से मनौती मानी कि उसके पति को ही संस्कार का अधिकार मिले।

अब उसकी दृष्टि में नारणप्पा का मांसाहार उतना भयंकर पाप नहीं लग रहा था। कल कहीं अपना बेटा ही लौट आया तो अग्रहार के लोग चुप थोड़े ही रहेंगे? उस पर भी कोई-न-कोई तोहमत लगाएँगे ही। यदि कहीं उसके पुत्र को ही बहिष्कृत कर दिया गया तो क्या होगा? जब प्राणेशाचार्य के सामने नारणप्पा को बहिष्कृत करने की समस्या रखी गई थी तो वे तैयार नहीं हुए थे—तब वह उन्हें कोसती थी। किन्तु अब उनके प्रति उसके मन में सम्मान की भावना जाग गई। सोचने लगी, वे बड़े दयाशील हैं। उसके पुत्र के सारे पापों को भी निस्सन्देह वे क्षमा कर देंगे।

गरुड़ाचार्य के घर में पाँव धरते ही सीतादेवी रोने लगी। गरुड़ाचार्य ने कहा, "वह तुम्हारा बेटा तो मेरे लिए मर चुका है। उस दुष्ट की बात न करना।" लेकिन पत्नी का सुझाव उन्हें भीतर तक कचोट गया। सब कुछ नष्ट हो जाने दो, चाहे पुत्र भी गर्त में गिरे, किन्तु वे अपने ब्राह्मनत्व को नष्ट

करने के लिए तैयार नहीं थे। फिर भी, यदि प्राणेशाचार्य अनुमति दे दें, सब कुछ सरल हो जाएगा। उनकी मृत्यु के पश्चात उनका क्रियाकर्म और पिंडदान और उनकी आत्मा को शान्ति प्रदान करनेवाले पुत्र को मिलिटरी से छुटकारा दिलाने में भी आसानी हो जाएगी।

यद्यपि गरजकर पत्नी से उसने कहा, ''ऐसा नहीं हो सकता, चुप रहो,'' लेकिन गरुड़ाचार्य चोरों की तरह निकलकर प्राणेशाचार्य के घर चला गया। आँगन में चन्द्री बैठी थी। उसे अनदेखा करके वह दालान में आ गया। आचार्य भोजपत्र पर लिखे शास्त्र पढ़ते हुए बैठे थे, बोले :

''बैठो गरुड़! सुना है कि पारिजातपुर वाले धर्मशास्त्र में लिखे अनुसार संस्कार करने के लिए तैयार हैं। एक तरह से उनका कहना उचित भी है।'' वे फिर भोजपत्र उलटने लगे।

गरुड़ ने खँखारकर कहा, ''मनुस्मृति क्या कहती है, आचार्यजी?''

आचार्य ने सिर हिलाकर बतलाया कि वे इस बारे में कुछ निश्चयपूर्वक नहीं जान पाए हैं।

''धर्मशास्त्रों में क्या है जो आप नहीं जानते? मैं किसी धारणा से यह नहीं पूछ रहा हूँ। क्या मैंने यह नहीं सुन रखा कि उस दिन टीकाचार्य के मठ में, उनके पुण्य-जन्म के अवसर पर, गुरुजी के सम्मुख बैठकर आपने व्यास राय मठ के महापंडितों के साथ शास्त्र-चर्चा की थी? 'बिम्बोसि, प्रतिबिम्बोस्मि' की व्याख्या माध्वमत के अनुसार करने को जब आपने कहा तो वे घबरा गए। उस दिन का सहभोज चार घंटे तक चला। आप यह न समझें कि मैं यही सब आपको याद दिलाने आया हूँ। मैं तो आपके सामने एक गँवार और अनाड़ी मात्र हूँ।''

अपनी चापलूसी और अपने को फुसलाने के गरुड़ के प्रयत्न से आचार्यजी के मन में घृणा-सी उत्पन्न हुई। धर्मशास्त्र में क्या है और क्या नहीं है, इस बारे में गरुड़ को कुछ लेना-देना नहीं है। वह तो चाहता है कि उनके मुख से केवल 'हाँ' निकल जाए तो बस। दूसरे लोग फिर कोई दोष नहीं दें। यही कारण है कि वह उनकी इतनी प्रशंसा कर रहा है और इस सबके पीछे है वह स्वर्ण! नारणप्पा ने कहा भी था कि उदारता का फल ठीक उसके विपरीत होता है। अब तो केवल धर्मशास्त्र जो कहेगा, उसी का दृढ़ता से पालन कराना होगा।

''यह तो हो ही नहीं सकता कि त्रिकालज्ञानी ऋषियों ने इसके बारे में

कुछ कहा ही न हो।''

गरुड़ की बातों की ओर ध्यान न देकर आचार्य पढ़ने में दत्तचित्त रहे।

''आचार्यजी, आप ही ने तो कहा था कि वेदान्त का अर्थ तत्त्वविचार का अन्त होता है। तो वेदान्त में इसका उत्तर न होना क्या कभी सम्भव है? अग्रहार में एक ब्राह्मण का शव पड़ा है और गाँव के सारे ब्राह्मणों के लिए विधि-नियमों का पालन करने में अड़चन पैदा हो गई है, तब तो...! भोजन करना भी सम्भव नहीं है, लेकिन इसलिए भी मैं यह प्रश्न नहीं उठा रहा हूँ।''

प्राणेशाचार्य फिर भी मौन रहे। सोचने लगे—गरुड़ मेरे बताए वेदान्त, पुराण के उद्धरण ही मुझे सुना रहा है। कारण?—वही सोना। कैसा है मनुष्य का मनोरथ!

''आपने जो कुछ कहा था, वह सच ही लगा था मुझे। उसके ब्राह्मणत्व त्याग देने से भी उसे ब्राह्मणत्व ने नहीं त्यागा था। हमने उसका बहिष्कार भी नहीं किया था। यदि बहिष्कार कर देते तो वह मुसलमान हो जाता और हम सब लोगों को अग्रहार छोड़कर जाना पड़ता।''

''धर्मशास्त्र के कथनानुसार ही काम होगा, इसका मैं निश्चय कर चुका हूँ, गरुड़।'' उसे चुप करने के लिए उन्होंने सिर उठाकर उसकी तरफ देखा। फिर पढ़ने में जुट गए।

''यदि धर्मशास्त्र में कोई उत्तर नहीं मिले, तो? मैं यह नहीं कह रहा हूँ कि उत्तर मिलेगा ही नहीं। आपने पहले भी कहा है कि आपद्धर्म नाम की कोई स्थिति होती है। किसी के प्राणों की रक्षा के लिए यदि गो-मांस खिलाना ही पड़ जाए, तब भी कोई पाप नहीं लगता। यह बात आप ही ने तो कही थी न! आपने ही बताया था कि एक बार जब अकाल पड़ा था तो भूख से पीड़ित होकर जीवन-रक्षा को परम धर्म मानकर ऋषि विश्वामित्र मरे कुत्ते के मांस को खाने लगे थे...!''

''मैं समझ गया हूँ, गरुड़। अब तुम अपने मन की बात कहो, साफ-साफ,'' थककर प्राणेशाचार्य ने भोजपत्रों को बन्द कर दिया।

''कुछ नहीं,'' गरुड़ ने कहा और निगाह नीची कर ली। फिर आचार्यजी को दंडवत् प्रणाम करके वह उठ गया। ''श्याम को मिलिटरी से छुटकारा न दिलवाया तो मेरा दाह-संस्कार कौन करेगा, आचार्यजी! यदि आप अनुमति दे दें तो...।''

अभी वह यह कह ही रहा था कि लक्ष्मणाचार्य वहाँ आकर खड़ा हो गया।

उसकी बहिन के गले के गहने किसी और के हो गए, और इसी कुलटा के कारण मेरी बहिन आखिर मरी भी, ऐसा सोचकर रोती हुई लक्ष्मणाचार्य की पत्नी अनसूया के घर आई थी। अब वह धीरे-धीरे नारणप्पा की मृत्यु पर आँसू बहाने लगी थी। कुछ भी हो, था तो वह अपने मामा का पुत्र ही न! मामा और बहिन जीवित होते और वह गरुड़ जादू-टोना न करता-करवाता तो अपना नारणप्पा इस तरह मतिभ्रष्ट न होता। इसने इतना सारा सोना दूसरों के हवाले न किया होता, तो आज इस तरह अनाथ-असहाय बना न पड़ा सड़ता।

वह जोर-जोर से रोने लगी। "उसने कुछ भी किया हो, किन्तु मैं खून के रिश्ते को कैसे नकार दूँ, भगवन्!" वह दीवार से टिककर बैठ गई और आँसू बहाने लगी।

अचानक तभी मोटी वेणी, कानों में बालियाँ और नाक में फूल, माथे पर बड़ी लम्बी-सी कुमकुम बिन्दी, नाटे कद की मोटी उसकी पुत्री लीलावती दिखाई दी, तो उसकी छाती पर फिर जैसे पत्थर आ पड़ा।

"श्रीपति ने क्या कुछ कहा था कि कब लौटेगा?" दसवीं बार अनसूया ने लीलावती से प्रश्न किया।

लीलावती ने कहा, "नहीं।" उसने अपनी अनाथ बेटी श्रीपति से ब्याह दी थी, किन्तु अपने ही नारणप्पा ने उसकी बुद्धि भ्रष्ट कर दी। वह उनके लिए अपने ही अंडे खानेवाले साँप के समान बन गया। न जाने उसने उसके दामाद की खोपड़ी में क्या भर दिया था! श्रीपति महीने में दो दिन भी घर में नहीं रहता था। यक्षगान की नाटक-मंडली के साथ गाँव-गाँव घूमता रहता। पारिजातपुर के युवकों के साथ दोस्ती बढ़ा ली। दुर्गाभट्ट की पत्नी से मालूम हुआ है कि वह वहाँ की दो-एक वेश्याओं के यहाँ भी जाता है। सबकी आँख बचाकर नारणप्पा के घर भी गया था श्रीपति। वह तभी जान गई थी कि अब अनर्थ होगा। बुरे मार्ग पर चल पड़ा है वह। वहाँ उसने क्या पिया, क्या खाया होगा, भगवान ही जाने! उस चन्द्री के जाल में फँसने से कोई बच भी तो नहीं सकता।

दामाद को रास्ते पर लाने के लिए अनसूया ने अपनी बेटी को समझाया

था कि अपने पति की कामुक लालसा कभी पूरी न करना; इस तरह टाँगें सिकोड़ लेना, और सोने का बहाना बनाए रखना। कुछ समझ तो आने दे उसे। लीलावती ने वैसा ही किया। रात में पति के निकट आते ही 'वे कचोट रहे हैं,' 'दबोच रहे हैं' कहती हुई, रोती हुई वह अपनी माँ की बगल में आकर सो जाती।

लेकिन इस सबके बावजूद श्रीपति में कोई सद्बुद्धि नहीं जगी। पति उसकी इच्छा के अनुसार नहीं चल सका। श्रीपति ने चोटी कटा डाली, और पश्चिमी ढंग से बाल बढ़ा लिए। दक्षिणा में प्राप्त पैसों से एक टॉर्च खरीद ली और शाम के समय मुँह से सीटी बजाता हुआ अग्रहार के चक्कर काटने लगा।

लक्ष्मणाचार्य ज्वर के कारण दुबला हो गया था। आँखें धँस गई थीं, जैसे शेष दिन गिन रहा हो। फिर आज धूप और भूख के कारण उसमें बहुत कमजोरी आ गई थी। जैसे ही घर में आकर बैठा, अनसूया उसे उकसाने लगी।

''नारणप्पा मेरे मामा का बेटा था। वह कितना भी जाति-भ्रष्ट हो गया हो, यदि उसके शव को शूद्र छुएँगे तो मैं अपने प्राण त्याग दूँगी। प्राणेशाचार्य बहुत कोमल स्वभाव के हैं। गरुड़ तो गाँव को बरबाद करने पर तुला हुआ है, वह आपकी तरह भोले स्वभाव का नहीं। यदि उसने शव-संस्कार की आज्ञा प्राप्त कर ली तो वह सोना-गहने, सारे सीतादेवी के हाथ आ जाएँगे, जिसके पाँव पहले ही जमीन पर नहीं पड़ते हैं। उनकी विपरीत बुद्धि से ही तो उनका बेटा भागकर सेना में भरती हो गया है। अब ये लोग मेरे दामाद के बारे में, मेरे मामा के पुत्र नारणप्पा के बारे में भला-बुरा कहते हैं। किन्तु क्या भरोसा है कि उनका बेटा श्याम कर्म-कांड, रीति-पद्धति का निर्वाह कर ही रहा है? कहीं गरुड़ प्राणेशाचार्य के पास जाकर उन्हें राजी न कर ले, आप भी जाइए। आप यहाँ औंधे पड़े हैं और वह वहाँ जा खड़ा हुआ होगा। क्या मैं यह नहीं जानती?'' यह कहते हुए अनसूया बाहर आई और गरुड़ाचार्य के घर के आगे-पीछे की ओर देखकर उसने अपने पति को जबरदस्ती घर से बाहर भेज दिया।

भगवान कृष्ण के एक संगी ब्राह्मण कुचेल की तरह हीन-क्षीण लक्ष्मणाचार्य को कहीं बैठा देखकर गरुड़ाचार्य को बड़ा क्रोध आया, मानो शिव की पूजा

के वक्त, बीच में कोई भालू आ टपके! हाँफते हुए, तोंद को एक हाथ से मानो थामे हुए और दूसरे हाथ को जमीन पर टेककर वह ऐसे देखने लगा जैसे उसे अभी समूचा निगल लेगा। उसके मन में इच्छा हुई कि उसे कंजूसों का बाप, अपनी माता तक को धोखा देनेवाला, कानी कौड़ी को दाँतों से पकड़नेवाला और जाने क्या-क्या कह डाले, किन्तु प्राणेशाचार्य की उपस्थिति के कारण वह गम खा गया। एक चम्मच तिल का तेल भी न खरीदनेवाला अधम ब्राह्मण है यह! कौन नहीं जानता इसे अग्रहार में? पत्नी जब तेल मलकर नहाने के लिए इसे कहती है तो सुबह-सुबह ही चार मील दूर कोंकणी की दुकान पर पहुँच जाता है। कहता है, 'कहो कामत, तिल का तेल मँगवाया है या नहीं? माल कैसा है, कीमत क्या है? खराब तो नहीं है? देखूँ तो?' इतना कहकर दो चम्मच हथेली में डाल लेता है और सूँघकर कहता है, 'ठीक है, लेकिन जरा मिलावट लगती है। नया माल आए तो याद रखना हमें, एक कनस्तर-भर खरीदना है।' यह कहते हुए तेल सिर में लगा लेता है। फिर मिर्चों की बोरी में हाथ डालकर पूछता है, 'क्या भाव है इसका?' फिर बात करते-करते ही मुट्ठी-भर मिर्च थैली में डाल लेता है। वहाँ से सीधा चलकर शणै की दुकान पर आता है और कहता है, 'उस कामत की दुकान पर तो सभी कुछ महँगा है।' कामत को भला-बुरा कहकर फिर दो चम्मच तिल का तेल और मुट्ठी-भर मिर्च उठा लेता है। वहाँ से घर लौटता है। रसोई बनती है। फिर इस-उस के बाग में जाकर केले के पत्ते तोड़ लाता है। उनको धूप में सुखाकर दोने बनाता है और बेचकर दो-चार पैसे कमाता है। यज्ञोपवीत बना-बेचकर भी कुछ बना लेता है। गिद्ध की तरह भोजन के न्यौते की प्रतीक्षा करता है। अब गहनों पर इसकी नजर गड़ी है। कुछ भी हो, ऐसा करना होगा कि वह इस लूट को न हथिया ले!

''नारायण-नारायण,'' कहकर लक्ष्मणाचार्य ने लम्बी साँस छोड़ी, पसीना पोंछ लिया और आँखें बन्द करते हुए कहा, ''आचार्यजी, धर्म-शास्त्र के अनुसार कोई बाधा न हो तो शव-संस्कार करने में मुझे कोई आपत्ति नहीं है। कुछ भी हो, वह मेरा साढू ही था न! आपकी सहमति होगी तो शव-संस्कार का अधिकार मेरे अलावा किसी और को नहीं मिल सकता।'' इतना कहकर उसने अपनी बन्द आँखें खोल लीं।

गरुड़ाचार्य हैरान हो गया। सोचने लगा कि अब इस तर्क का क्या जवाब दे!

''शव-संस्कार का अधिकार बेशक तुम्हारा ही है, इस बारे में मुझे कुछ

नहीं कहना। तुम ही इसे सम्पन्न करो। आखिर औरों के पाप ढोने के लिए ही तो हम ब्राह्मणों का जन्म हुआ है। किन्तु प्रश्न है गहनों का। वह कोर्ट में दाखिल होने चाहिए, या धर्मपीठ के न्याय के अनुसार मुझे मिलने चाहिए।''

प्राणेशाचार्य क्षुब्ध हो उठे। शव-संस्कार की समस्या तो सुलझ भी जाए, किन्तु इस सोने की समस्या को सुलझाना आसान नहीं होगा। प्रतिक्षण उनकी परेशानियाँ बढ़ रही हैं। नारणप्पा द्वारा पैदा की गई समस्या में वामनावतार के कदमों की तरह वृद्धि हो रही है, जिसने तीसरे पग में ही ब्रह्मांड को नाप लिया था।

उसी समय बेचारे दासाचार्य के नेतृत्व में दूसरे ब्राह्मण भी आकर जमा हो गए।

''आचार्यजी!'' दासाचार्य ने अपने पेट पर ऐसे हाथ फेरते हुए कहा जैसे कोई माँ अपने रूठे बच्चे को प्यार करे, ''मेरा स्वास्थ्य ठीक नहीं है, आप जानते ही हैं। भोजन न करूँ तो मेरी जान को खतरा है। आप कोई-न-कोई राह सुझाएँ। या यह बताइए कि इस विपदा में करना क्या चाहिए? अग्रहार में शव पड़ा रहे तो हम भोजन कर सकते हैं कि नहीं? और फिर ये गरमी के दिन हैं। एक ही दिन में शव बदबू मारने लगेगा। मेरा घर उसके घर के निकट है। यह किसी के लिए भी ठीक नहीं है। समूचे अग्रहार के हित की दृष्टि से लक्ष्मणाचार्य और गरुड़ाचार्य–दोनों को परस्पर कोई समझौता कर लेना चाहिए।''

उसने चारों ओर देखा। नारणप्पा के मन में जिस तरह काम-भावना सदैव प्रबल रहती थी, उसी तरह दासाचार्य को सदा भूख सताती रहती थी। भूख इस समय उस पर हावी थी और उसकी दृष्टि को उदार बना रही थी।

उसने धैर्यपूर्वक कहा, ''आप कुछ कहिए तो आचार्यजी, आपका कथन वेद-वाक्य के समान प्रभावी होगा। हमें न स्वर्ण चाहिए, न कुछ और। आप आदेश दीजिए। हम चारों इसी क्षण शव को उठा ले जाते हैं और दाह-संस्कार कर आते हैं। आप उस सोने से हनुमानजी की मूर्ति के लिए एक मुकुट बनवा दें और हमारी ओर से उन्हें अर्पित कर दें।''

प्राणेशाचार्य के भीतर जैसे एकाएम प्रेरणा जगी, यद्यपि गरुड़ाचार्य और लक्ष्मणाचार्य हतोत्साह-से दीखे। गरुड़ाचार्य सोच रहा था कि क्या कुछ ठीक रहेगा! हनुमानजी के लिए सोना देने की दासाचार्य की बात का विरोध करना

तो पाप समझा जाएगा।

''धर्मशास्त्र में जो लिखा है, आचार्यजी को वही कहने दें। किसी के चाहने, न चाहने से क्या हो सकता है! आचार्यजी कुछ-न-कुछ राह जरूर ढूँढ़ निकालेंगे, और कहीं गुरुजी ने उस राह को गलत कह दिया तो हम लोगों की दशा क्या होगी? हमें यह भी देखना चाहिए कि आचार्यजी की ख्याति पर किसी तरह का भी दाग न आए। पारिजातपुर के ब्राह्मण जिस तरह नजरों से गिर गए हैं उच्च जाति के ब्राह्मणों से...,'' गरुड़ाचार्य ने धीरे-धीरे हँसते हुए, दासाचार्य की बातों से सहमति जताने के ढंग से कहा। सुनकर लक्ष्मणाचार्य को भी, जिसे इस ढंग से बात करना नहीं आता था, खुशी हुई।

''अब आप सब लोग घर जाइए। मैं आज रात इसका उत्तर जरूर ढूँढ़ निकालूँगा, चाहे मुझे धर्मशास्त्र का पन्ना-पन्ना देख जाना पड़े।'' प्राणेशाचार्य ने बहुत थकान-भरी आवाज में कहा।

संध्या हुई। किन्तु आचार्य ने न तो संध्यावन्दन ही किया और न ही भोजन। उद्विग्न और आन्दोलित होकर प्राणेशाचार्य भीतर से बाहर और बाहर से भीतर चक्कर लगाने लगे। आँगन में चन्द्री बैठी थी। उससे अन्दर आकर बैठ जाने के लिए कहा। वे पत्नी को शिशु की भाँति दोनों हाथों से पिछवाड़े उठा ले गए और पेशाब करवाया। फिर दवा पिलाई और उसे बिस्तर पर लिटा दिया। दालान में आकर कन्दील की रोशनी में फिर से पोथियों के पन्ने उलटने लगे।

5

पिछली रात केलूर के एक दल का 'जाम्बूवति कल्याण' नाटक देखने के लिए श्रीपति शिरनाली गया था। शिवमोग्गा से नारणप्पा का लौटना, बीमार हो जाना और फिर मर जाना—इन बातों का श्रीपति को कुछ पता नहीं था। अगर पता होता तो अग्रहार में रहनेवाले अपने एकमात्र और प्रिय मित्र की मृत्यु पर उसे परम दुख होता। घर छोड़े उसे एक सप्ताह हो गया था। केलूर दल के भागवत से उसकी दोस्ती हो गई थी। उसके दल के साथ रहकर, उन्हीं के साथ खा-पीकर, रात में नाटक देखकर, दिन में सोकर और समय मिलने पर पास-पड़ोस के गाँवों में जाकर दलवालों के निमन्त्रण का प्रबन्ध वगैरह करके वह अपने यहाँ लौटता था। एक सप्ताह-भर वह दुनिया-जहान के बारे में सब कुछ भूल गया। अब रात में जंगल के रास्ते से लौट रहा था, हाथ में टॉर्च थी। भय को दूर भगाने के लिए गाना गाता हुआ चल रहा था। बाल बढ़कर लम्बे हो गए थे। बाल बढ़ाने का कारण यह था कि भागवत ने अगले वर्ष उसे नाटक में एक स्त्री-पात्र देने का वचन दिया था। उसकी शिक्षा-दीक्षा आखिर प्राणेशाचार्य के यहाँ हुई थी। भागवत उसके शुद्ध उच्चारण और वाक्य-रचना से खुश थे। आचार्य से उसने संस्कृत, तर्क और परम्परागत ज्ञान ग्रहण किया था और यक्षगान की आदि नाट्य-कृतियों के पात्रों के बारे में ढंग से बातचीत भी कर सकता था। यदि नाटक में अभिनय का एक अवसर मिल जाए तो वह ब्राह्मणों से पीछा छुड़ा ले, दाह-संस्कारों पर मिलनेवाले भोज्य से, और उस कुंठित रूढ़िग्रस्त जीवन से मुक्ति पा ले।

श्रीपति को इस विचार से भी खुशी हो रही थी। अँधेरे जंगल में भी उसका डर जाता रहा। फिर पुजारी शनि की झोपड़ी से वह नीरा भी पी आया था। नशा चढ़ा था, इसलिए जंगल के घने अन्धकार में ठंड भी नहीं सता

रही थी। फिर बटन दबाते ही छनकर रोशनी फेंकनेवाली टॉर्च भी उसके पास थी, जिसे देखकर गाँव के लोगों को बहुत आश्चर्य हुआ करता था। वह इससे लैस होकर चल रहा है तो भूत-प्रेत का डर कहाँ? दुर्वासापुर के निकट आते ही वहाँ मिल सकनेवाले सुख से उसकी देह गरमाने लगी। यदि उसकी पत्नी कैंची की तरह अपनी टाँगों को फँसाकर सो गई तो? बेल्ली तो है ही न! बेल्ली शूद्रा है तो क्या हुआ? जैसे नारणप्पा कहता है, 'कोई देवी हो तो क्या, या सरमुंडी विधवा हो तो क्या?' बेल्ली न तो देवी है, न विधवा। पिचके गालों, सूखे स्तनों और मूँग-मसूर की दाल की बू से बसी ब्राह्मणों की कौन-सी लड़की उसकी बराबरी कर सकती है? उसकी जाँघें मांसल हैं—जब वह उसके साथ होती है तो रेत में किसी साँप की तरह लोटने के समान तड़पती है। अब तक वह अपने घर के बाहर धूप में रखे घड़ों में गर्म हुए पानी से नहा-धो चुकी होगी। फिर घर में रखी खट्टी नीरा भी चख चुकी होगी, और अब वह सुर पर कसे हुए मृदंग की तरह एकदम तैयार होगी। न ज्यादा काली, और न चम्पई चिट्टी ही—बीज को स्वीकारने के लिए तैयार, उपजाऊ मिट्टी के रंग की, सुबह के सूरज से तपी उसकी देह है। चलते-चलते श्रीपति रुक गया। खुशी से टॉर्च जलाई, फिर बुझा दी। फिर उससे जंगल को चारों ओर रोशन कर दिया—दानवों की भूमिका के पात्रों की तरह उल्लसित हो उठा। थई, थई, थक थै—ताल पर नाचने लगा। लेकिन धम्म से पैरों के भार बैठने की कोशिश में एक घुटने में मोच खाकर उठ खड़ा हो गया। जंगल एकदम निर्जन था। टॉर्च की रोशनी से घबराकर अनेक पक्षी जाग गए, पंख फड़फड़ाने लगे। इस सबसे उसका नशा और बढ़ गया। बस, कल्पना-मात्र से आ जाती हैं नवरसों से पूर्ण भावनाएँ। क्रोध, बीभत्स, भय, रौद्र, श्रद्धा, शृंगार...एक के बाद दूसरे रस में वह डूबने-उतराने लगा। प्रभात-वेला में शेषशायी भगवान विष्णु को गाकर जगाती है लक्ष्मी...

जागो नारायण
जागो लक्ष्मीरमण, जागो,
सूर्य उदय हुआ है।

श्रीपति की आँखों में आँसू आ जाते हैं। नारणप्पा का वाहन गरुड़ भी आकर जगाता है, 'जागो नारायण'। सन्देश-वाहक और मुनि नारद, तम्बूरा बजाते हुए, 'जागो लक्ष्मीरमण' कहकर जगाते हैं। सब पशु-पक्षी, वानर, किन्नर, यक्ष, गन्धर्व आदि कहते हैं, '...जागो हे...प्रभात हो गया।' श्रीपति

लास्य की मुद्रा में अपनी धोती के किनारे को साड़ी की तरह पकड़कर गर्दन झुकाए नाचने लगा। शनि के यहाँ पी गई ताड़ी का नशा चढ़ गया था। नारणप्पा के पास जाकर वह कुछ और अधिक नशा करने की सोचने लगा। यक्षगान के सारे स्त्री-पात्रों की याद आने लगी। पुराणों में स्त्री के मोह में न फँसनेवाला एक भी ऋषि नहीं है। वह मेनका, जिसने ऋषि विश्वामित्र का तपोभंग किया था, कैसी रही होगी वह तरुण सुन्दरी? चन्द्री से जरूर अधिक सुन्दर होगी। फटे-पुराने कपड़े पहनकर, गोबर उठाकर ले जानेवाली बेल्ली के रूप-यौवन पर किसी की नजर नहीं पड़ी थी। आश्चर्य की बात है। वैसे इसमें आश्चर्य की बात नहीं भी है। इन ब्राह्मणों की बाँझ दृष्टि को भोजन के सिवाय और क्या नजर आता है? बच्चों को जैसे पुचकारने के ढंग से प्राणेशाचार्य समझाते हैं–'उषाकाल की सुन्दरी देवी को देखकर वेदव्यास कितने प्रसन्न हो गए होंगे? प्रातःकाल उठकर उषा को देखने पर उनके मुँह से प्रभु ने ये शब्द कहलवाए : मासिक धर्म के बाद पवित्र हुई सद्यस्नाता पुष्पवति रमणियों की तरह...। अहा! कैसी कल्पना है, कैसी उपमा है!' किन्तु इन नीरस ब्राह्मणों के लिए यह केवल मन्त्र है, धन्धा कमाने का एक रास्ता मात्र। कुन्दापुर का नागप्पा जब राजा का वेश धारण कर लेता है तो कितने दम्भ और कितने सम्मोहक सुर में कहता है, 'ये भ्रमर, ये पारिजात, ये चमेली से भरपूर वन–यहाँ अकेली, अवनतवदना, दुख से कातर, हे देवी, तुम कौन हो?' श्रीपति मुस्कराते हुए आगे बढ़ता है। अग्रहार में सौन्दर्य को परखनेवाले केवल दो ही आदमी तो हैं : नारणप्पा और चन्द्री। अनन्य रूपवती है चन्द्री। आसपास के सौ मील के क्षेत्र में–चन्द्री जैसी अन्य रूपवती कोई दिखाए तो उसे आदमी मानूँ! यह ठीक है कि वह दुर्गाभट्ट भी कुछ-कुछ रसिक है। किन्तु यहाँ-वहाँ दो-चार शेट्टियों की औरतों की देह पर हाथ फेरने के अतिरिक्त और अधिक कुछ करने की हिम्मत उसमें नहीं है। यों देखा जाए तो वास्तव में प्राणेशाचार्य सबसे अधिक रसिक हैं। हजारों में कोई एक व्यक्ति ही उनके जैसा होता है। रोज शाम को पुराणों का पाठ करते हुए, श्लोकों के अर्थ करने की बड़ी ही आकर्षक शैली है उनकी, जो बड़े-बड़े भागवतों, कथावाचकों को भी डाह से जला दे। कैसी होती है उनकी वाक्य-रचना, हलकी, मधुर मुस्कराहट और आँखों में बस जानेवाला उनका वह रूप! चोटी, भस्म, अक्षत और जरी का दुशाला–यह सब केवल उनको ही शोभा देते हैं। आठों मठों में, दक्षिण के महापंडितों के साथ तर्क-वितर्क

में जीते हुए पन्द्रह दुशाले! किन्तु वे कभी डींग नहीं हाँकते। उनकी पत्नी हमेशा की बीमार रहती है, बच्चे भी नहीं हैं। कितने रस से कालिदास के स्त्री-पात्रों का वे वर्णन करते हैं—क्या कभी उनमें लालसा नहीं जागती होगी? बेल्ली पानी लेने के लिए नदी पर जब आई थी तो उसने पहली बार उसके साथ भोग किया था—आचार्यजी द्वारा शकुन्तला के रूप-यौवन का बखान सुनकर ही रोक नहीं सका था अपने को वह। घड़े में पानी लिए सिर पर उठाए जा रही थी बेल्ली। शरीर से फटा वस्त्र खिसक गया था। और धरती के रंग के नाचते हुए स्तनोंवाली बेल्ली जैसे ही थमी, ठीक शकुन्तला की भाँति वह दिखाई पड़ रही थी। आचार्यजी के वर्णन-चित्रण का उसके सभी अंगों ने पूर्ण रति-भोग किया था।

श्रीपति वहाँ से सीधे पहाड़ियों पर बनी छोटी जाति के लोगों की झोपड़ियों की ओर पगडंडी की राह चल पड़ा। अमावस्या की काली रात में एक झोपड़ी जल रही थी। उसकी रोशनी में कुछ अस्पष्ट आकृतियाँ दिखाई दीं। उसने दूर ही ठहरकर देखा-सुना, लगा कि कोई झोपड़ी में लगी आग बुझाने की कोशिश नहीं कर रहा है। आश्चर्य से एक वृक्ष के तने के पीछे खड़ा वह देखता रहा। बाँस और चटाइयों से बनी झोपड़ी गरमी के इस दिन में पलभर में ही जलकर खाक हो गई और ढह गई। अस्पष्ट काली आकृतियाँ अपनी-अपनी झोपड़ियों में लौट गईं। आग की लपटों से भयभीत होकर जो पक्षी पेड़ों पर से उड़ गए थे अब अपने घोंसलों में लौट आए। श्रीपति धीरे-धीरे आगे बढ़ा और बेल्ली की झोपड़ी से कुछ दूरी पर रुककर उसने ताली बजाई।

गरम पानी से नहाने के बाद नीचे एक छोटा-सा कपड़ा लपेटे और ऊपर बिलकुल निर्वसना बेल्ली की केशराशि पीठ और मुख पर फैली हुई थी। वह दबे पाँव झोपड़ी से बाहर आई, फिर धीरे-धीरे झाड़ियों की ओट में चली गई। श्रीपति एक झाड़ के पीछे रुका और आँखों से ओझल होने तक उसे देखता रहा। जब इधर-उधर कोई दिखाई नहीं दिया तो बेल्ली के पास तुरन्त पहुँचा। एक बार टॉर्च जलाई, फिर बुझा दी—और फिर उससे लिपट गया।

"ओह! आज नहीं जी।"

बेल्ली ने कभी इस तरह उसे नहीं टोका था। श्रीपति को आश्चर्य हुआ। लेकिन उसकी बातों की ओर ध्यान न देकर उसने उसकी कमर से लिपटे हुए कपड़े को झटककर उतार दिया।

"जानते हो, क्या हुआ था? आज पिल्य और उसकी बीवी मर गए, जैसे कोई राक्षस उन पर टूट पड़ा हो।"

श्रीपति को इस घड़ी बातों के लिए समय नहीं था। बेल्ली नग्न खड़ी थी। उसने उसे जमीन पर खींच लिया।

"...क्योंकि दोनों इस तरह मर गए थे, हमने उनके शवों को वहीं झोपड़ी में ही आग लगाकर जला दिया। किसी प्रकार का ज्वर आया था, चल बसे। आँखें ऐसे बन्द कीं कि फिर खोल भी न सके।"

श्रीपति अधीर हो रहा था। वह कुछ बोल रही है, कुछ खोई-खोई-सी है। मैं काम-लिप्सा की इतनी उतावली में आया हूँ, यह किसी की मौत की बात ले बैठी है! ऐसे वक्त वह इस तरह पहले कभी नहीं बोली। वह तो हमेशा बरसते पानी के नीचे झुकनेवाली कनक की बाली की तरह रही है।

कुछ देर बाद बेल्ली कपड़ा लपेटते हुए बोली :

"तुमसे कहूँ कि ऐसा आश्चर्य मैंने पहले कभी नहीं देखा। हम लोगों की झोपड़ियों में खाने को क्या मिलता है? चूहे यहाँ क्यों आने लगे भला? हमारी झोपड़ियाँ ब्राह्मणों के घरों की तरह नहीं हैं। अब तो रिश्तेदारों की तरह जैसे टिकने के लिए ये चूहे यहाँ आने लगे हैं। छत से गिरते हैं, फिर चक्कर काट-काटकर मर जाते हैं। झोपड़ी में आग लगने पर जैसे लोग प्राण बचाने के लिए भागते हैं न, उसी तरह ये चूहे जंगल की ओर दौड़ते हैं। ऐसी बातें मैंने पहले कभी नहीं देखी थीं। किसी शमन से जिस पर भूत चढ़ा हो, इस बारे में पूछना चाहिए। ये चूहे हम अछूतों की बस्ती में क्यों आने लगे और लकड़ी टूटने की तरह 'लक्क' से मरने कैसे लगे? हमें जरूर किसी देवी-देवता से जानकारी लेनी चाहिए।"

श्रीपति ने धोती बाँधी। अंगवस्त्र पहना। जेब से कंघी निकालकर बाल सँवारे। टॉर्च जलाकर देखा और फिर जल्दी से भाग निकला। बेल्ली केवल साथ सोने के लिए ही ठीक थी, बातें करने के लिए नहीं। जब बोलेगी तो बस बात-बात पर देवी-देवता, भूत-प्रेत के बारे में ही!

वह नारणप्पा से जल्दी मिलना चाहता था। धोती घुटनों के ऊपर तक लपेटकर जल्दी-जल्दी पहाड़ी से नीचे उतरने लगा। सोचा, रात में कुछ और शराब पीकर वहीं सो जाएँगे। दिन निकलने पर ही पारिजातपुर के नागराज के घर चले जाएँगे। धीरे से उसने नारणप्पा के घर का द्वार खोला। भीतर

से कपाट बन्द नहीं था। यह सोचकर कि वह जगा होगा, वह खुशी-खुशी भीतर घुसा। टॉर्च जलाकर आवाज लगाई, "नारणप्पा नारणप्पा!" एकाएक उसकी नाक में बदबू भर आई। लगा कि जैसे कै हो जाएगी। वह ऊपर जाना चाहता था और अपने मित्र का द्वार खटकाना चाहता था। अँधेरे में जानी-पहचानी सीढ़ियाँ चढ़ने लगा। तभी कोने में पड़ी किसी ठंडी और नरम चीज पर उसका पैर पड़ गया। घबराकर उसने टॉर्च जलाई। देखा–'थू... चूहा।' चूहा पैर ऊपर किए, मरा पड़ा था। उसके ऊपर मक्खियाँ बैठी थीं। रोशनी में वे उड़कर भिनभिनाने लगीं। जल्दी से ऊपर पहुँचकर उसने फिर टॉर्च जलाई। इस तरह चादर ओढ़कर नारणप्पा जमीन पर ही क्यों सो रहा है? सोचा, खूब ठर्रा पी गया होगा। उसने मुस्कराकर उसके मुख से चादर हटाई। उसे हिलाते हुए जोर से बोला, "नारणप्पा, नारणप्पा!" फिर जैसे उसके पाँवों तले एक चूहा कुचल गया हो। उसने झट से हाथ हटा लिया। शरीर एकदम ठंडा था। उसने हाथ खींच लिया और रोशनी की। देखा कि उसकी दृष्टिहीन नजर ऊपर की ओर, और आँखें हमेशा के लिए खुली हुई थीं। टॉर्च की रोशनी की परिधि में मक्खियाँ और छोटे-छोटे कीड़े उड़ते दिखाई पड़े और हवा को बोझिल करती हुई गन्धियाती एक बू!

6

अग्रहार में ही सबसे ज्यादा उम्र की बुढ़िया थी, सत्तर साल की लक्ष्मीदेवम्मा! उसने कर्र-कर्र की आवाज करते हुए दरवाजे को खोला और एक लम्बी डकार ली। गली में निकल आई, हाथ में थामी हुई लकड़ी को टेककर एक बार और डकार ली। रात में जब उसे नींद नहीं आती थी तो वह गली में निकल आती और दो-तीन बार चक्कर काटकर, आखिर में गरुड़ाचार्य के घर के सामने रुक जाती। फिर उसके पुत्र-पौत्रों को पुकारते हुए देवी-देवताओं की साक्षी देते हुए जी भरकर गालियाँ और श्राप देती और फिर लौटकर कर्र-कर्र की आवाज़ करनेवाले दरवाजे को बन्द करके सो जाती। यह उसकी आदत हो चुकी है—फिर अमावस्या और पूनम की रातों को तो उसकी गालियाँ और श्राप देने की आदत शिद्दत पर आ जाती थी। अग्रहार में दोनों चीजें प्रसिद्ध हैं—उसकी डकारें और उसके खुलते-बन्द होते दरवाजे की आवाज! दोनों आवाजें इस कोने से उस कोने तक सुनाई देती हैं। अग्रहार के ब्राह्मणों में उनकी कीर्ति चतुर्दिक फैली हुई है। लक्ष्मीदेवम्मा बाल-विधवा थी, इस कारण सब लोग उसे कुलक्षणी लक्ष्मीदेवम्मा कहकर पुकारते थे। एकाएक उसके सामने पड़ जाने पर अशुभ के प्रतिकार के लिए ब्राह्मण एक बार चार कदम पीछे हट आते थे। आगे बढ़नेवाले शैतान बच्चों को वह अपने हाथ का डंडा घुमाकर भगा देती और उन्हें श्राप देती। किन्तु वास्तव में कोई उसकी परवाह नहीं करता था। सब उसे 'खट्टी डकारोंवाली' लक्ष्मीदेवम्मा कहकर पुकारते थे, यद्यपि 'अधपगली' लक्ष्मीदेवम्मा के नाम से वह ज्यादा प्रसिद्ध थी।

उसकी आपबीती भी एक पुराण के समान है। जब वह आठ साल की बच्ची थी तो उसका विवाह कर दिया गया था। दस वर्ष की होने पर विधवा

हो गई। पन्द्रह की उम्र होने तक सास-ससुर चल बसे। 'बुरे ग्रहोंवाली' कहकर अग्रहार के लोग उसकी अवज्ञा करते। बीस साल की होने से पहले ही उसके माँ-बाप भी नहीं रहे। जो कुछ थोड़ी-बहुत जायदाद उसके पास बची थी, वह गरुड़ाचार्य के पिता ने अपनी निगरानी में ले ली। उसने बुढ़िया को बुलाकर अपने घर रख लिया। उसका तौर-तरीका ऐसा ही था। नारणप्पा के पिता ने 'नासमझ है'—कहकर उसकी जायदाद की निगरानी भी उससे हथिया ली। लक्ष्मीदेवम्मा ने इसी तरह पच्चीस बरस का जीवन उस घर में गुजारा। उसके पिता की मृत्यु पर गरुड़ाचार्य के हाथ में जायदाद की कुल देखभाल आ गई थी। गरुड़ाचार्य की पत्नी बड़ी कंजूस थी; कभी किसी को खाने के लिए पेट-भर भोजन नहीं देती थी। लक्ष्मीदेवम्मा और उसके बीच अक्सर झगड़ा हुआ करता और कभी-कभी हाथापाई तक की नौबत भी पहुँच जाती। फिर पति-पत्नी दोनों ने लक्ष्मीदेवम्मा को निकाल बाहर कर दिया और उसे पति के पुराने टूटे-फूटे, वीरान घर में धकेल दिया। तब से लक्ष्मीदेवम्मा अकेली ही वहाँ रहने लगी। लक्ष्मीदेवम्मा ने प्राणेशाचार्य के पास शिकायत भी की। उन्होंने गरुड़ को बुलाकर बुरा-भला समझाया, तब से हर महीने वह एक रुपया उसे देने लगा। उस एक रुपए से क्या हो सकता था? इस वजह से अपनी जायदाद और नगदी हड़पनेवाला गरुड़ाचार्य उसे जहर लगने लगा। अग्रहार के ब्राह्मणों से कभी-कभी प्राणेशाचार्य लक्ष्मीदेवम्मा को कुछ चावल दिलवा दिया करते थे। जैसे-जैसे उसकी उम्र बढ़ती गई, उसके रोम-रोम में द्वेष का विष समाता गया।

डकार लेते हुए लक्ष्मीदेवम्मा गरुड़ाचार्य के घर के सामने खड़ी होकर गालियाँ बकने लगी :

"तेरा घर बरबाद हो जाए; तेरी आँखें फूट जाएँ। तू गाँव को बरबाद करनेवाला है। तू विधवा के पेट पर लात मारनेवाला है। तूने नारणप्पा के बाप के ऊपर जादू-टोना करवाया। छिनाल की औलाद है तू। जरा भी इज्जत-आबरू हो तो बाहर निकल तू। गरीब विधवा की जायदाद हड़प ली है न! क्या पचा लेगा उसे? मर भी जाऊँगी तो भूत बनकर तेरे बाल-बच्चों को सताऊँगी रे...! तूने मुझे अभी जाना-पहचाना नहीं है।"

घरघराहट के साथ उसने साँस ली और एक बड़ी-सी डकार। फिर बोली :

"रे बदमाश, तेरे करतबों के कारण ही सोने जैसे नारणप्पा ने जात गँवाई

और उस राँड के साथ रहने लगा। तुम लोग अपने को ब्राह्मण कहते हो, लेकिन उसके शव को लेकर बैठ गए हो। कहाँ गया तुम्हारा ब्राह्मणत्व? चांडालो! रौरव नरक में जाकर मरोगे तुम लोग। मैंने कभी नहीं देखा कि अग्रहार में रात-भर बिना संस्कार के कोई लाश इस तरह पड़ी रही हो। राम...राम! खराब दिन आ गए हैं। ब्राह्मणों का नाश हो चुका है। सिर मुँडवाकर तुम सब मुसलमान क्यों नहीं हो जाते? तुम्हें क्यों चाहिए ब्राह्मणत्व?'' हाथ की लकड़ी जमीन पर पटककर उसने फिर 'हैच्' कहकर एक डकार ली।

'अरे-रे' कहते हुए श्रीपति नारणप्पा के घर से गली में भाग आया। घर का द्वार बन्द करना भी भूल गया।

''देखो...देखो...देखो...नारणप्पा का प्रेत वहाँ है...देखो...।'' कहते हुए अधपगली लक्ष्मीदेवम्मा लकड़ी की टेक लेकर भागकर, घर-घर का दरवाजा थपथपा के सुना आई। अपनी जान हथेली पर रखकर श्रीपति नदी पार करके पारिजातपुर के नागराज के घर की तरफ भाग निकला।

प्राणेशाचार्य के घर के चबूतरे पर सोई चन्द्री ही पहचान सकी कि इस तरह भगकर जानेवाला श्रीपति ही था। भूख के कारण उसे नींद नहीं आ रही थी। उसने कभी इस जन्म में या पहले जन्मों में एक दिन भी उपवास नहीं किया था और न कभी वह इस प्रकार अकेली किसी घर के दालान की कड़ी जमीन पर लेटी ही थी। जब से वह अपने कुन्दापुर के घर से निकली और नारणप्पा के साथ रहने लगी थी, वह हमेशा अगरबत्तियों से सुगन्धित कमरे में नरम, गद्देदार बिस्तरों पर सुख से सोती रही है। वह भूख को सहन नहीं कर पा रही थी। वह उठी और पीछे के बगीचे में गई, जहाँ पकने के लिए केले रखे हुए थे। पेट भरकर खाने के बाद नदी पर जाकर उसने पानी पिया। अपने घर की ओर जाने में उसे डर लग रहा था। जब से पैदा हुई थी उसने कोई शव नहीं देखा था। नारणप्पा के शव का संस्कार हो जाता तो उससे अपने प्रेम-सम्बन्धों को याद कर एक बार जी-भर रो लेती। लेकिन अब उसके दिल में भय के अतिरिक्त और कुछ नहीं था। भय और चिन्ता। यदि नारणप्पा के शव का सही रीति से संस्कार नहीं हुआ तो वह जालिम भूत-प्रेत बन जाएगा। दस वर्ष तक उसके साथ सुख से रही हूँ, उसने सोचा, अब उसके

शव का संस्कार न करवा सकूँ तो मेरा मन कैसे मानेगा? यह सच है कि नारणप्पा ने ब्राह्मणत्व त्याग दिया था। वह मुसलमानों के साथ खाना खा-पी लेता था। वह स्वयं भी तो इसी तरह खाती-पीती थी। उसे इसका कोई पाप नहीं लगेगा, क्योंकि वेश्या की जीवन-वृत्ति वाली स्त्री पर इन नियमों की कोई पाबन्दी लागू नहीं होती। वह इन नियमों से परे है। वह हमेशा कल्याणमयी है, उसके लिए कभी वैधव्य की यातना नहीं होगी। वह सदा-सुहागिन है। बहती नदी को क्या कभी पाप लग सकता है? उसका जल प्यास बुझाने के लिए प्यासे के लिए भी ठीक है, आदमी गन्दा हो तो उसकी मैल धोने के लिए भी ठीक और उसका बहता जल भगवान के पावन अभिषेक के लिए भी ठीक है। सब किसी के लिए हमेशा 'हाँ'; 'ना' कभी नहीं, किसी के लिए नहीं। उसी की तरह सूखती नहीं, मुरझाती नहीं। वह तुंगा नदी की तरह है जो कभी शुष्क नहीं होती, कभी थकती नहीं।

केवल दो बच्चे पैदा करके चुक जाती हैं, गाल पिचक जाते हैं, आँखें धँस जाती हैं, इन ब्राह्मण स्त्रियों की। उनकी तरह उसके स्तन ढीले नहीं पड़े, लटक नहीं गए। वह न सूखनेवाली, चिरस्थायी, न कृश होनेवाली–निरन्तर बहनेवाली नदी है।

नारणप्पा ने दस वर्ष के बालक की तरह उसके शरीर को कोंचा-गटका था, मधु-छत्ते के शहद को पीने के लिए लपकते लालची रीछ की तरह उसकी देह को चीरा, फाड़ा, खाया था। कभी वह चिंघाड़ते हुए चीते की तरह उस पर टूट पड़ता। अब उसका संस्कार हो जाए तो बस कुन्दापुर चली जाऊँगी और वहाँ जाकर जी भरकर रो लूँगी। संस्कार लेकिन इन ब्राह्मणों को ही करना है। यह ठीक है कि नारणप्पा ने ब्राह्मणत्व को त्याग दिया था। लेकिन ब्राह्मण फिर भी उससे चिपटे रहे। भयंकर क्रोधी, जिद्दी, दृढ़ संकल्प का था उसका व्यक्तित्व! बहिष्कार कर देंगे तो मुसलमान हो जाऊँगा, वह चुनौती देता था। लेकिन उसके अन्तर में क्या बीत रही थी, कौन कह सकता है? वह तो नहीं ही जान सकी। कितनी भी उछल-कूद करने पर भी उसने प्राणेशाचार्य से कभी गाली-गलौज नहीं किया था, यद्यपि किसी दिन आवेग में कुछ ऊल-जलूल जरूर कह जाता था, लेकिन भीतर-ही-भीतर उनसे डरता बहुत था। कभी किसी से झगड़ेगा, थोड़ी देर में ही भूल जाएगा। केवल डाह-ईर्ष्या की शिकार मुझ जैसी स्त्री के लिए, चन्द्री ने सोचा, उसके उद्वेग की गहराई को नाप पाना सम्भव नहीं है। जब वह पहले-पहल यहाँ आई थी

तो बोली, "मेरा पकाया हुआ मत खाइए। मांस मत खाइए। मैं खुद ये सब छोड़ दूँगी। कभी मन हठ करेगा तो शेट्टी के घर जाकर मछली खा आऊँगी। अग्रहार में यह सब नहीं करूँगी।" किन्तु उसने कुछ भी नहीं सुना, न वह सुनने-माननेवाला व्यक्ति ही था। जिद्दी, भर के जिद्दी। उसकी हठी, उन्मादी पत्नी में पति की जिद का सामना करते हुए जीने का साहस नहीं था। वह मायके चली गई। उसे श्राप देते-देते मर गई। अब कौन ज्यादा उलझनों में पड़े? उसका संस्कार हो जाए तो बस! अन्तिम बार पैरों को छूकर घर चली जाऊँगी।

एक अनोखी बात यह थी जो उसे बराबर कचोट रही थी–किसी दिन भी किसी देवता के सम्मुख हाथ न जोड़नेवाला नारणप्पा, बेहोश होने पर, ज्वर की तेजी में निराली बातें करने लगा था। 'ओ माँ! हे भगवान! हे राम! हे नारायण...राम, राम!' कितनी चीख-पुकार कर रहा था इन पुण्य नामों को बार-बार दोहराकर! ये शब्द, ये गुहार किसी पापी के, किसी पतित के मुँह से निकलनेवाली बातें नहीं थीं। उसके भीतर, गहरे में क्या-कुछ और कैसे मथा जा रहा था, उसके भेद को वह नहीं पा सकी थी। अब यदि शास्त्रों की रीति से शव-संस्कार नहीं होता तो निश्चित रूप से वह भूत-प्रेत की योनि में ही जाएगा। उसका नमक खाया है उसने, उस चन्द्री ने...।

अब सब कुछ प्राणेशाचार्य पर ही निर्भर करता है। कितने सौम्य, करुणार्द्र हैं वे! नाटक में द्रौपदी के बुलाने पर हँसते हुए मदद को आनेवाले ज्योतिर्मय कृष्ण की तरह हैं बेचारे! उन्हें देह के सुखों के बारे में शायद कुछ भी पता नहीं होगा। सूखी लकड़ी की तरह पड़ी रहती है–उनकी अच्छी स्त्री। फिर भी कितने सहनशील हैं वे! कैसा तेजमय चेहरा, सरल स्वभाव है! एक दिन भी आँख उठाकर उसकी तरफ नहीं देखा। माँ कहा करती थी कि वेश्याओं को इसी तरह से पावन-पूज्य लोगों से गर्भ धारना चाहिए–जैसा रूप और तेज इन आचार्यजी में है। लेकिन ऐसे व्यक्ति का संग-सुख पाना भाग्य में लिखा हो तो न...!

भरपेट केले खा चुकने पर अब चन्द्री की आँखें बोझिल होने लगीं। नींद के झोंके आ-जा रहे थे। दालान में इधर-उधर प्राणेशाचार्य के घूमने-फिरने, उच्च स्वर में मन्त्र पाठ करने से जान पड़ता था कि अभी वे जाग रहे हैं। आचार्य जाग रहे हैं तो वही कैसे सो सकती है? यह सोचकर चन्द्री नींद को भगाने की कोशिश में थी। चिन्ताएँ भी घेर रही थीं। अन्ततः वहीं चबूतरे

पर बाँहों का सिरहाना लेकर, लज्जा से दोनों घुटनों को पेट से सटाकर, साड़ी के छोर से मुँह ढाँपकर चन्द्री सो गई।

भोजपत्रों की सभी पोथियों का वे पूरी तरह अध्ययन कर चुके थे। कोई समाधान नहीं मिला जो कि उनकी अन्तरात्मा द्वारा भी स्वीकार्य हो। धर्मशास्त्रों में ऐसी शंका के हल का अभाव होगा, प्राणेशाचार्य के लिए यह विचार भय का कारण बना हुआ था। उनको इस बात का भी भय था कि मठ के पंडित यह न कहने लगें कि उनका ज्ञान ही सीमित है। तब...? सब कुछ चला जाए, इज्जत नहीं जानी चाहिए। गई हुई इज्जत नहीं लौटती। लेकिन इस तरह के सोच-विचार से उन्हें लज्जा भी आई। सोचा, ऐसी स्थिति में भी अपनी इज्जत के बारे में ही चिन्तित हो रहे हैं! उनके मन ने कहा कि ऐसे अहंकार का नाश होना चाहिए। इसके बाद उन्होंने भक्तिपूर्वक फिर एक बार भोजपत्र के ग्रन्थों को खोला, आँखें बन्द कर ध्यान किया। फिर भक्ति से पढ़ने लगे। नहीं! फिर आँखें खोलकर एक पन्ना उठा लिया। नहीं! रसोईघर में सोई पत्नी कराहने लगी थी। वहाँ गए। पत्नी को उठाकर दो घूँट नींबू का रस पिलाया।

"नारणप्पा के बजाय मुझे ही मौत क्यों नहीं आ गई? सुहागिन रहकर क्यों नहीं मर गई मैं...?" यह सुनकर दुखी पत्नी को सान्त्वना देकर फिर दालान में आ गए। कन्दील के प्रकाश में खिन्नचित्त बैठ गए। सनातन शास्त्रों में यदि इस प्रश्न का उत्तर न हो तो समझना चाहिए कि नारणप्पा की ही जीत हुई और मेरी हार। मूल प्रश्न था, नारणप्पा के जीवित रहते समय क्यों नहीं उन्होंने उसे बहिष्कृत किया? क्या उसकी यह धमकी, कि वह मुसलमान बन जाएगा, ही उसका कारण था? उस धमकी से ही डरकर क्यों वे धर्मशास्त्र की अवहेलना कर चुके थे? जब ब्राह्मण की तप-शक्ति समस्त विश्व पर अपना प्रभुत्व चलाती थी, तब ऐसी धमकियों से कौन डरता था? बुरा समय आ गया है, तभी ऐसे संशय डावाँडोल करने लगे हैं।

क्या उसके मुसलमान होकर अग्रहार में रहने की धमकी के कारण ही उसका बहिष्कार नहीं किया गया था? नहीं। उसके प्रति कुछ सहानुभूति भी थी। अपने हृदय में अपार करुणा के ही कारण...। यह विचार आते ही उन्होंने सोचा, 'छीः-छीः, ये तो अपने को धोखा देने के बराबर है। वह कलुषहीन करुणा नहीं थी।' उसके पीछे भयंकर हठ भी था। नारणप्पा के

हठ से पराजित होने के लिए वे तैयार नहीं थे। 'उसे धर्म के मार्ग पर लाकर ही छोड़ूँगा—अपनी पुण्य की शक्ति से, तप की शक्ति से, प्रति सप्ताह दो दिन के उपवास की शक्ति से, उसमें सन्मति जाग्रत करूँगा'—ऐसा था उनका अवश हठ!

कैसी थी उनकी जिद! उन्होंने संकल्प किया था कि प्रेम से, सहानुभूति से, कठोर संयम से उसे सही मार्ग पर ले ही आना है। ऐसे निश्चय में कितनी जिद थी और कितनी सहानुभूति? उनकी प्रवृत्ति का स्वभावतः दया और करुणा की ओर झुकाव था। देह के जर्जरित होने के पश्चात्, जबकि काम-भावनाएँ इसे छोड़ चली जाती हैं, दया और करुणा की भावनाओं का वास मन-मानस में बना रहता है। मनुष्य में संवेदना की पकड़ लालसा से अपेक्षाकृत ज्यादा पक्की होती है। यदि सहानुभूति की भावना उनके मन में न रही होती तो वे विवाह के दिन से ही बिस्तर से जकड़ी पत्नी के साथ सम्बन्ध कैसे बनाए रखते? कभी किसी और नारी के मोह में क्यों न पड़ जाते? नहीं, नहीं, इस सहानुभूति की भावना ने ही उनके मानवमुखी ब्राह्मणत्व की सतत रक्षा की है।

संवेदना और सहानुभूति, मानवप्रेमी धर्म और ब्राह्मणत्व—सभी भाव आज उलझ गए हैं और यह उलझन उन्हें पीड़ित कर रही है। मूल प्रश्न यह है कि नारणप्पा क्योंकर ऐसा बुरा और इस कदर विषाक्त हो गया? शास्त्रों के अनुसार तो अनेक पूर्वजन्मों में संचित पुण्य के फल से ही ब्राह्मणत्व प्राप्त होता है। यदि ऐसा है तो क्यों नारणप्पा ने अपने ही हाथों से अपने ब्राह्मणत्व को नाली में फेंक दिया? आश्चर्य है कि आखिरी दम तक अपने स्वभाव के अनुसार किस तरह कार्यशील रहे! प्राणेशाचार्य को ऋग्वेद से एक कथा याद आ गई :

एक ब्राह्मण को जुए की लत पड़ गई थी। वह अपनी इस प्रवृत्ति से किसी भी प्रकार पिंड नहीं छुड़ा पाता था। कुलीन ब्राह्मणों ने यज्ञशाला में उसे प्रवेश करने की मनाही कर दी। कुत्ते की तरह उसे दुत्कारते रहे। देवी-देवताओं की दुहाई देकर वह रोया : 'ईश्वर, तुमने क्यों मुझे जुआरी बनाया? क्यों इस प्रकार की लत के सम्मोहन में फँसा दिया? अष्टादिकपाल, मुझे उत्तर दो। इन्द्र! यम! वरुण! तुम आओ और मुझे जवाब दो।'

उधर यज्ञशाला में ब्राह्मणों ने हविष्य निकालकर अग्नि, यम, इन्द्र, वरुणादि देवताओं का आह्वान किया और हविष्य स्वीकार करने के लिए

प्रार्थना की।

किन्तु देवतागण उस जुआरी के आह्वान पर उसी के पास गए। इस दशा में उन ब्राह्मणों को अपने ब्राह्मणत्व का अहंकार त्यागकर उसी अधम के यहाँ जाना पड़ा। धर्म के गुह्य भेद को समझ पाना अत्यन्त दुरूह है। कोई नितान्त पापी चांडाल मरते समय एक बार मुँह से 'नारायण' कहकर परमधाम और परमपद प्राप्त कर लेता है। एक बार भगवान ने जय और विजय नाम के अपने द्वारपालों से पूछा कि सात जन्म तक मेरे भक्त होकर मुझ तक पहुँचना चाहोगे या तीन जन्म में मेरे शत्रु बनकर? जय, विजय ने पिछली राह चुनी—मुक्ति और मोक्ष का आशु-मार्ग संघर्ष के बीच से होकर निकलता है। पूजा-पाठ जैसे कर्मकांड करते-करते चन्दन की तरह कर्मों के फल को घिसा-घिसाकर मिलनेवाले हम जैसे लोग जीवन-मुक्ति के लिए जन्म-पर-जन्म लेते रहते हैं। धर्म का भीतरी अर्थ सुबोध और समीक्ष्य नहीं है। किसे पता है कि नारणप्पा के प्राण अन्तर के किन तूफानों से जूझ रहे थे? जन्म-भर वह उछलता, कूदता और खेलता रहा और पल-भर में उसने प्राण त्याग दिए।

काश! कि इस असमंजस की स्थिति में ईश्वर उन्हें समझने की शक्ति दें। एकाएक प्राणेशाचार्य को लगा कि जैसे उन्हें कहीं से कोई अव्यक्त संकेत मिला है; उनके मन में एक विचार कौंधा और वे रोमांचित हो उठे। अगले दिन बहुत प्रातः स्नानादि से निवृत्त होकर उन्हें हनुमानजी के मन्दिर में जाना चाहिए और पूछना चाहिए कि हे वायुपुत्र! संशय की ऐसी स्थिति में क्या करना उचित है? प्राणेशाचार्य का मन हलका हो गया। घर के भीतर ही वे यहाँ-से-वहाँ चक्कर लगाने लगे। तभी ध्यान आया—हाँ, वह बेचारी चन्द्री चटाई के बिना ही बरामदे में सोई है! उन्हें दया हो आई। भीतर गए। चटाई, चादर और सिरहाना लेकर आए और पुकारा, "चन्द्री!"

चन्द्री उस समय अपनी माँ की बात सोचती हुई पड़ी थी। झटके से उठ बैठी, सिर पर आँचल ओढ़ लिया। अँधेरे में किसी पर-स्त्री के सम्मुख इस तरह खड़े रहना उचित न जानकर प्राणेशाचार्य ने कहा, "यह चटाई, सिरहाना ले लो," और लौट गए।

चन्द्री की जिह्वा को जैसे काठ मार गया हो। बरामदा पार कर प्राणेशाचार्य द्वार पर एक बार रुके। कन्दील के प्रकाश में उन्होंने देखा कि वह स्त्री संकोच की मारी, अधखिली कली की तरह बैठी है। जैसे ही उन्होंने

घर के भीतर प्रवेश किया, एक और विचार उनके मन में उठा। चन्द्री ने जो गहने उतारकर दिए थे, उनकी पोटली बाहर ले आए और बोले, "चन्द्री!" चन्द्री फिर उत्कंठा से उठ बैठी।

"यह लो, चन्द्री! तुम्हारी उदारता ने शव-संस्कार की समस्या को और भी उलझा दिया है। ब्राह्मण का कर्तव्य है कि आपद्धर्म के अनुसार व्यवहार करे। यह गहने तुम अपने पास रखो। नारणप्पा मर गया है लेकिन तुम्हारी तो सारी जिन्दगी अभी पड़ी है। उसके लिए भी तो कुछ व्यवस्था होनी चाहिए।"

कन्दील लिए प्राणेशाचार्य निकट खड़े थे। चन्द्री उनकी ओर दैन्यभाव से, अपनी बड़ी-बड़ी काली आँखों से देख रही थी। दयार्द्र होकर आचार्य झुके और उसे उसके गहने सौंपकर वापिस लौट गए।

7

दासाचार्य की भूख असह्य हो रही थी। 'नारायण', 'नारायण' कहते और पेट को मानो गूँथते हुए—वह बिस्तर में करवटें ले रहा था। उसके पुत्र को भी नींद नहीं आ रही थी। उसने अपनी माँ को जगाया और बोला, "बदबू! कहीं से बड़ी बदबू आ रही है।"

भूख की पीड़ा से तड़पते दासाचार्य को किसी तरह की बदबू नहीं आई। किन्तु उसकी पत्नी ने कहा, "हाँ, जरूर बदबू आ रही है।" पति को उठाते हुए बोली, "देखिए जी, यह बदबू कहाँ से आ रही है? गरमी के दिन हैं। लगता है कि लाश सड़कर सारे अग्रहार में बदबू फैला रही है।"

तभी अधपगली लक्ष्मीदेवम्मा 'नारणप्पा का प्रेत, नारणप्पा का प्रेत' कहकर चीख उठी। आवाज सुनकर दासाचार्य की पत्नी भय से काँप उठी। मृत की लाश भूत बनकर भटकने लगी है और बदबू फैला रही है!

झोंपड़ी में बेल्ली को नींद नहीं आ रही थी। वह उठकर बैठ गई। रात अँधेरी थी, कुछ दिखाई नहीं दे रहा था। वह उठकर बाहर आ गई। पति-पत्नी की लाशों को जला देने के लिए झोंपड़ी में आग लगा दी गई थी और झोंपड़ी राख हो चुकी थी। जरा भी हवा के चलने पर राख में से आग की चिनगारियाँ उठ आती थीं। दूर झाड़ी में बहुत-से जुगनू चमक रहे थे। दबे पाँव वह उठकर वहाँ गई। देह से कपड़े उतारकर नग्न खड़ी हो गई। ठंडी हवा का स्पर्श नग्न देह को अच्छा लग रहा था। कपड़ा फैलाकर चमकते जुगनुओं को उसने पकड़ लिया। फिर वहाँ से भागती हुई झोंपड़ी में लौट आई। झोंपड़ी में उन्हें जमीन पर डाल दिया। चमचम करते हुए जुगनू झोंपड़ी में इधर-उधर उड़ने लगे और धुँधले-से प्रकाश से झोंपड़ी को जगमगा दिया। बेल्ली जमीन पर इधर-उधर टटोलते हुए उन्हें हाथ से

पकड़ने लगी। जब उसके बुड़बुड़ाते माँ-बाप को बेल्ली का हाथ लगा तो वे बोले, "यह घूस यहाँ क्या कर रही है?"

"मरे चूहों की बदबू...छीः-छीः!" बेल्ली बोल उठी, जबकि जुगनुओं की तलाश में बेल्ली का हाथ एक मरे, ठंडे चूहे के बदन से जा लगा। 'माई रे!' कहकर वह चीख उठी। चूहे को दुम से पकड़कर बाहर फेंक आई, "इन मुए, हरामी चूहों को क्या हो गया है कि वे इस तरह भागते और हर जगह मरते फिरते हैं?" फिर बेल्ली ने कपड़ा पहना और जमीन पर ही लेटकर सो गई।

दासाचार्य, वेंकटरमणाचार्य, श्रीनिवासाचार्य, गुंडाचार्य, हनुमन्ताचार्य, लक्ष्मणाचार्य, गरुड़ाचार्य, दुर्गाभट्ट–सभी को भूख के मारे रात-भर नींद नहीं आई थी और आँखें लाल हो आई थीं। वे सुबह उठ, हाथ-मुँह धो करके चौपाल में आए और कहने लगे कि इस अग्रहार को नारणप्पा के कारण कैसा अनिष्ट सहना पड़ रहा है! घरों में दुर्गन्ध फैल जाने के कारण बच्चे कभी आँगन में और कभी पिछवाड़े भाग-दौड़ कर रहे थे। स्त्रियों को यह भय खा रहा था कि गलियों में चक्कर काटनेवाला नारणप्पा का भूत कहीं उनके बच्चों को न छू ले! घर के भीतर आ जाने में आना-कानी करनेवाले बच्चों को मार-पीटकर भीतर करके द्वार बन्द कर दिए गए। इससे पहले दिन के वक्त इस प्रकार घरों के द्वार कभी बन्द नहीं हुए थे। आँगन में न गोबर का जल छिड़का गया, न रंगोली बनाई गई। ऐसा लग रहा था, जैसे अग्रहार के लिए अभी दिन ही न निकला हो। हर चीज खाली और सूनी लग रही थी। लगा कि जैसे हर घर के किसी अँधेरे कोने में एक शव पड़ा हो। चौपाल में सिर पर हाथ रखे ब्राह्मण गुपचुप बैठे हैं। उन्हें सूझ नहीं रहा कि अब आगे करना क्या चाहिए।

केवल वेंकटरमणाचार्य के बच्चे माँ के कहने पर कान न देकर घर में गोदाम से आँगन की ओर भागते चूहों को देखकर ताली बजा-बजाकर नाचने लगे। जिस तरह कोठी में उनके बड़े-बुजुर्ग धान तौलते हुए गिनती करते हैं, उसी तरह वे बच्चे चूहों की गिनती करने लगे :

लाभ-आँ-लाभ
दो-आँ-दो
तीन-आँ-तीन
चार-आँ-चार

पाँच-आँ-पाँच

छह-आँ-छह

एक और-आँ-एक और...।

झाड़ू लेकर माँ जब मारने के लिए आई तो बच्चे चीखते-चिल्लाते, ताली बजाते और उछल-कूद करते हुए कहते गए, बोले, "देखो माँ, आठ-आँ-आठ... नौ-आँ-नौ...दस-आँ-दस। देखो माँ, दस चूहे।"

माँ बहुत गुस्से में थी।

"ज्यादा चावल गटककर तुम लोगों को मस्ती चढ़ रही है शायद, है न? इन गन्दे, घिनौने चूहों की कौन गिनती करता है? चलो अन्दर, नहीं तो इतना पीटूँगी कि बस। गोदाम में चूहे-ही-चूहे भर गए हैं। चावल व दाल पर इनकी मेंगनियों की तहें जम गई हैं।"

झींखती हुई माँ ने बच्चों को भीतर कर दरवाजा बन्द कर दिया। अन्दर आते ही बच्चों ने देखा कि एक चूहा उन्हीं की तरह चक्कर काट रहा है और पाँव ऊपर की ओर करके गिर पड़ा है। यह देखकर बच्चे बड़े खुश हुए।

कुछ देर बाद इकट्ठे हुए ब्राह्मण अपनी नाकों पर कपड़ा रखे हुए प्राणेशाचार्य के घर की ओर चले। उन्हें रोककर दुर्गाभट्ट ने कहा, "अधपगली बुढ़िया ने जो कुछ कहा, वह सच भी तो हो सकता है न, आचार्य?" ब्राह्मण जो अन्दर-ही-अन्दर बहुत डरे हुए थे, बोले, "थोड़ी देर बाद ही पता लग सकेगा।" वे सब जब नारणप्पा के घर के सामने आए तो उन्होंने देखा कि घर का दरवाजा खुला हुआ है। सभी भयभीत हो उठे। जरूर उसकी लाश भूत की तरह चक्कर काट रही है। यदि उसका दाह-संस्कार रीति-रिवाज के अनुसार नहीं होता तो वह अवश्य ही ब्रह्म-राक्षस बनकर कुल अग्रहार को सताएगा। भरी-भरी आँखों से दासाचार्य ने ब्राह्मणों की शिकायत करते हुए कहा :

"आप लोगों के सोने-गहनों के लालच ने हम सबको बरबाद कर दिया। मैंने कहा था न? वह शव ब्राह्मण का शव है। यदि विधिवत संस्कार, श्राद्ध, तर्पण नहीं होगा तो वह जरूर दैत्य बन जाएगा। लेकिन गरीब की बात सुनता कौन है? इस गरमी में क्या सड़कर वह सब ओर बदबू नहीं फैलाएगा? फिर हम भी कितने दिन उपवास कर सकेंगे और जीते रहेंगे इस शव को रखकर...?"

दुर्गाभट्ट भूख के कारण क्रोध में था, बोला, "कैसे माध्व हो तुम? कैसा आचार्य है तुम्हारा? ऐसी स्थिति में तुम लोगों को कोई उपाय नहीं सूझ रहा है?"

अब तक गरुड़ नरम पड़ चुका था। कहने लगा, "मुझे कोई आपत्ति नहीं है। प्राणेशाचार्य कह दें तो मुझे मंजूर होगा। क्या कहते हैं आप? गहनों के प्रश्न पर अभी विचार न करें। पहले लाश को श्मशान पहुँचा दें। क्या विचार है आपका? प्राणेशाचार्य हमारे ब्राह्मणत्व की रक्षा कर दें तो इतना ही काफी है।"

सब लोग प्राणेशाचार्य के घर जाकर उनके दालान में दीन बनकर खड़े हो गए। आचार्य पत्नी को पेशाब कराने, मुँह-हाथ धुलाने के लिए पिछवाड़े की ओर ले गए थे; दवाई पिलाने के बाद बाहर आए। फिर आए हुए ब्राह्मणों को गई रात का अपना निर्णय सुनाया।

गरुड़ ने एक साथ आए सब ब्राह्मणों की राय को आर्त स्वर में स्पष्ट किया, "हम लोगों का ब्राह्मणत्व आपके हाथों में है। शव उठा देने या रखे रहने से आनेवाले संकटों और बदनामी से आप ही हमारी रक्षा कीजिए। क्या कहते हैं आप? आप हनुमानजी का आदेश प्राप्त कर आइए, तब तक हम सब यहीं बैठे हैं।"

आचार्यजी ने जाते हुए कहा, "आप सब जानते होंगे कि नहीं, कि बच्चों के लिए खान-पान निषिद्ध नहीं है। वे भोजन कर सकते हैं।"

एक छोटी-सी टोकरी में अग्रहार के वृक्षों से तोड़े चमेली और चम्पा के फूलों को आचार्य ने रख लिया। टोकरी को फिर तुलसी के पवित्र पत्तों से भर लिया। नदी में स्नान किया, भीगे कपड़े देह पर लपेट लिए तथा भगवान मारुति के सम्मुख उपस्थिति के लिए नया यज्ञोपवीत धारण किया। नदी के उस पार जंगलों में से होते हुए दो मील दूर स्थित वृक्षों के झुंडों के मौन और प्रशान्त वातावरण में बने हनुमानजी के मन्दिर में आ पहुँचे। मन्दिर के कुएँ से कुछ पानी खींचा और अपने ऊपर उँडेल लिया। यदि राह में किसी स्पर्श से देह अपवित्र हो गई हो तो वह धुल जाए। फिर एक घड़ा पानी भरा और पानी भीतर ले गए—हनुमानजी की आदमकद प्रतिमा पर से फूल और तुलसी के सूखे पत्र हटाए और फिर प्रतिमा को पानी से नहला दिया। एक घंटे तक मन्त्रोच्चार करते हुए प्रतिमा के सामने बैठे रहे। चन्दन का काष्ठ गीली सिल पर रगड़कर घोल बनाया। प्रतिमा पर इस सुगन्धित घोल का लेप कर दिया,

अगरबत्ती जलाई और मारुति के चरणों में जमा दी। पुष्पों और तुलसी-पत्र से प्रतिमा को अलंकृत किया। फिर आँखें मूँद लीं और अपने मन के सब संशय भगवान के सामने व्यक्त करने लगे :

"आपकी स्वीकृति हो तो दाईं ओर का पुष्प-प्रसाद मुझे दें। और यदि आप शव-संस्कार का निषेध करते हैं तो बाईं ओर का पुष्प। मैं अल्पमति हूँ। आपद्धर्म के बारे में कुछ नहीं जानता। आपकी शरण में आया हूँ।" इतना कहकर उन्होंने फिर आँखें बन्द कर लीं। फिर आँखें खोलकर संकल्प किया और दीपक के प्रकाश में हनुमानजी की ओर एकटक निहारते रहे।

यद्यपि सुबह के दस ही बजे थे, फिर भी भयंकर गर्मी पड़ने लगी थी। मन्दिर का अँधेरा भी उमस से भरा था और पसीना आने लगा था। आचार्य ने एक घड़ा पानी अपने ऊपर उँडेल लिया तथा भीगी देह से फिर बैठ गए। 'आपका संकेत पाने तक मैं यहाँ से उठूँगा नहीं,' मन-ही-मन उन्होंने कहा।

प्राणेशाचार्य के घर से निकलते ही चन्द्री, जिसमें ब्राह्मणों के क्रुद्ध चेहरे देखने का साहस नहीं था, केले के बाग में चली आई। नदी पार जाकर शरीर खूब रगड़कर स्नान किया। साड़ी की झोली में पके केले भर लिए। उसके काले-काले लम्बे बाल उसकी गीली देह पर फैले हुए थे। उसकी भीगी साड़ी उसके अंग-प्रत्यंग से चिपटी हुई थी। मन्दिर से कुछ दूरी पर खड़े एक वृक्ष के सहारे आकर वह बैठ गई।

दूर मन्दिर से आचार्य द्वारा बजाई घंटियों की आवाज सुनाई दी। मन्दिर से आ रहे इस पवित्र घंटानाद से पिछली रात अन्दर तक आन्दोलित कर देनेवाला अनुभव याद हो आया। जब वह अपनी माँ की कही बातों को याद करते हुए बैठी थी तो रात को उसके पास आचार्यजी कन्दील हाथ में लिए आ खड़े हुए थे। उसे चटाई और सिरहाना लाकर दिया था। आचार्यजी ने हलके से उसे 'चन्द्री' कहकर पुकारा था न! तुरन्त उसे खयाल आया कि उसकी उम्र तीस वर्ष पार कर चुकी है। दस वर्ष तक वह नारणप्पा के साथ रही, लेकिन एक सन्तान की प्राप्ति भी नहीं हुई। यदि पुत्र उत्पन्न हो जाता तो क्या बड़ा संगीतज्ञ बन सकता था? पुत्री हुई होती तो उसे भरतनाट्यम नृत्य सिखाती। सब कुछ होने पर भी उसका कुछ नहीं रहा। वृक्षों से फड़-फड़ की आवाज करते हुए उड़नेवाले और फिर वृक्ष की शाखाओं पर लौटकर बैठ जानेवाले छोटे-छोटे पक्षियों की ओर देखती हुई वह बैठी रही।

8

दासाचार्य को अब आशंका सताने लगी कि अगर वह तुरन्त खाना नहीं खाएगा तो निश्चय ही मर जाएगा। बच्चों के लिए बन रहे खाने की गन्ध–वह उपवास के इस दिन केवल सूँघ ही सकता था। इस गन्ध ने जैसे जलती आग पर घी डालने के समान काम किया। मुँह के पानी को थूककर, वह उठा। सबकी नजर बचाकर तुंगा नदी की ओर गया, जहाँ उसने स्नान किया और फिर पारिजातपुर की ओर निकल गया। वहाँ के साहूकार मंजय्या के घर के छज्जे की छाँव में आकर रुक गया। सोचा, यहाँ कैसे खाने के लिए पहुँच गया? जन्म-भर निम्न जाति के इन ब्राह्मणों के हाथों का पानी तक उसने नहीं छुआ था। आखिर वह ऐसा ब्राह्मण था, जो विभिन्न संस्कारों पर मिला भोजन ही खा सकता था। दूसरों को पता लग जाए तो बुरी हालत होगी। किन्तु इस विचार के आने से पहले ही उसके पाँव उसे चिउड़े और नमकीन भात खा रहे मंजय्या के सामने तक खींच लाए।

"ओह ओ हो...आइए-आइए, आचार्यजी! कहिए, कैसे आप इधर तक पधार गए? क्यों, क्या प्राणेशाचार्य अभी तक किसी निर्णय पर पहुँचे हैं या नहीं? कैसी मुश्किल है–आप लोग शव-दाह से पहले भोजन तक नहीं कर सकते, है न? कृपा कर बैठिए। थकान थोड़ा दूर कर लीजिए। अरे देखा, आचार्यजी के लिए पाट तो बिछा दो।" मंजय्या ने उसका स्वागत करते हुए कहा।

दासाचार्य की नजर अनमने भाव से केवल उपमा की तरफ जा रही थी। मंजय्या ने भाँपा और उसकी तरफ दया-भाव से देखते हुए पूछा, "क्यों? चक्कर आ रहे हैं, आचार्यजी, क्या? आपके लिए कोई शरबत बनवाऊँ?"

दासाचार्य बिना 'हाँ' या 'ना' कहे चुपचाप पाट पर बैठ गया। किस तरह

वह मुँह खोलकर माँग ले? साहस करके बेतुका बोलना शुरू किया। उपमा खाते हुए मंजय्या उसकी बातें सुनता रहा।

"कल हमारे लोगों ने आपसे जो कुछ यहाँ कहा, मुझे वास्तव में ठीक नहीं लगा, मंजय्याजी!"

"छीः! छीः!...आप ऐसा न कहें," मंजय्या ने सौजन्यवश कहा।

"यूँ देखा जाए तो इस कलियुग में सच्चे ब्राह्मण हैं भी कितने, मंजय्याजी?"

"हाँ, सो तो सच है, आचार्यजी! दिन ही खराब आ गए हैं।"

"यह इसलिए कह रहा हूँ, मंजय्याजी, कि परम्परा और नियम-निष्ठा के पालन में आप किन ब्राह्मणों से पीछे हैं? एक आप हैं कि बिना किसी दक्षिणा के संस्कार करने के लिए ही तैयार हो गए। और उधर हमारे अग्रहार के गरुड़ और लक्ष्मण—दोनों चीलों और कौओं के समान सोने के कुछ टुकड़ों के लिए झगड़ने लगे।"

"नहीं...नहीं...अरे, नहीं तो।" मंजय्या किसी की भलाई-बुराई के झगड़े में नहीं पड़ना चाहता था, इसीलिए उसने कुछ भी जवाब देने के लिए ऐसा कह दिया।

"आपसी तौर पर बता रहा हूँ, मंजय्याजी, सब कह रहे हैं कि गरुड़ के जादू-टोने से नारणप्पा पथभ्रष्ट हो गया था। उसी का एक दुष्परिणाम यह हुआ कि उसका बेटा मिलिटरी में भरती हो गया। उस बेचारी लक्ष्मीदेवम्मा की धन-सम्पत्ति तक तो हड़प कर ली गरुड़ ने।"

मंजय्या खुश हो रहे थे, लेकिन चुप रहे।

"मैंने यह सब इसलिए कहा है कि बताओ, सच्चे ब्राह्मण आज यहाँ कौन हैं, कहाँ हैं? असल में मेरे मन में गरुड़ के लिए कोई लाग-लगाव नहीं है। गुरु से पाँच दिन लगातार वर्ष में एक बार ब्राह्मण की मोहर लगवाने भर से क्या सारे पाप कट जाते हैं? वे ब्राह्मण जो कुछ खुद नहीं करना चाहते, उसी काम को आपसे करवाना चाहते हैं—यह बात मुझे बिलकुल अच्छी नहीं लगी। लेकिन जो कुछ कहें मंजय्याजी, सच्चे अर्थों में यदि कोई ब्राह्मण है तो वे हैं अपने प्राणेशाचार्यजी। कितना तेज है उनमें...कैसी तपोभूत जिन्दगी है!"

"ठीक है, बिलकुल ठीक है...आप ठीक कहते हैं," मंजय्या ने बात मानते हुए कहा और फिर पूछा, "स्नान कर आए हैं न, आचार्यजी?"

दासाचार्य को बड़ी खुशी हुई। "जी हाँ, नदी में स्नान करके ही इस ओर आया हूँ।"

"फिर कुछ हमारे साथ खा लीजिए न, आचार्यजी।"

"मुझे आपके घर खाने में जरा भी एतराज नहीं है। किन्तु अग्रहार के उन लफंगों को पता लग गया तो मुझे कोई फिर किसी रीति-संस्कार के लिए नहीं बुलाएगा। मैं क्या करूँ, मंजय्याजी?" ब्राह्मण दासाचार्य के कातरता से कहे गए इन शब्दों को सुनकर और इस बात से बहुत प्रसन्न होते हुए कि अग्रहार का एक और ब्राह्मण उनके घर खाने के लिए आया है, मंजय्या धीमे से बोले, "आपने हमारे घर भोजन किया, इस बात को हम किसी से क्यों कहने जाएँगे, आचार्यजी? चलिए, उठिए...हाथ-पैर धो लीजिए। अरे, देख तो...। इधर जरा उपमा तो ले आना।"

उपमा शब्द सुनते ही दासाचार्य के पेट में उथल-पुथल होने लगी और पेट गुड़गुड़ाने लगा। फिर भी दासाचार्य किसी स्मार्त के घर पका पक्का खाना खाने से झिझक गए। इसलिए बोले :

"नहीं, नहीं! उपमा मुझे सुहाता नहीं। हाँ, कुछ चिउड़े, थोड़ा गुड़ और जरा दूध काफी रहेगा।"

बात समझकर मंजय्या मन-ही-मन मुस्कराए। आचार्यजी को हाथ-मुँह धोने के लिए पानी देकर लुका-छिपाकर रसोईघर में ले गए। वहाँ बिठाकर उन्हें दूध, गुड़, चिउड़े, केले और शहद दिया। भोजन करते-करते दासाचार्य को नशा-सा आ गया; अन्त में मंजय्या ने आग्रह से कहा, "एक चम्मच उपमा में क्या रखा है, ले लीजिए।" और चम्मच-भर उपमा परोस दिया और उन्हें खिला दिया। मंजय्या की पत्नी ने चार चम्मच उपमा और परोस दिया। दासाचार्य पेट पर हाथ फेरते हुए 'हे ईश्वर, हे ईश्वर' कहते हुए इनकार नहीं कर सके। फिर 'बस, बस और रहने दीजिए,' कहते हुए सौजन्यवश अपने सामने खाने के सामान से भरे पत्ते को हाथों से ढँक दिया।

9

उस दिन बेल्ली की जगह चिन्नी गोबर उठाने आई। उसने बतलाया, ''बेल्ली के माँ-बाप दोनों बीमार हो गए और खाट पर पड़े हैं।'' अग्रहार के ब्राह्मणों की औरतों को अपनी चिन्ताएँ सता रही थीं। उन्होंने चिन्नी की ओर ध्यान नहीं दिया। किन्तु गोबर उठाते हुए चिन्नी बिना इस बात की परवाह किए कि कोई सुन रहा है या नहीं, अपनी बातें कहती रही, ''चौंड़ा मर गया, उसकी बीवी भी मर गई। हमने उनकी झोपड़ी में आग लगा दी और उसे भी खत्म कर दिया। जरूर कोई दैवी प्रकोप है, लेकिन कौन कह सकता है?''

गरुड़ाचार्य की पत्नी सीतादेवी कमर पर हाथ रखकर अपने पुत्र के बारे में ही लगातार सोच रही थी–'यदि फौज में उसे कुछ हो-हुआ जाए तो...कौन, कुछ भी, क्या कर सकता है?' इधर दूर खड़ी होकर चिन्नी मिमिया रही थी, ''माँजी, माँजी! मेरे पेट के लिए भी एक कौर मेरी तरफ फेंक दें।''

सीतादेवी भीतर गई। पान, सुपारी और थोड़ा तम्बाकू लाकर उसकी तरफ फेंक दिए और फिर अपने विचारों में डूब गई।

पान, सुपारी और तम्बाकू को कमर में खोंसते हुए चिन्नी बोली, ''माँजी, कितने चूहे अब आ रहे हैं बाहर, जैसे बारात के जुलूस के लिए जमा हो रहे हों। न जाने ये क्या-कुछ कर छोड़ेंगे!'' फिर गोबर-भरी टोकरी सिर पर उठाई और चल पड़ी।

बेल्ली को भी थोड़ा-सा तम्बाकू देने के खयाल से चिन्नी उसकी झोपड़ी के पास आई। दूर से ही उसके माँ-बाप का चीखना-चिल्लाना सुनाई दिया।

''बुखार आने पर कितनी चीख-पुकार हो रही है। जाने कोई भूत-प्रेत इन पर भी चढ़ बैठा हो,'' यह कहते हुए चिन्नी बेल्ली को पुकारती हुई आगे बढ़ी।

बेल्ली माँ-बाप के निकट सिर पर हाथ रखे बैठी थी। चिन्नी कहना ही चाहती थी कि अग्रहार में भी इसी तरह चूहों की बारात निकल रही है, किन्तु चुप होकर खड़ी रही। फिर थोड़ा तम्बाकू देते हुए बोली, ''ले ले, सीताम्मा ने मुझे दिया।'' बेल्ली उठकर बैठ गई और तम्बाकू को अपने हाथों में मसल के मुँह में रख लिया।

''यदि आज पिल्या पर भूत-प्रेत चढ़ आए तो हमें पूछताछ कर रखनी चाहिए। चिन्नी, आज मुझे बहुत डर लग रहा है। यह क्या माजरा है कि ये चूहे हम चांडालों की गरीब बस्ती में भी फौज-की-फौज बनाए चले आ रहे हैं? चौड़ा और उसकी बीवी चुटकी में मर गए और अब माँ और बाप भी उसी तरह पड़े हुए हैं, जैसे उन्हें कोई दानव जकड़े हुए हो।'' बेल्ली ने कहा।

चिन्नी ने उसका दिल बहलाने को कहा, ''चुप रह, मूरख-सी!''

पशुपति के तीसरे क्रुद्ध नेत्र की तरह दोपहर दो बजे का सूरज माथे पर बड़ी तेजी से तप रहा था। भूख से पहले ही अधमरे ब्राह्मण गरमी के मारे किंकर्तव्यविमूढ़ हो गए थे। प्राणेशाचार्य के लौटने की राह देखते हुए वे गलियों में अब चमकती धूप की मरीचिका को देख रहे थे। उत्कट भय और भयंकर भूख उनके पेट में पिशाचिकाओं-सी उद्विग्नता पैदा कर रही थी। हनुमानजी का आदेश प्राप्त करने के लिए गए हुए प्राणेशाचार्य के चारों ओर इन अनन्य चिन्ता में डूबे ब्राह्मणों के चित्त चमगादड़ों की तरह लटके हुए थे। कुछ-कुछ विश्वास हो रहा था कि नारणप्पा के शव को एक रात और लेकर बैठे रहने की स्थिति नहीं आएगी।

सीतादेवी को चावलों के बरतन में एक मरा हुआ चूहा मिला. जिसे उसकी दुम पकड़ और आँचल से नाक बन्द करके फेंकने के लिए वह बाहर आई तो झपट्टे से एक गिद्ध उसकी ओर आसमान से उतरा और फिर दिशा बदलकर उसके घर के ऊपर जा बैठा ''जी:ऽऽ, देखो तो, देखो तो,'' कहती हुई वह चीख उठी। घर पर इस तरह गिद्ध का बैठना मौत के अपशकुन के समान होता है। ऐसा कुछ पहले कभी नहीं हुआ था। गरुड़ाचार्य भागकर आए और गिद्ध को देखते ही धम्म से बैठ गए। ''ओहऽऽ...कहीं मेरे बेटे को तो कुछ नहीं हो गया?'' कहते हुए सीतादेवी रोने लगी।

गरुड़ाचार्य के मन में भय उठ खड़ा हुआ कि शायद हनुमानजी पर सोने के गहने चढ़ाने के, दिल-ही-दिल में दासाचार्य के जिस प्रस्ताव को उसने

नकारा था, उसी की सजा उसे मिल रही है। उसके मन में भय की लहर दौड़ गई। अपनी पत्नी का सहारा लेकर वह अन्दर आया। भगवान के सामने नैवेद्य रखकर प्रणिपात किया और प्रार्थना के स्वर में कहा, ''क्षमा करो भगवन, मुझसे भूल हुई है। वह गहना-सोना आप ही का है, आप ही को मिलना चाहिए। मुझे क्षमा कर दें।'' फिर बाहर आकर गिद्धों को उड़ाने के लिए 'हुश-हुश' करने लगा।

सीतादेवी द्वारा फेंके गए चूहे को पंजों से दबाए गिद्ध छत पर निर्भय होकर खा रहा था। वह किसी निर्लज्ज और बेझिझक सम्बन्धी की तरह वहाँ जमकर बैठ गया था।

आँखें चौंधियानेवाली धूप में गरुड़ाचार्य ने सिर उठाकर देखा—हर तरफ गिद्ध मँडरा रहे थे—आकाश की नीलाहट में तैरते-उड़ते, चक्कर खाकर नीचे उतरते गिद्ध-ही-गिद्ध।

''देखो, उधर देखो,'' उन्होंने पत्नी को पुकार लगाई। सीतादेवी भागकर बाहर आ गई, हाथ की ओट रखकर आँखों को ऊपर उठाकर देखा, फिर 'हाय रे' कहकर लम्बी साँस ली। वे अभी ऊपर ही देख रहे थे कि एक गिद्ध नर्तकी की तरह बल खाते, हवा में तिरते हुए नीचे उतरा और उनके पैरों के निकट से गोदाम के पिछवाड़े की ओर भागकर जाते हुए एक चूहे को चोंच से नोच और दबाकर उड़ा और घर की छत पर जा बैठा। वे दोनों प्राणों तक काँप उठे और जमीन पर बैठ गए। एक और गिद्ध आकाश में बहुत ऊँचे उड़ता हुआ उतरकर नारणप्पा के घर पर आ बैठा था फिर अपनी लम्बी गर्दन उठाकर उसने अपने बड़े-बड़े पंख जोरों से फड़फड़ाए, शान्त होकर स्थिर हो गया, फिर तीखी गिद्ध-दृष्टि एक बार समूचे अग्रहार पर घुमाई। कुछ देर बाद अनेक गिद्ध आसमान से नीचे उतरने लगे और प्रत्येक घर पर एक-एक जोड़ा आकर बैठ गया, मानो ऐसे बैठना उन्होंने पहले से तय किया हो। कुछ गिद्ध एकाएक नीचे उतर आते चूहों को चोंच में पकड़-पकड़कर आराम से खाने के लिए फिर छतों पर उड़ जाते। ये शिकारी गिद्ध अपनी निवास-भूमि श्मशान को छोड़कर अग्रहार में उतर आए थे। लगा कि जैसे प्रलय आ गई हो। गिद्धों को देखने के लिए सभी लोग घरों से निकलकर, हाथ मुँह पर रखे गलियों में जमा हो गए। अग्रहार में सभी के घरों पर गिद्धों के जमा होने के ऐसे अपशकुन को देखकर सीतादेवी को कुछ सान्त्वना हुई। अपशकुन अकेले उसके बेटे के लिए ही नहीं हुआ है। दो पल के लिए ही अग्रहार के

ब्राह्मण, स्त्रियाँ और बच्चे भय से विह्वल हो खड़े रहे। तभी उन गिद्धों को उड़ाने के लिए दुर्गाभट्ट ने 'हो हो होऽऽ' करके शोर मचाया। किन्तु इसका कोई नतीजा नहीं निकला। सभी ब्राह्मणों ने तब एक-कंठ होकर ऊँची आवाज में शोर किया, लेकिन इसका भी कोई प्रभाव नहीं पड़ा।

तुरन्त ही उपमा खाकर खुश-खुश लौटे दासाचार्य को एक युक्ति सूझी। "झाँझ निकालिए और उन्हें बजाइए," उसने कहा। सब लोग इस प्रस्ताव से प्रसन्न हो उठे। भागकर घरों से काँसे के झाँझ और शंख ले आए। महामंगल-आरती के अवसर पर होनेवाले भयंकर हो-हल्ले के समान दोपहर का निर्मम मौन मानो युद्ध के ढोलों के गर्जन से चूर-चूर हो गया। पाँच-छह मील दूर के क्षेत्रों में रहनेवाले लोगों को भ्रम हुआ कि दुर्वासापुर में पूजा-आरती हो रही है, कि वह मन्दिर की प्रतिमा को जलते हुए कपूर की भेंट मन्दिर में रखे बड़े-बड़े ढोल बजाकर अर्पित कर रहे हैं।

गिद्धों को भी आश्चर्य हुआ। वे इधर-उधर देखने लगे। पंख फड़फड़ाकर और चूहों को चोंच में दबाकर वे उड़ गए। उड़कर आकाश में तैरते-चमकते धब्बों की तरह दिखाई देने लगे। 'नारायण', 'नारायण' कहते हुए, थके-हारे ब्राह्मण, कपड़ों से नाक बन्द करके चौपाल में आ गए और चेहरों से पसीना पोंछने लगे। सीतादेवी और अनसूया, दोनों अपने पतियों के पास जाकर आँसू बहाती हुई बोलीं, "गहने जाएँ भाड़ में! दूसरों की सम्पत्ति लेकर हमें क्या करना है? पहले किसी तरह शव-संस्कार कर दीजिए। नारणप्पा का प्रेत ही इन गिद्धों को बुलाकर जमा कर रहा है।"

हवा एकदम थमी हुई थी। दुर्गन्ध मानो ठोस होकर हर घर में घनीभूत हो गई थी और उमस, भय और भूख से पहले ही त्रस्त लोगों को प्रेत की तरह पीड़ा देने लगी थी। रूढ़िवादी ब्राह्मणों को लगा कि आज के दिन की गन्दगी जन्म-जन्मान्तर में भी नहीं धुल पाएगी और वे परेशान हो उठे।

दोपहर का सूरज आसमान में चढ़ आया था। वृक्ष की छाया में बैठी चन्द्री को बड़ी थकावट लग रही थी। उसके आँचल में रखे केलों को जब उसका हाथ लगा तो मन्दिर में उपवास करते और प्रभु की प्रार्थना में तल्लीन बैठे प्राणेशाचार्य की उसे याद हो आई और वह खुद भी कुछ न खा सकी। दूर से आ रहे शंख-झाँझों का शोर सुनकर उसे आश्चर्य हुआ। उसने चारों ओर

दृष्टि घुमाई। हवा बिलकुल नहीं बह रही थी। पत्ता तक नहीं हिल रहा था। दूर नीले आकाश में उड़ते हुए केवल गिद्ध नजर आ रहे थे। प्राणेशाचार्य ने जब एक घड़ा पानी अपने ऊपर और उँडेला तो चन्द्री ने सोचा कि मेरे ही कारण उन्हें इतना कष्ट उठाना पड़ रहा है। ऐसा सोचकर उसे धक्का भी लगा। अनजाने में ही वह छिलका उतारकर एक केला खाने लगी। इन सब बातों से लेकिन उसका क्या सरोकार है? यह सोचकर उसने मन को बहला लिया।

गिद्ध घूम-घूमकर फिर घरों पर आकर बैठने लगे। ब्राह्मण घरों से बाहर आकर फिर शंख और झाँझ बजाने लगे। शाम तक यह लड़ाई चलती रही। आखिर ब्राह्मण ही थक गए, वास्तव में प्राणेशाचार्य की प्रतीक्षा करते-करते वे काफी थक चुके थे, किन्तु उनका कोई पता नहीं था। किस तरह इस दशा में एक रात और कटेगी? इसका विचार भी असह्य था। अग्रहार में धीरे-धीरे रात उतर आई और गिद्ध उड़कर ओझल हो गए।

10

मारुति की अनुमति के प्रसाद के लिए कातरता से बैठे प्राणेशाचार्य निराश होने लगे थे। भगवान का निर्णय! "दाह-संस्कार के बिना शव सड़ने लगा है, हनुमानजी! मेरी परीक्षा कब तक लोगे?" याचना के स्वर में फिर बोले, "आपको न ही करनी हो तो कम-से-कम बाईं ओर से कर्णफूल का ही प्रसाद दे दो।" भगवान को प्रसन्न करने के लिए भक्ति-भरे प्रेमगीत गाने लगे। इन गीतों में कभी बालक बने, कभी प्रेमिका बने, कभी माँ बने। फिर उलाहना देने लगे। भगवान की सैकड़ों भूलों और कमियों को गिनानेवाले गीत गाने लगे।

मारुति की मनुष्य जितनी बड़ी प्रतिमा, लक्ष्मण के प्राणों की रक्षा करने के लिए संजीवनी बूटी के पर्वत को उठाकर लाने की मुद्रा में निश्चल खड़ी थी। उसके सम्मुख दंडवत्-प्रणाम करते हुए प्राणेशाचार्य ने बहुत अनुनय-विनय की।

संध्या हो गई। रात उतर आई। दीपक की लौ से प्रकाशित, पुष्पालंकृत हनुमानजी टस-से-मस न हुए। न दाईं ओर का पुष्प गिरा, न बाईं ओर का। "धर्मशास्त्रों से मुझे कोई हल नहीं सूझा और न आपने कोई उत्तर दिया। तो क्या मैं आपका निर्णय जानने के लिए अपात्र हूँ? मुझमें आस्था रखनेवाले, प्रतीक्षा करते लोगों के सम्मुख मैं कौन-सा मुँह लेकर अब जाऊँ?" उन्होंने अपने को अपमानित अनुभव किया। "मेरी ही परीक्षा ले रहे हो न?" कहकर हनुमानजी को फटकारा।

अन्धकार गहराने लगा और तब प्राणेशाचार्यजी को स्मरण हो आया कि उस दिन अमावस्या थी। "यह न समझो कि परीक्षा मेरी ही है। उस गन्धाते हुए शव का भी ध्यान रखना," कहकर उन्होंने मारुति को मनाना चाहा।

किन्तु हनुमानजी किसी बात पर भी न पसीजे, कुछ भी जैसे न सुना; हाथ में उठाए पर्वत की तरफ मुँह किए खड़े रहे। तभी पत्नी को दवाई न पिलाने की बात आचार्यजी को याद आई। बैठे-बैठे उनकी टाँगें सुन्न हो गई थीं। वे उठ खड़े हुए। फिर धीमे-धीमे कदमों से मन्दिर से बाहर निकल आए।

कुछ दूर ही चले थे कि घने जंगल में पीछे से किसी के पैरों की आहट सुनाई दी। वह रुक गए। चूड़ियों की आवाज-सी छनछनाई। उन्होंने सुना, और पूछा, "कौन है?"

"मैं हूँ," चन्द्री ने लजाते हुए संकोच से हलकी आवाज में जवाब दिया।

जंगल के अँधेरे में इस तरह अपने को एकाएक एक स्त्री के सम्मुख खड़ा पाकर प्राणेशाचार्य को विचित्र-सा लगा। कहने के लिए कुछ शब्द ढूँढ़ने लगे। फिर विचलित होकर, अपनी ही असहाय अवस्था का विचार करके 'मारुति-मारुति' कहते हुए वे खड़े रहे।

उनकी भाव-विह्वल आवाज को सुनकर चन्द्री उनके प्रति सहानुभूति से लबालब भर आई। बेचारे मेरे लिए ही भूखे, त्रस्त और दुखी हो रहे हैं; मेरे ही कारण एक दिन में ही कितने कमजोर दिखने लगे! मन में इच्छा जागी कि उनके पैरों में लोट जाए और उनके प्रति अपनी भक्ति का अर्पण करे। अगले ही क्षण वह उनके चरणों में झुक रही थी।

अँधेरा घना था और कुछ दिखाई नहीं पड़ रहा था। झुकते समय दुखातिरेक से, उसकी छाती उनके घुटनों से छू गई। झुकने की जल्दी के कारण उसकी चोली के बटन फँस गए और टूट गए। वह उनकी जाँघ पर सिर रखकर उनकी टाँगों से लिपट गई। कोमल भावों के आवेग से इस भाव के उठने पर कि यह बेचारा ब्राह्मण स्त्री-सुख से अपरिचित, सदा अपरिचित रहा है, पर इस विचार के उदय से भी, कि इस अग्रहार में इस ब्राह्मण के अतिरिक्त दूसरा कोई उसका हितचिन्तक नहीं है, अभिभूत होकर रोने लगी।

प्राणेशाचार्य का हृदय करुणा के उद्रेक से भर आया। एक पर-स्त्री की मजबूत पकड़ से वे स्तम्भित हो उठे थे। आशीर्वाद देने के लिए झुककर उन्होंने हाथ बढ़ाया। हाथ पर चन्द्री की गरम साँस और उसके गुनगुने आँसू पड़े। वे गहरी संवेदना से रोमांचित हो उठे। कोमलता से उसके बिखरे बालों पर हाथ फेरा। आशीर्वाद के लिए संस्कृत का पद-वाक्य मुँह से नहीं निकल पाया। बिखरे बालों पर उनके हाथ फेरने से चन्द्री अधिक आवेग में आ गई। उनके हाथों को कस के पकड़कर वह उठ खड़ी हुई और कबूतर की तरह

फड़फड़ा रही अपनी छातियों को उनके दोनों हाथों से दबा लिया।

पुष्ट वक्ष-स्पर्श से प्राणेशाचार्य नितान्त अपरिचित थे। जैसे मदहोशी-सी हुई। जैसे सपने में ही उनके हाथ उसके स्तनों को दबाते रहे। वे अब खड़े नहीं रह पा रहे थे। चन्द्री ने आचार्य से लिपटकर उन्हें अपने पास समेट लिया। आचार्यजी को अभी तक अपनी भूख महसूस नहीं हुई थी। अब वह अचानक भड़क उठी और उन्होंने विपद में पड़े घबराए हुए किसी बच्चे की तरह पुकारा–"ओ माँ!" चन्द्री ने उनको अपने वक्ष से सटा लिया। आँचल से केले निकालकर उन्हें खिलाए। फिर अपने हाथों से अपनी साड़ी उतारकर जमीन पर फैला दी और प्राणेशाचार्य को मजबूत आलिंगन में बाँधकर लेट गई; रोती रही–असहाय आँसुओं के प्रवाह में बहती रही।

दूसरा भाग

1

आधी रात को आचार्य की नींद टूटी। उनका सिर चन्द्री की गोद में था, गाल उसके पेट के निचले नग्न भाग पर टिका था। चन्द्री की उँगलियाँ उनके कान, सिर और पीठ को सहला रही थीं।

मानो वे स्वयं से अपरिचित हो गए हों, आचार्य ने आँखें खोलीं ओर सोचने लगे, 'मैं कहाँ हूँ? यहाँ कैसे आया? यह अन्धकार कैसा है? यह कौन-सा जंगल है? यह स्त्री कौन है?''

बचपन में थकावट से चूर हो जाने पर माँ की गोद में जैसे वह लुढ़क जाते और आराम पाते थे, उन्हें उसी की याद हो आई। चारों ओर आश्चर्य से देखा। खुले पंखोंवाले मोर की तरह अक्षय नक्षत्रों से भरी रात थी। सप्तर्षियों का मंडल, अगस्त्य के निकट सती स्त्रियों की आदर्श अरुंधती! नीचे हरी घास की गन्ध, नम और ठंडी मिट्टी, विष्णुकान्ति के नीले फूलों की बाढ़ और जंगली चिरायते की घनी बेलें। एक स्त्री की स्नेह-सिक्त देह की गन्ध। अन्धकार भरा आकाश। शान्ति से खड़े वृक्ष। यह सब सपना भी हो सकता है, उन्होंने अपनी आँखों को हाथ से मला। 'मैं बिलकुल भूल गया हूँ कि किस ओर से मैं यहाँ आया हूँ, यहाँ से कहाँ जाना है'–यह सोचकर मन चिन्तातुर हुआ। उन्होंने पुकारा–''चन्द्री,'' और अब पूरी तौर से जाग गए। उस जंगल में, उस मौन में, वह अन्धकार किसी गूढ़ रहस्य से परिपूर्ण लग रहा था। पास की एक झाड़ी से, जिसने एकाएक रथ की रूपरेखा का आकार ले लिया और जुगनुओं के झुंड-के-झुंड से प्रकाशित हो गई, हलकी-सी चिंचियाती ध्वनि आ रही थी। एकटक उन्होंने उसे देखा। कान लगाकर सुनने का प्रयत्न किया। उनकी आँखों में आए दृश्य साफ हो गए। उनके कान में जंगल और अँधेरे की आवाज भर गई। उन्होंने फिर से पुकारा, ''चन्द्री!''

उसके पेट को छुआ और उठकर बैठ गए।

चन्द्री को भय लग रहा था कि प्राणेशाचार्य उससे क्रोध जतलाएँगे, घृणा व्यक्त करेंगे। मन में इस बात की आस भी थी कि उनके शारीरिक संस्पर्श से वह फलवती हो गई होगी। कृतज्ञता की भावना भी मन में थी कि इस कारण उसने शायद कुछ पुण्य भी अर्जित किया हो। किन्तु वह बोली नहीं, चुप रही। प्राणेशाचार्य भी बहुत समय तक मौन धारे रहे। आखिरकार उठ खड़े हुए और बोले :

"उठो चन्द्री, चलें। कल जब ब्राह्मण लोग इकट्ठा होंगे तो यह जो कुछ भी हुआ है, हम उनसे कह देंगे। बल्कि तुम स्वयं ही बतलाना। जहाँ तक अग्रहार के लिए कोई निर्णय लेने के बारे में मेरे अधिकार की बात है...।"

और आगे क्या कहना, न कहना उचित है, इससे अनभिज्ञ प्राणेशाचार्य शंकाकुल होकर खड़े रहे।

"...उसे मैं खो चुका हूँ। कल यदि मुझमें बोलने का साहस नहीं हुआ तो तुम्हें ही बोलना होगा। शव-संस्कार करने के लिए मैं स्वयं तैयार हूँ। अन्य ब्राह्मणों से ऐसा कहने का अधिकार मुझे नहीं है...बस।" इतना कहने के बाद प्राणेशाचार्य की जैसे सारी थकान मिट गई।

दोनों ने एक साथ नदी पार की। उलझन-भरी चन्द्री ने अपनी चाल धीमी कर दी, ताकि प्राणेशाचार्य आगे-आगे चलें और वह उनके पीछे। अग्रहार में प्रवेश करते समय उसे चिन्ता सताने लगी–ऐसा क्यों है कि मैं जो कुछ भी करती हूँ, उसका यह फल निकलता है? मैंने सद्भावना से ही गहने उतारकर दे दिए थे, लेकिन परिणाम परेशानी के सिवा क्या हुआ? और अब, ठीक रूप से संस्कार सम्पन्न कराने के लिए प्रयत्नशील आचार्यजी कितनी अशान्ति से घिर गए हैं!

लेकिन भोग-विलास में स्वभावतः लिप्त चन्द्री आत्म-भर्त्सना की आदी नहीं थी। अग्रहार की प्रकाशहीन गलियों से गुजरते हुए उसे याद आ रहा था–अँधेरा जंगल, उसका रुकना, एकाएक झुकना, फिर परस्पर की रति-क्रीड़ा। अज्ञात फूलों की सुगन्ध की तरह जब ये बातें याद आईं तो वह सार्थकता की भावना से भर उठी। बेचारे आचार्यजी–उन्हें ऐसा ही नहीं लग रहा होगा। अब उनके घर के आँगन में पाँव रखकर उन्हें अधिक दुखी नहीं करना चाहिए। अनायास ही उसके जीवन में जो सौभाग्य प्रवेश कर गया है

न, दिन की रोशनी में उन शुष्क, नीरस, ब्राह्मणों के आगे उसका बयान, जैसा कि आचार्य उससे करने के लिए कह रहे हैं, करने का कोई अर्थ नहीं है–उन ब्राह्मणों के सामने आचार्यजी को कैसे उनकी दया का पात्र बना दे? उनके लिए यह सम्भव नहीं है। लेकिन तब, तब वह करे क्या? आचार्यजी के घर जाना उसे उचित नहीं लग रहा और अपने मृत स्वामी के घर जाने में उसे भय भी मालूम होता है। तब, वह कर क्या सकती है?

फिर चन्द्री ने सोचा कि कुछ भी हो, मेरे साथ इतना लम्बा जीवन गुजारा था न उसने, और उसके मन में साहस भर आया। वहाँ चलकर देखना चाहिए। डर लगा तो चौपाल में आकर सो जाऊँगी। नहीं सम्भव हुआ तो लौटकर आचार्यजी के चबूतरे पर चली आऊँगी। इस संकट में और किया भी क्या जा सकता है?

मन में इस तरह तर्क-वितर्क करते हुए वह सीधे अपने घर चली आई–नीचे रुककर सुनने लगी। हर रात की तरह कुत्ते भौंक रहे थे। वह सीढ़ियाँ चढ़ने लगी। हाथ से टटोलकर देखा, दरवाजा खुला है। 'हे ईश्वर, कहीं कुत्तों-गीदड़ों ने आकर शव को नोंचा-काटा न हो...।' वह व्यथित हो उठी, भय को दूर कर तेजी से कमरे में घुस आई। आदतन दीवार के एक आले में पड़ी दियासलाई उठाकर कन्दील जलाई। भयंकर दुर्गन्ध! सड़ते हुए, मरे हुए, चूहे-ही-चूहे! दुख सताने लगा कि उसके लिए सारे अग्रहार से टक्कर लेनेवाले नारणप्पा के शव को वह इस तरह अरक्षित, अनाथ छोड़कर चली गई थी।

वह ऊपर चली गई। 'मुझे सुगन्धित धूप जलानी चाहिए थी, ताकि सारा घर खुशबू से भर उठता।' शव वीभत्स रूप से गन्धा रहा था। शव का पेट फूल गया था और मुँह डरावना और विद्रूप हो चुका था। वह चीख उठी, भागकर बाहर आ गई। उसकी आत्मा चीख उठी–वह, वह जो ऊपर पड़ा है–वह तो वही नहीं है जो उससे प्यार करता था–नहीं, नहीं, नहीं–उन दोनों में कोई साम्य नहीं है, उसके दिल ने जोर से कहा।

जैसे वह भावाविष्ट हो गई हो, कन्दील लेकर चन्द्री छोटी जाति के लोगों के निवास की ओर मील-भर भागती-दौड़ती पहुँची। गाड़ीवान शेषप्पा के आँगन में बँधे बैलों को देखकर उसने घर पहचाना–वह उसे अंडे लाकर दिया करता था। वह भीतर चली गई। अपरिचित को देखकर बैल खड़े हो गए, जोर से साँसें लेते हुए रस्सी तोड़ने की कोशिश करने लगे। कुत्ते भौंक उठे।

शेषप्पा उठकर बाहर आ गया। चन्द्री ने जल्दी से स्थिति बताकर उससे कहा, "तुम अपनी बैलगाड़ी ले आओ और शव को उसमें ढोकर श्मशान ले जाओ। घर में लकड़ियाँ भरी हैं, हम स्वयं उसका दाह कर देंगे।"

शेषप्पा ताड़ी पीकर सोया था और आराम की नींद से जगा था, सुनकर घबरा गया। दीन-भाव से बोला, "चन्द्रम्मा, यह नहीं हो सकता। ब्राह्मण के शव को छूकर मैं नरक जाऊँ, क्या ऐसा चाहती हो? दुनिया भर के ऐश्वर्य का लालच भी दो तो भी यह सम्भव नहीं है। तुम्हें यदि भय सता रहा हो तो इस गरीब की झोपड़ी में रात गुजारकर दिन निकलने पर घर चली जाना।"

चन्द्री एक शब्द भी बिना बोले बाहर आ गई। अब वह क्या करे? एक खयाल उसके मन में धकाधक जल रहा था। वह वहाँ सड़ रहा है, जिसका पेट फूल गया है, वह उसका प्रेमी नारणप्पा नहीं है! वह ब्राह्मण भी नहीं है, शूद्र भी नहीं है! वह केवल एक शव है–सड़ता, गन्धाता हुआ शव-मात्र।

यह सीधे मुसलमानों के हलके में आ गई। उनसे पैसे देने की बात कही। मछलियों के व्यापारी अहमद बारी से मिली। एक बार जब उसके पास पैसे नहीं थे तब बैल खरीदने के लिए नारणप्पा ने उसे पैसे दिए थे। अहमद बारी को वह घटना याद आई, उसने चुपचाप अपनी बैलगाड़ी तैयार की। शव और लकड़ियों को एक ही साथ लादकर, सबकी आँख बचाकर श्मशान की ओर ले गया। अँधेरे में ही लकड़ियों में आग लगा दी और थोड़ी ही देर में सब कुछ भस्म हो जाने पर बैलों को तेजी से चलने के लिए हाँकते हुए लौट आया। चन्द्री रोई, घर आकर कुछ रेशमी साड़ियाँ, सन्दूक में रखे पैसे और आचार्यजी द्वारा लौटाए गहने लेकर बाहर आ गई। प्राणेशाचार्य के पास जाकर और उनके पैरों का स्पर्श करने की इच्छा को दबाकर कुन्दापुर जानेवाली पहली बस की प्रतीक्षा करने के लिए उस रास्ते पर चल पड़ी, जो जंगल में से होकर जाता था।

2

उधर पारिजातपुर में साहूकार मंजय्या के घर में श्रीपति, गणेश, गंगप्पा, मंजुनाथ और अग्रहार के चार-पाँच और युवक 'गुलबकावली' नाटक की तैयारी कर रहे थे। बीचोबीच पड़ा था हारमोनियम, जो कि नारणप्पा ने ही उनकी नाटक-मंडली को दिया था। जब तक वह जीवित रहा, उसे हर नाटक के अवसर पर उपस्थित रहना पड़ता था। उसके प्रोत्साहन के बिना यह पारिजात-नाटक-मंडली अस्तित्व में ही न आ पाती। वही मूल प्रेरक था, उसने ही युवकों द्वारा इकट्ठे किए पैसों में अपने पैसे मिलाकर शिवमोग्गा से सीन-सीनरियाँ और परदे खरीदकर ला दिए थे। वही उन्हें नाटक-कला के बारे में सुझाया करता था। आसपास के गाँवों में अकेले उसके पास ही ग्रामोफोन था। हिरणप्पा नाटक कम्पनी के नाटकों के गाने के रिकॉर्ड भी उसके पास थे। इन युवाओं के सामने ग्रामोफोन में चाभी भरकर वह उन रिकॉर्डों को बजाकर सुनाया करता था। कभी-कभी कांग्रेस के बारे में भी सुनी-सुनाई खबरें देता था। उसी ने युवकों को हथकरघे का खादी का कुर्ता, खुला-ढीला पायजामा और सफेद टोपियाँ पहनने का फैशन सिखाया था। उसकी मृत्यु पर अब ये युवक बहुत दुखी थे, किन्तु बड़ों के भय से चुप थे।

दरवाजे बन्द करके, 'पाशिंग शो' की सिगरेट पीते हुए कुछ अनमने भाव से प्रैक्टिस चल रही थी। श्रीपति को यक्षगान में रुचि थी। इस नाटक में उसे कोई पार्ट नहीं मिला था। किन्तु मुँह को रंग से पोतकर, मुखौटे पहनने का उसे बड़ा शौक था। अभ्यास के साथ-साथ बाँस के एक बर्तन में रखे मसालेदार चिउड़े और गरम-गरम कॉफी का दौर भी चला। आधी रात तक, बीच-बीच में नारणप्पा की याद करते हुए, चिउड़े खाते और कॉफी पीते हुए प्रैक्टिस चलती रही। प्रैक्टिस समाप्त होने पर नागराज ने गणेश को आँख

से इशारा किया। गणेश ने पास बैठे स्त्रियों का चरित्र निभानेवाले मंजुनाथ को कचोटा। मंजुनाथ ने मालेर जाति के गंगप्पा को टहोका और गंगप्पा ने श्रीपति की धोती को हलके से खींचा। इन गुप्त संकेतों की समाप्ति पर शेष युवकों से कहा गया कि प्रैक्टिस आज के लिए खत्म हो गई और उन्हें उठा दिया गया।

उन लोगों के चले जाने के बाद नागराज ने द्वार बन्द कर लिए। आहिस्ता से सन्दूक का ढक्कन खोलकर शराब की दो बोतलें निकालीं। अपने गुरु-समान नारणप्पा की याद में वह पीने के बारे में एक पुराने नाटक से नट हिरणप्पा का एक गीत गुनगुनाने लगा। फिर चुपचाप बोतलों को एक थैली में बन्द कर लिया, केले के पत्ते में चिउड़े बाँध लिए गए और जरा भी आवाज किए बिना गिलास भी सँभालकर रख लिए गए। नागराज ने कहा, "सब तैयार?" उत्तर मिला, "तैयार!" बारी-बारी से सब सीढ़ियाँ उतरने लगे, तभी मंजुनाथ ने किसी बस कंडक्टर की तरह एक पल रुकने को कहा। फिर एक नींबू काटकर उसके टुकड़े जेब में रख लिए। अपने पीछे दरवाजा बन्द कर दिया और वे सब लोग अग्रहार पार कर गए।

ये युवक अपने इस आपत्तिजनक व्यवहार पर खुश थे और झुटपुट अँधेरे में, श्रीपति की टॉर्च की रोशनी में नारणप्पा को याद करते हुए नदी की तरफ बढ़े। रास्ते में नागराज ने कहा, "पूरी एक बोतल पी लेने पर भी उनसे तबले पर ताल की एक भी गलती नहीं होती थी।" रेत की एक ढूह पा जाने पर, बीच में चिउड़े, बोतलों और गिलासों को रखकर ये लोग चारों तरफ बैठ गए। उन्हें ऐसा लगा कि इस समय पूरे विश्व में वे अकेले पाँच व्यक्ति ही हैं। फिर नक्षत्रों को साक्षी रखकर, नशे की मदद से अग्रहार के ब्राह्मणों की वामन समान प्रवृत्ति को तिलांजलि देकर त्रिविक्रम जैसा विशाल रूप धारण करने के लिए तैयार हो गए। छलछल करती हुई नदी की आवाज उनके एकान्त मौन को अधिक भेदमय, अधिक गोपनीय बना रही थी।

नशा सर चढ़ने लगा तो श्रीपति ने आर्द्र स्वर में कहा, "अपना एक आत्मीय मर गया है न!"

"हाँ। सच है," नागराज ने मुट्ठी-भर खस्ता चिउड़े उठाते हुए कहा, "हमारी मंडली का बड़ा स्तम्भ ही टूट गया। इस सारे क्षेत्र में उसकी तरह तबले पर ताल देनेवाला कहाँ मिल सकता है भला?"

अनेक बार नींबू निचोड़ लेने पर भी मंजुनाथ का सर भन्नाने लगा था।

कुछ बोलने की कोशिश में वह यही कह सका, "चन्द्री, चन्द्री।"

श्रीपति एकाएक उत्साहित हो उठा और बोला—"कोई कुछ भी कहे, ब्राह्मण कुछ भी भौंके...क्या कहते हो? शपथ लेकर मैं कहता हूँ...चन्द्री की तरह सुन्दर, समझदार और अच्छी औरत सौ मील के घेरे में भी तो कोई दिखा दे? मुझसे कोई शर्त लगा ले। यदि मिल जाए तो मैं अपनी जाति छोड़ दूँगा। वेश्या होने से भी क्या हुआ? बतलाओ तो, नारणप्पा के साथ किसी पत्नी से भी अच्छा व्यवहार उसने नहीं किया? यदि कभी वह ज्यादा पीकर उल्टी कर देता था तो वह तुरन्त सफाई कर देती थी। उसने हमारी उल्टियाँ भी साफ करने में कभी हिचकिचाहट नहीं की। आधी रात को भी जगाए जाने पर, एक शब्द भी मुँह से निकाले बिना, उसे वह हँसी-खुशी भोजन बनाकर परोस देती थी। कौन ब्राह्मण-स्त्री इतना करती है? सब बेकार, सर-मुंडी, थूः!" मंजुनाथ अंग्रेजी के तीन शब्द ही जानता था, उनमें से एक अब बोला, "येस-येस।"

नागराज ने टिचकारी लेते हुए कहा, "मंजुनाथ और पी ले तो पूरी अंग्रेजी बोलने लगेगा।"

अब बातों का सिलसिला लड़कियों की तरफ घूम गया। छोटी जाति की सभी लड़कियों का वे लेखा-जोखा लगाने लगे। उसके और बेल्ली के बीच के सम्बन्ध के बारे में केवल नारणप्पा को ही मालूम था, इसीलिए श्रीपति बड़े धैर्य से उनकी बातें सुनता रहा। अच्छा है कि बेल्ली इन लोगों की नजरों में नहीं पड़ी थी। यदि पड़ भी जाती तो अछूत समझकर उसे छूने में इन्हें भय होता। चलो, ठीक ही रहा।

दूसरी बोतल का काग निकालते हुए श्रीपति ने कहा, "अपना मित्र मरकर सड़ता हुआ वहाँ पड़ा है। उसके संस्कार की चिन्ता किसी को नहीं है—और इधर हम ही क्या कर रहे हैं, मौज-मजा ही न?" यह कहकर वह रोने लगा। इसे रोता देख बाकी जवान भी रोने लगे और एक-दूसरे के गले लगने लगे।

श्रीपति ने कहा, "कहो, यहाँ कौन-कौन हैं जो अपने को मर्द कह सकते हैं?"

'मैं'...'मैं'...'मैं'...'मैं'..., चारों ने कहा और नाटकों में स्त्रियों की भूमिका निभानेवाले मंजुनाथ से नागराज ने कहा, "तुम भी? तुम तो हमारी नायिका हो। तुम तो सदा से रमा, शकुन्तला हो।" उसने उसके गालों को हलके होंठों से छू दिया।

"यदि तुम लोग मर्द हो तो मैं एक बात कहता हूँ। बात मान लोगे तो कहूँगा कि ठीक ही कहते थे। नारणप्पा हमारा अभिन्न मित्र था। बदले में उसे हमने क्या दिया? चलो, हम चुपचाप उसका पार्थिव शरीर जला आएँ। क्या कहते हो? उठो।"

श्रीपति ने उत्साह से सबके गिलास शराब से भर दिए। गट-गट पीकर फिर बिना कुछ सोचे-विचारे टॉर्च की रोशनी में लड़खड़ाते कदमों से सभी श्रीपति के पीछे चल पड़े और नदी पार की। अन्धकारमयी रात्रि में कोई आहट तक नहीं सुनाई पड़ी। नशा अब उन पर हावी हो चुका था। वे अग्रहार आ पहुँचे। नारणप्पा के घर का दरवाजा खोला और निर्भय होकर भीतर चले गए। नशे में धुत्त उन लोगों को दुर्गन्ध ने भी नहीं सताया। वे सीधे ऊपर चढ़ गए। श्रीपति ने टॉर्च जलाई और उसका प्रकाश चारों ओर घुमाया। कहाँ है? है कहाँ? नारणप्पा का शव कहीं दीख नहीं रहा था। अचानक उन सबको अपनी जिन्दगियों के लिए भी खतरा लगने लगा।

"अरे रे, नारणप्पा तो भूत बनकर निकल भागा है!" नागराज ने कहा। उसका यह कहना था कि शराब की बोतलों और गिलासों के थैले वहीं फेंककर पाँचों-के-पाँचों जवान जान बचाकर भागे।

नींद न आने के कारण अधपगली लक्ष्मीदेवम्मा गली में चक्कर लगा रही थी। उन्हें देखकर चीखी, "प्रेत, देखो, देखो...इन प्रेतों को," फिर जोर से उसने बड़ी-सी डकार छोड़ी।

3

इतनी रात बीतने पर भी प्राणेशाचार्य नहीं लौटे तो परेशान ब्राह्मणों ने अपने घरों के दरवाजे बन्द किए, भयंकर दुर्गन्ध से बचाव के लिए नाक पर कपड़े बाँधकर सोने की कोशिश की। नींद नहीं आई। भूख और भय से ठंडे फर्श पर वे करवटें लेते रहे। रात के अँधेरे में किन्हीं कदमों की आहट बैलगाड़ी के पहियों की आवाज, लक्ष्मीदेवम्मा की कुत्तों के रुदन के समान गुहारें और डकार—मानो किसी दूसरी दुनिया से आती सुनाई दे रही थीं। उनके प्राण काँप रहे थे; अग्रहार मानो एक निर्जन, जंगल-सा बन गया था—जैसे कि उनके संरक्षक देवता उन्हें उनके भाग्य पर छोड़कर चले गए हों। घर-घर में बच्चे, माँ, पिता—सभी भय से सिकुड़कर और एक-दूसरे से लिपटे हुए शरीरों के अम्बार में अपनी अलग-अलग सत्ता गँवा चुके थे।

अँधेरा छँटने लगा। सूर्य की किरणें छतों की कड़ियों से छनकर भीतर आईं और अँधेरे घरों में प्रकाश के छोटे-छोटे वृत्तों के कारण साहस जागने लगा। धीरे से उठकर उन्होंने द्वार खोल दिए और बाहर देखा। सब ओर सड़ती लाशों को खाने के निमित्त गिद्ध छतों पर आ बैठनेवाले कौओं को उड़ाकर जमकर बैठ गए थे। उन्होंने शोर मचाकर उन्हें भगाना चाहा, तालियाँ बजाईं, लेकिन वे टस-से-मस नहीं हुए। हारे दिलों से वे फिर शंख और झाँझ बजाने लगे।

केवल द्वादशी की प्रातः होनेवाली मंगलध्वनि आज सुनाई देने पर प्राणेशाचार्य ने विस्मय से बाहर आकर देखा। वे एक ऐसी उलझन के शिकार थे, जिससे छुटकारा पाना दुष्कर था; क्या करें और क्या न करें—सोचते हुए, बाहर से भीतर और भीतर से बाहर वे चक्कर लगाने लगे। रसोई में पड़ी कराहती हुई पत्नी को रोज की भाँति जब वे दवा पिला रहे थे, तो हाथ काँप

गया और कुछ दवाई बह गई। क्षुब्ध नींद में जब कभी दवाई देते वक्त अपनी जर्जर पत्नी की आँखों के गड्ढों का, दृष्टिहीन, असहाय नजर का ख़याल, जोकि उनके त्याग और बलिदान तथा कर्तव्य का प्रतीक था, सहने में उभर आता था तो उनकी टाँगें काँपने लगती थीं। और उन्हें ऐसा अनुभव होता था कि वे भीषण अथाह गर्त में चक्कर खाते गिर रहे हैं। उन्हें लगा कि जैसे पच्चीस वर्ष पर्यन्त रोगी और वैद्य के दैनन्दिन सम्बन्ध के, और स्नेह एवं करुणा के नाते के अन्त पर अब उन्हें एक खाई दीख पड़ने लगी है। जैसे चकरा गए हों, वे काँपने लगे। ऐसा लगा कि उन्हें घेर रही भारी बदबू का एकमात्र स्रोत कहीं इन्हीं विचारों में है। माँ के पेट से चिपककर एक शाख से दूसरी शाख पर छलाँग लगाते समय जैसे किसी बन्दर के शिशु की पकड़ छूट जाए, वैसी ही स्थिति अपने संस्कारों और कर्मकांडों से एकाएक कट जाने पर प्राणेशाचार्य की हो रही थी।

निर्जीव-समान बिस्तर पर पड़ी, एक दीन भिक्षुणी-सी बनी पत्नी की रक्षा के लिए ही क्या उन्होंने इस कर्तव्य, इस धर्म को अब तक कस के पकड़कर रखा था, या कि पूर्व-जन्म के कर्म और संस्कारों की वजह से धर्म ही अँगुली पकड़कर उन्हें इस मार्ग पर चलाता आया है? वे कुछ जान नहीं पा रहे थे। जब उनका विवाह हुआ था तो वे सोलह वर्ष के थे और उनकी पत्नी बारह वर्ष की। संसार के मायाजाल को त्यागकर संन्यासी बनकर रहने और आत्मदान का जीवन बिताने की अपनी बचपन से ही उपजी चुनौती के समान इच्छा के कारण ही उन्होंने जानते-बूझते हुए भी जन्म से पंगु और बीमार इस स्त्री के साथ शादी कर ली थी। एहसानमन्द ससुराल में ही पत्नी को छोड़कर उन्होंने काशी जाकर खूब अध्ययन किया। वहाँ से 'वेदान्त-शिरोमणि' की उपाधि से भूषित होकर लौटे। निष्काम कर्मों के द्वारा, निरासक्त रहते हुए जीवन-निर्वाह की अपनी क्षमता उनमें पैदा हो गई है या नहीं, इसकी कठोर परीक्षा के लिए प्रभु ने मानो घर में ही इस निरीह रोगिणी को उनके हाथों में सौंप रखा था। इसी भाव से प्रेरित वे उसकी सेवा-शुश्रूषा में जुटे रहे। उसके लिए स्वयं रसोई पकाते, अपने हाथ का बनाया दलिया खिलाते, रोजाना लगन से पूजा-पाठ सम्पन्न करके, रामायण, महाभारत, भागवत आदि पढ़ते और अन्य ब्राह्मणों के लिए उसकी व्याख्या करते। जैसे कोई कंजूस एक-एक कौड़ी तक जोड़ता रहता है, वे अपने तप और पुण्यों को संचित करते रहे। इस महीने गायत्री का जाप गिनकर एक लाख बार किया, अगले

मास एक लाख बार यह जाप और होगा। एकादशी के दिन यह मन्त्र-जाप दो-तीन लाख! इस तरह तुलसी-माला को फेरते हुए लाखों-करोड़ों बार किए गए जाप और तप का वे हिसाब रखते। एक बार एक स्मार्त पंडित ने आकर उनसे बहस की। केवल साध-वृत्ति से ही मुक्ति मिल सकती है, यह मत क्या असहायता और निराशा का ही रूप नहीं है? क्या इससे मानवीय आशाओं को चोट नहीं पहुँचती–किसी चीज की आकांक्षा करना और उसे न पा सकना? इस पर आचार्य ने तर्क दिया था। पहले तो तामसी प्रवृत्तिवाले लोगों में मुक्ति-मोक्ष की इच्छा ही नहीं जगती, इसीलिए जिसकी इच्छा ही नहीं है, उसके न पाने पर निराशा कैसी? किसी के लिए भी यह कहना सही नहीं है कि वह सात्विक वृत्ति का बनेगा; मात्र यही दावा किया जा सकता है कि मैं सात्विक वृत्ति का हूँ। प्रभु-परमात्मा की अनुकम्पा के लिए ऐसी प्रवृत्ति के लोग ही भूखे और लालायित रहते हैं।

'जन्म से ही मेरी प्रकृति सात्विक है। यह रोग-ग्रस्त पत्नी मेरे त्याग और उत्सर्ग की वेदी है'–इन्हीं विचारों और निश्चय की राह से वे मुक्ति-मार्ग की ओर बढ़ रहे हैं। नारणप्पा भी उनकी साधु-प्रकृति की परीक्षा का साधन बन गया था। अब ऐसा लग रहा है कि उनकी सारी मान्यताएँ अस्त-व्यस्त हो गई हैं और वे वहाँ लौट रहे हैं जहाँ से कि वे सोलह वर्ष की उम्र में चले थे। सही मार्ग कौन-सा है? वह रास्ता कहाँ है जो उन्हें अतल गढ़े के कगार पर जाने से बचा ले? किंकर्तव्यविमूढ़ होकर उन्होंने रोज की तरह पत्नी को अपनी बाँहों में उठाया–बाहर गली से आ रही झाँझ और शंख की आवाजें उन्हें क्षुब्ध कर रही थीं। पत्नी को नहलाते वक्त जब उन्होंने उसके शरीर पर पानी डाला तो उसके सिकुड़े, सूखे स्तनों, गोल-मटोल नाक और उसकी छोटी, रूखी वेणी को देखा–मन विरक्ति से भर उठा। शंख और झाँझ बजाकर गिद्धों को उड़ाने की कोशिश में लगे ब्राह्मणों को चिल्लाकर रोक देने की उनकी इच्छा हुई। पहली बार उनकी आँखों में सुन्दर और असुन्दर का भेद दिखाई पड़ने लगा। आज तक उन्होंने काव्यों में वर्णित सौन्दर्य को स्वयं अपने जीवन में पाने की इच्छा नहीं की थी। दुनिया की सारी सुगन्ध केवल प्रभु की प्रतिमा की केशराशि को सजानेवाले फूलों में ही होती है। स्त्रियों का सम्पूर्ण सौन्दर्य नारायण की दासी और उनकी सेवा में निरत लक्ष्मी में ही केन्द्रित है। सारा रति-सुख कृष्ण के लिए ही है, जबकि वे स्नान कर रही स्त्रियों के वस्त्र चुरा ले गए और पानी में उन्हें नंगा छोड़ दिया। आज इन

सबमें से एक अंश अपने लिए भी प्राप्त करने की इच्छा उनमें जगी। पत्नी की गीली देह पोंछकर और उसे बिस्तर पर लिटाकर वे बाहर आ गए। झाँझ और शंख की आवाज एकाएक रुक गई। उनके कान मानो मौन, अथाह जल की गहराई में डूबने लगे। 'मैं यहाँ बाहर क्यों आ गया? क्या मैं चन्द्री को देखने की इच्छा से आया हूँ? किन्तु चन्द्री तो यहाँ नहीं है। बिस्तर पर लेटी हुई यह स्त्री और जंगल में मेरे हाथों से अपने उरोजों को दबवानेवाली वह स्त्री–यदि दोनों मुझे छोड़कर चली जाएँ तो...' पहली बार कहीं बहुत अन्तर में उन्हें एकान्त सूनेपन का, एकाएक अनाथ हो जाने का एहसास हुआ।

चील और गिद्ध उड़ाने में जो ब्राह्मण अब तक व्यस्त थे, उन्होंने अपने मुर्दों-जैसे पीले चेहरों को ऊपर उठाया और इकट्ठे होकर उनके बरामदे में गए। उन्होंने अपनी प्रश्न-भरी आँखें उनके चेहरे पर जमा दीं। जब उन्होंने देखा कि आचार्य झिझक रहे हैं और किसी प्रकार की भी प्रतिक्रिया नहीं दिखला रहे हैं, तो वे भयभीत और संत्रस्त हो उठे। गृहहीन अनाथों की तरह मार्ग-प्रदर्शन के लिए उनकी तरफ देखते हुए ब्राह्मणों की आँखों में आचार्यजी ने अपनी आँखें डालीं–उन लोगों ने अपने ब्राह्मणत्व का सम्पूर्ण दायित्व आचार्यजी के कन्धों पर डाला हुआ था। आचार्यजी को न केवल किसी प्रकार का पश्चात्ताप हुआ, बल्कि उन्होंने अपने मन में एक हलकापन-सा महसूस किया, मानो कि उन्होंने अपनी छिनी हुई स्वतन्त्रता प्राप्त कर ली हो, मार्ग-प्रदर्शन की जिम्मेदारी से मुक्त हो गए हों और सब प्रकार के अधिकारों के बोझ से छुटकारा पा लिया हो। 'मैं किस प्रकार का व्यक्ति हूँ? मैं तुम लोगों जैसा ही हूँ–एक ऐसे अन्तःकरणवाला प्राणी जिसे कि लालसाएँ और जुगुप्सा तुम्हारी ही तरह उद्वेलित करती हैं। विनय और दीनता का शायद यह पहला पाठ मैंने पढ़ा है। आओ, चन्द्री आओ, और इन लोगों को सब कुछ बता दो। मुझ पर जो दायित्व और बन्धन गुरुजी ने डाल रखे हैं, उनसे मुझे भार-मुक्त करो।' मन-ही-मन उन्होंने ऐसा सोचा और चारों ओर देखा। नहीं, वह वहाँ नहीं थी। वह वहाँ कहीं भी नहीं थी। उर्वशी की तरह उन्हें छोड़कर वह चली जा चुकी थी। स्पष्टतः यह कहने में उन्हें संकोच हो रहा था कि उन्होंने भी नारणप्पा के सुख-उल्लास में हिस्सा बँटाया है। उनके हाथों से पसीना छूटने लगा और वे ठंडे हो गए। सामान्य मनुष्यों की तरह पहली बार उनमें झूठ बोलने की, चीजें छिपाने की और अपने ही हित की रक्षा की

बात सोचने की इच्छा जगी। इन लोगों ने उन पर जो परम विश्वास किया है, उसे आघात पहुँचाने का साहस वे नहीं जुटा पा रहे थे। यह सब क्या है—अपने पर दया, स्वहित-चिन्तन, आदत, आलस्य या कि मात्र प्रवंचना? हर रोज याद से और मन की गहराइयों से जो मन्त्रोच्चार किया करते थे, वह अब उनके मन में गूँजने लगा : 'पापोहं, पापकर्माहं पापात्मा, पापसम्भवः।' नहीं, नहीं, यह भी झूठ है। रटे हुए इन मन्त्रों को भूलना होगा—मन को किसी अबोध बाल-मन की तरह स्वतन्त्रता से विचरने देना होगा। जब वे चन्द्री के स्तनों से लाड़-दुलार कर रहे थे, तो उन्हें 'पापोहं' की याद कतई नहीं आई। अब उन्हें प्रसन्नता हुई कि शर्मिन्दा करने के लिए चन्द्री वहाँ उपस्थित नहीं थी। जग जाने पर उमगनेवाली भावनाएँ और विचार उन भावनाओं और विचारों से भिन्न होते हैं, जिनका अनुभव अचेतनावस्था में होता है। अब उन्हें अनुभव हुआ कि जीवन में हमेशा दोहरापन होता है। वास्तव में अब वे कर्म के चक्र में घिर गए हैं। इस दुर्दशा से पीछा छुड़ाने के लिए एक बार फिर उन्हें अचेत होना है और चन्द्री को गले लगाना है—तभी वे अपनी दुर्दशा के ज्ञान में जागेंगे; इस चक्र से निर्मुक्ति पाने के लिए एक बार चन्द्री के पास फिर जाना ही आवश्यक है। यही चक्र है—कर्म का चक्र। इसे ही मनोभावों और आवेगों का रजोगुणी जीवन कहते हैं। यदि वे काम और लालसा का त्याग कर भी दें तो काम और लालसा तो उन्हें नहीं छोड़ रही है। संशय के भँवर में फँसे प्राणेशाचार्य के मुँह से एक शब्द भी नहीं निकला; बैठे हुए ब्राह्मणों को वहीं छोड़कर वे अपने 'ठाकुर-घर' में आ गए। रोज की लत की तरह उन्होंने परमात्मा को अनेकानेक नामों से स्मरण किया। यदि वे सत्य नहीं कहते, यदि सत्य उनकी गोद में गिरे हुए अंगारों की तरह जलता रहता है तो वे फिर कभी मारुति के दर्शन नहीं कर सकेंगे और न कल्मशहीन अपनी रोगिणी पत्नी की स्वच्छ हृदय से सेवा ही कर सकेंगे; 'हे हनुमान, इस संशय से मुझे उबारो। क्या चन्द्री आ गई है? क्या वह सब कुछ कह देगी?'—भारी उद्विग्नता से घिरे वे बाहर आ गए। ब्राह्मण अभी भी प्रतीक्षा कर रहे थे। घरों की मुँडेरों पर चील और गिद्ध फिर जमकर बैठ गए थे। आचार्य ने आँखें मूँद लीं, एक लम्बा साँस लिया और साहस बटोरा। लेकिन उनके मुँह से केवल यही शब्द निकले, "मैं भटक गया हूँ और मैं हार गया हूँ। कोई भी आदेश देने के लिए मैं हनुमानजी को नहीं मना सका। मुझे कुछ भी नहीं मालूम। आप सब लोग वैसा ही करें जो आप अपने दिलों में ठीक समझें।"

ब्राह्मण अवाक् रह गए। गरुड़ाचार्य ने विस्मय से कहा, "छिः, छिः यह सम्भव नहीं है।" दासाचार्य ने, कल पेट-भर भोजन खा लेने के बाद, क्योंकि अब उसकी जान-में-जान आ गई थी, कहा, "तो हम लोग अब क्या करें? हमें कैमर के अग्रहार को जाना चाहिए। वहाँ के सुब्बणाचार्यजी से पूछ लेते हैं। मेरे कहने का यह मतलब नहीं कि उन्हें वे बातें मालूम हैं जिनका हल हमारे आचार्य नहीं खोज सके। उन्हें भी यदि कुछ समझ न आया तो हम सीधे मठ में जाकर स्वामीजी से पता लेंगे। भूखे रहकर और शव की इस घटाटोप दुर्गन्ध में, इस अग्रहार में हम कब तक भटकते रहेंगे? इस बहाने हमें गुरु-दर्शन भी हो जाएँगे। वैसे भी त्रयोदशी के दिन सार्वजनिक आराधना होती है। क्या विचार है आपका? कैमर जाकर हमें अपने अपवित्र हुए यज्ञोपवीत भी बदल लेने चाहिए। क्या वहाँ के ब्राह्मण हमें खाने के लिए कुछ नहीं देंगे? इस अग्रहार में, जहाँ बिना संस्कार किए हुए एक शव पड़ा है, किसी प्रकार खाना एकदम वर्जित है, लेकिन कैमर में तो खाने में कोई आपत्ति नहीं होगी। आप लोगों का क्या विचार है?"

सब ब्राह्मणों ने 'हाँ-हाँ' कहकर अपनी सहमति जताई। लक्ष्मणाचार्य को याद आया, कैमर के वैष्णजाचार्य ने उनसे कह रखा था कि सौ दोने और एक हजार पत्तलों की उसे जरूरत है। कैमर जाते वक्त वह इन्हें साथ ले जाएगा। गरुड़ाचार्य को भी गुरुजी से कुछ काम था। दासाचार्य के कैमर जाने के प्रस्ताव से प्राणेशाचार्यजी को कुछ राहत मिली—एकाएक कन्धों से बोझ के उतर जाने से उनकी थकान भी लगा कि मिट गई।

4

घर पहुँचकर दुर्गाभट्ट को ऐसा लगने लगा कि इन दोगले माध्वों की संगति में वह स्वयं पतित होता जा रहा था—ये सिर-मुंडी विधवाओं के प्रेमी माध्व ब्राह्मण! उसने बैलगाड़ी तैयार की और अपनी पत्नी तथा बच्चों को लेकर अपनी ससुराल चला गया। उधर लक्ष्मणाचार्य ने कैमर ले जाने के लिए दोने और पत्तलें बाँध लीं। रास्ते में खाने के लिए दासाचार्य ने कुछ मुरमुरा ले लिया; चलने के लिए अपनी पत्नी और बच्चों को जगाया और लक्ष्मीदेवम्मा को अपने सम्बन्धियों के घर रवाना कर दिया। जब तक कि सब ब्राह्मण प्राणेशाचार्य के सामने के बरामदे में जमा होते, उनकी पत्नी रजस्वला हो गई थी। आचार्य ने कहा कि अब वे ब्राह्मणों के साथ नहीं चल सकेंगे; वे बिस्तर पर पड़ी अपनी बीमार पत्नी को अकेला नहीं छोड़ सकते। इसे ठीक ही समझा गया और छतों पर बैठे गिद्धों की परवाह न करते हुए ब्राह्मण जल्दी-जल्दी कैमर जाने के लिए चल पड़े।

जब वे कैमर पहुँचे, दिन की गर्मी शाम की ठंडक में बदल चुकी थी। इन सबने स्नान किया, नए यज्ञोपवीत पहने, माथे पर अपनी जाति के चिह्नस्वरूप टीका लगाया और सुब्बणाचार्य के घर के चबूतरे पर आकर जमा हो गए। आचार्यजी ने कहा कि पहले वे सब भोजन कर लें। इसी तरह के प्रस्ताव की प्रतीक्षा कर रहे ब्राह्मण गरम-गरम भात और रसम् पर टूट पड़े और अपनी आत्मा की पूर्ण तुष्टि होने तक भर-पेट खाते रहे। तब वे एक आनन्दमयी क्लान्ति से सुब्बणाचार्य को घेरकर बैठ गए। सुब्बणाचार्य ज्योतिषी थे—उनके लिए यह जानना आवश्यक था कि नारणप्पा की मृत्यु का समय शुभ अथवा अमंगल है—तभी वे उसके अन्तिम संस्कारों के बारे में निर्णयात्मक रूप से कुछ कह सकते थे। उन्होंने अपना चश्मा पहना, पंचांग

देखा, कौड़ियाँ फेंकी और उन्हें गिना; फिर बोले, ''अमंगल।'' अपना सिर हिलाते हुए उन्होंने कहा, ''जब प्राणेशाचार्य स्वयं कोई सलाह नहीं दे सके तो मैं ही क्या कह सकता हूँ?'' यह सुनकर दासाचार्य को खुशी हुई। अब सब लोग उठकर मठ की ओर चल दिए—सब प्रसन्न और आश्वस्त थे, कि मठ पहुँचकर उन्हें 'आराधना' के प्रसाद का हिस्सा मिल सकेगा।

कैमर के लोगों ने उनसे कहा, ''इस वक्त अँधेरा हो चुका है। आप लोग रात यहीं बिताइए और सुबह-सुबह चले जाइएगा।'' ब्राह्मणों ने उनका आतिथ्य स्वीकार कर लिया। अगली प्रातः जब वे उठे तो दासाचार्य बुखार में था और काफी कमजोरी की दशा में वह बिस्तर पर पड़ा था। उसे जगाने की उन्होंने कोशिश की, लेकिन जैसे वह संज्ञाहीन स्थिति में था—जागा नहीं।

गरुड़ाचार्य ने कहा कि शायद ज्यादा खा लेने के कारण उसे अपच हो गया है। उन ब्राह्मणों को इस गरीब पर दया आई कि वह आराधना, आरती और उस समय के सहभोज में हिस्सा नहीं ले सकेगा। वे जल्दी-जल्दी उठे, नहाए, दही के साथ चिउड़ा खाया और रात पड़ जाने के पहले बीस मील पैदल चलकर अगले अग्रहार में पहुँच गए। उस रात वे वहीं ठहरे और खाना खाया, और जब अगली सुबह उठे तो पद्मनाभाचार्य काफी तेज बुखार से बिस्तर पर पड़े थे। ब्राह्मणों ने सोचा कि इतनी दूर पैदल चलने की थकावट के कारण ही उसे ज्वर हो आया है। उसे वहीं छोड़कर वे चल दिए। मठ तक पहुँचने तक के लिए उन्हें अभी दस मील और चलना था। वे जब यहाँ पहुँचे, तब दोपहर की पूजा के नगाड़े बज रहे थे।

5

अग्रहार में मासिक धर्म से पीड़ित और बिस्तर पर असहाय पड़ी उनकी रुग्णा पत्नी और कुछ कौओं और गिद्धों के अलावा कोई प्राणी नजर नहीं आ रहा था। कहीं से पूजा-पाठ अथवा कर्म-कांड की आवाज भी नहीं सुनाई पड़ रही थी। एक भयावह और अशुभ चुप्पी जैसे उस सारे क्षेत्र पर छा गई थी। सात घर परे एक मृत मानव का शव पड़ा सड़ रहा था; उससे निकल रही महा दुर्गन्ध जैसे साँसों में बसी जा रही थी। घर-घर की छत पर गिद्ध बैठे थे और ये सब बातें प्राणेशाचार्य को अशान्त और परेशान कर रही थीं। वे जब देव-घर में घुसे तो उन्होंने देखा कि अपशकुन की तरह चक्कर खाकर एक चूहा अपनी पीठ के बल गिरा और वहीं मर गया। उन्हें बहुत घृणा हुई। उन्होंने उसकी दुम से उसे उठाया और बाहर बैठे एक गिद्ध के सामने फेंक दिया। तपती दोपहर के श्मशान जैसे सन्नाटे में आसमान की तरफ वे अपनी आँखें नहीं उठा पा रहे थे। गिद्धों को उड़ाने के असफल प्रयत्न के बाद वे घर के भीतर चले आए। भूख उन्हें बहुत सता रही थी और उसे अधिक सह पाने में वे असमर्थ हुए जा रहे थे। उन्होंने अपनी धोती के एक कोने में कुछ केले बाँध लिए, स्नान किया, नदी पार की और एक वृक्ष की छाया में बैठकर उन्हें खाने लगे। उनकी भूख कुछ शान्त हो गई, उन्हें याद आया कि इसी प्रकार के अँधेरे में चन्द्री ने अपनी गोद से केले निकालकर उन्हें खिलाए थे।

क्या उन्होंने किसी करुणा के वश होकर चन्द्री से भोग किया था? इसमें सन्देह है। वह तो थी किसी चीते के समान चिंघाड़ती उनके शरीर की कामुकता की भावना, जो कि करुणा के रूप में अपने को प्रस्तुत कर रही थी–दया और संवेदना की भावनाओं के रूप में–जो अब तक सदाचार के बन्धनों से कसी हुई अवश पड़ी थी। चन्द्री की छातियों के एक स्पर्श से ही

उनके अन्दर का जानवर अपना स्वाभाविक और आक्रामक रूप दिखलाने लगा। उन्हें नारणप्पा के शब्द याद आ गए, ''देखें कि कौन जीतता है, आप या मैं...आचार्यजी, किसी मत्स्यगन्धा-सी खुशबू फैलानेवाली मछुआरिन से लिपटकर सोइए।'' नारणप्पा ने इस सिद्धान्त को भी व्याख्यायित किया था कि किस प्रकार हमारे सब कर्मों के परिणाम विपरीत निकलते हैं। नारणप्पा के कारण नहीं, लेकिन उनके अपने कारण, उनके हठ के कारण, उनके कर्मों के कारण–इस अग्रहार का समस्त जीवन उलट-पुलट गया। उन्होंने सुन रखा था कि एक नौजवान लड़का उनसे शकुन्तला के वर्णन को सुनकर किस प्रकार नदी के किनारे गया और वहाँ उसने एक छोटी जाति की लड़की से भोग किया। अब उसकी पहचान के लिए आचार्य की कल्पना उनके मन में उन सब छोटी जाति की लड़कियों को खींच लाई, जिनके बारे में उन्होंने पहले कभी सोचा भी नहीं था, कल्पना में ही आचार्यजी ने उन्हें निरावरण किया और उनके अंग-प्रत्यंग को देखकर पहचानने की कोशिश की। कौन थी वह? कौन हो सकती है वह? अरे हाँ, बेल्ली, वही बेल्ली! मिट्टी के रंग की उसकी छातियों की याद करके, जैसे कि सोच-विचार तक में पहले कभी नहीं हुआ था, उनका शरीर उत्तेजित हो उठा। उन्हें अपनी इस कल्पना पर शर्म आई। नारणप्पा ने मजाक करते हुए एक बार कहा था : ''अपने ब्राह्मणत्व को बचाने के लिए वेद और पुराणों को बिना समझते हुए, उनमें वर्णित भावावेशों की उपेक्षा करते हुए उन्हें पढ़ना चाहिए।'' उसकी करुणा और अनुकम्पा में और उसकी विद्या और ज्ञान में कहीं कोई एक विस्फोटक चिनगारी थी जो कि दूसरों की जड़ता और मूढ़ता में नहीं थी। अब उनके अन्दर का घरेलू जानवर की तरह पला हुआ चीता अपने दाँत दिखाता हुआ, गुर्राता हुआ बाहर निकल आना चाहता था...।

एक नए अनुभव के लिए, बेल्ली के स्तनों से खेलने के लिए उनके हाथ खुजलाने लगे। उन्हें लगा कि उनमें अभी तक जीवन का अभाव था, वे वही करते रहे थे जो सब करते हैं। उन्हीं पुराने मन्त्रों को दोहराते रहे और कोई अनुभव प्राप्त नहीं कर सके। अनुभव का अर्थ होता है खतरा मोल लेना, हमला करना। कोई ऐसी बात करना जो पहले कभी न की हो, जैसे जंगल के अँधेरे में किसी से लिपट जाना। अब तक वे यही सोचते रहे थे कि मन की इच्छाओं की पूर्ति को ही अनुभव कहते हैं। लेकिन अब ऐसा लगने लगा है कि अनुभव का अर्थ है किसी अदृश्य में, अकथ्य स्थिति में, जीवन में

किन्हीं उरोजों का अचानक संस्पर्श हो जाना। जिस प्रकार उन्होंने एक स्त्री के घनिष्ठ आलिंगन को पाया है, क्या नारणप्पा उसी तरह, अन्धकार में, और बिना किसी चेष्टा के प्रभु के चरणों को छू सका था? धीमी पड़ रही वर्षा की बूँदों की प्रतिक्रियास्वरूप धरती के नरम दबाव से कठोर-से-कठोर बीज भी अंकुरित हो उठता है। यदि कोई दुराग्रही हो, तो उसका आवरण सूखकर और भी कठोर हो जाता है। नारणप्पा ऐसा ही एक दुराग्रही व्यक्ति था, अब मरकर सड़ रहा है। 'चन्द्री' के सम्पर्क में आने तक, वे स्वयं भी नारणप्पा की तरह दुराग्रही थे–उसके मनोबल के सामने अपना मनोबल उन्होंने खड़ा कर रखा था। जिस स्वाभाविकता से इनकी शारीरिक लालसाएँ बिफरकर उन पर छा गई हैं, और जबकि वे सोचते हैं कि कभी से उनका त्याग कर चुके हैं, ऐसा क्यों नहीं सम्भव है कि इच्छा के व्यक्त किए बिना भी परमात्मा का संस्पर्श उन्हें मिले?

चन्द्री अब इस समय कहाँ है? क्या उन्हें कोई कष्ट न पहुँचे, इस उद्‌देश्य से नारणप्पा के शव के पास जा बैठी है? कैसे वह उस भयानक दुर्गन्ध को सह रही होगी? उन्हें चिन्ता सताने लगी। वे नदी में कूद पड़े और इस-उस दिशा में तैरने लगे। काश, उन्होंने सोचा, कि मैं हमेशा यहीं रह सकूँ, हमेशा नदी में तैरता रहूँ। उन्हें अपने शैशव के दिनों की याद आई जब वे अपनी माँ से आँख बचाकर तैरने के लिए नदी की ओर भाग आते थे। उन्हें आश्चर्य हुआ कि इतने वर्षों के बाद बाल्यकाल की इच्छाएँ अब उनमें जन्म ले रही हैं। माँ को कोई सन्देह न हो, इसलिए तैरने के बाद वह रेत में लेटे रहते थे और अपने को बिलकुल सुखाकर ही घर लौटते थे। क्या सूर्य द्वारा तपाई हुई रेत में ठंडे पानी में तैरने के बाद लेटने की बराबरी करनेवाला कोई सुख है? लौटकर अग्रहार जाने की उन्हें इच्छा नहीं हो रही थी। वह नदी से निकलकर किनारे पर आ गए और फैली रेत पर लेट गए। दोपहर की धूप में उनका शरीर जल्दी ही सूख गया और पीठ जलने लगी।

उन्हें अचानक एक विचार आया और वे उठ खड़े हुए। किसी एक ऐसे पशु की तरह जो धरती को अपनी थूथन से सूँघ-सूँघकर आगे बढ़ता है, जंगल में वे उस विशेष स्थान की ओर बढ़े जहाँ उन्होंने चन्द्री से प्रेम किया था। भरी दोपहर में भी यहाँ झुटपुटा अँधेरा था। झाड़ियों में तो अन्धकार काफी बना था–एक हलके-से गुंजन से बोझिल अन्धकार! वे उस जगह आ खड़े हुए जहाँ कि उनके जीवन ने एक नया मोड़ लिया था। हरी घास पर

उन दोनों के शरीरों के दबाव और आकार अभी भी स्पष्ट दिखाई पड़ रहे थे। वे वहीं बैठ गए और बिना कुछ सोचे-समझे उन्होंने घास के कुछ पौधे जड़ से उखाड़े और उन्हें सूँघा। मृत्यु की दुर्गन्ध से ग्रस्त अग्रहार से वे आए थे। इस कच्ची मिट्टी से सनी घास की जड़ों की गन्ध उन्हें मद से भरने लगी। मुर्दे की तरह जमीन में चोंच मारते हुए और उसे खरोंचते हुए, उनके हाथ जो कुछ भी लगा, उन्होंने उसे उखाड़ा और उसे सूँघा। उनके लिए केवल किसी वृक्ष की ठंडी छाँह में बैठ-भर पाना अपने में एक मूल्य, एक उपलब्धि बन गया था। होना, मात्र होना-भर! होना–प्राण-पण से होना। तपिश में, ठंडक में, घास पर हरियाली पर, फूलों की गन्ध में, किसी विरह की अनायास पीड़ा में, धूप में, छाया में इच्छाओं और मूल्यों से असम्पृक्त होकर–किसी भी विशेष आसक्ति के बिना–जब कहीं अदृश्य से आवाज आती है–'यहाँ'–तो बहुत धन्यवादपूर्वक उसका स्वागत करना चाहिए, उतावली में हाथ नहीं फैलाना, ऊपर नहीं चढ़ना, छीना-झपटी में नहीं पड़ना चाहिए। चिरायते की बेल का एक छोटा पौधा अचानक उनके हाथों से लगा। उन्होंने उसे उखाड़ने की कोशिश की। बेल की जड़ें काफी दूर तक जमीन में फैल चुकी थीं, वे उसे उखाड़ नहीं सके। घास की छोटी-छोटी जड़ों की तरह, जो जमीन के ऊपरी भाग में ही जमी होती है, चिरायते की बेल की जड़ें नीचे की कठोर भूमि तक पहुँच चुकी थीं। वे बैठ गए और दोनों हाथों से बेल को उखाड़ने लगे। लगभग आधी जड़ ही उखड़कर उनके हाथ में आ पाई। उन्होंने उसे सूँघा। उस जड़ में एक विशेष प्रकार की गन्ध बस गई थी जो कि वहाँ की तपिश और ठंडक, वहाँ की मिट्टी और ऊपर के आकाश– सबको मिलाकर बनी थी। यह गन्ध उनके अन्तर के प्राणों तक जा बसी। एक लालची व्यक्ति की तरह उस जड़ को सूँघते हुए वे वहाँ बैठे रहे।

गन्ध उनकी नासिका में बस गई। एक मिठास उनके खून में बहने लगी। लेकिन गन्ध का वह अनुभव शीघ्र ही लुप्त हो गया और उन्हें अतृप्त छोड़ गया। उन्होंने जड़ को अलग रख दिया और जंगल की अन्यान्य गन्धों को सूँघने लगे। फिर से वे चिरायते की जड़ की ओर उन्मुख हुए और ऐसा लगा कि उस जड़ में फिर से ताजगी आ गई हो। वे जंगल से बाहर आ गए और विष्णुकान्ति के फूलों की ओर एकटक देखते रहे–छाया में जड़ी हुई नीलमणियों की तरह वे लग रहे थे, और जैसे उन्हें देखना-भर किसी वैभव को देखने के समान हो। एक बार फिर से वे नदी में उतर गए और चारों

ओर तैरने लगे। पानी में उस गहराई तक वे जा खड़े हुए जहाँ कि जल उनकी ठोड़ी को छूता था। मछलियों के झुंड-के-झुंड उन्हें घेर रहे थे और पैर की अँगुलियों में, बगलों में, पसलियों में मछलियों के संस्पर्श से उन्हें सिहरन हुई। किसी शरारती बच्चे की तरह पुलककर प्राणेशाचार्य ने कहा, 'अहा' और फिर नदी में तैरने लगे। कुछ देर बाद वे नदी के किनारे पर निकल आए और शरीर के सूखने तक धूप में खड़े रहे। तभी उन्हें ध्यान आया कि अपनी पत्नी को मांड देने का वक्त हो आया है और वे जल्दी-जल्दी चलकर अग्रहार आ गए।

जैसे ही उन्होंने फिर से कौओं और गिद्धों की पंक्तियों को देखा, उन्हें ऐसा लगा जैसे किसी ने उनके मुँह पर तमाचा मार दिया हो। वे घर पहुँचे और पाया कि उनकी पत्नी का चेहरा सुर्ख लाल हो रहा था। उन्होंने उसे पुकारते हुए कहा, "इधर देखो, इधर देखो।" क्या इसका ताप बढ़ गया है? मासिक धर्म से ग्रस्त इस अपवित्र स्त्री को मैं कैसे छू सकता हूँ? लेकिन तुरन्त ही उन्होंने आत्मग्लानि से अपनी झिझक को वश में करते हुए कहा, "छिः!" उन्होंने पत्नी के माथे पर हाथ रखा और हाथ को एकदम आश्चर्यान्वित होकर झटके से वापस खींच लिया। यह न जानते हुए कि उन्हें अब क्या करना चाहिए, उन्होंने एक गीला कपड़ा पत्नी के माथे पर रखा। उसके ऊपर पड़े कम्बल को सन्देह से उठाया और उसके शरीर की परीक्षा की। उसके पेट के निचले हिस्से की ओर एक गिलटी निकल आई थी। क्या यह उसी प्रकार का ज्वर है जिसने नारणप्पा के प्राण हर लिए थे? जितनी भी जड़ी-बूटियों का उन्हें परिचय था, उन्होंने एक सिल पर उन्हें रगड़ा, अपनी पत्नी का मुँह खोला और उसमें औषधि डालने का प्रयत्न किया, लेकिन कोई भी औषधि उसके गले के नीचे नहीं उतर सकी। यह कैसी नई परीक्षा है उनकी? इधर-उधर घूमते हुए वे सोचते रहे। कौओं और गिद्धों की आवाजें सही नहीं जा रही थीं; दुर्गन्ध उन्हें पागलपन के किनारे तक ले आई थी। वे भागकर घर के पिछवाड़े में आ गए। वहाँ समय के व्यतीत होने से बेखबर होकर झुटपुटे अँधेरे में पड़े रहे। संध्या उतर आई। कौओं और गिद्धों को उड़कर चले जाते देखकर उन्हें कुछ सन्तोष हुआ, और अपने को कोसते हुए वे घर के अन्दर फिर घुसे कि अपनी बीमार पत्नी को इतने समय तक वे अकेली छोड़ गए थे। डरते हुए उन्होंने कन्दील जलाया और पत्नी को पुकारा, "इधर देखो, इधर देखो।" कोई उत्तर नहीं मिला। एकाएक ऐसा लगा जैसे

यह चुप्पी मुखरित हो उठी है। उनकी पत्नी ने अचानक एक लम्बी चीख ली जो उन्हें अवाक् छोड़ गई थी। वह कर्कश, दया की भीख माँगती हुई चीख कहीं उनके मर्म तक को छू गई और वे काँप उठे। चीख-चिल्लाहट जैसे खत्म हुई, लगा कि आकाश में बिजली के कौंधने के बाद का घना अन्धकार-सा छा गया हो। वहाँ अकेले खड़े रहने का साहस उनमें नहीं रहा। इससे पहले कि वे सचेत होकर जान पाते कि वे क्या कर रहे हैं, वे नारणप्पा के घर की ओर, 'चन्द्री', 'चन्द्री', 'चन्द्री' पुकारते हुए भाग उठे। लेकिन वहाँ भी कोई प्रतिक्रिया नहीं हुई। घुप अँधेरा था। उन्होंने बीच के कमरे में, फिर रसोईघर में खोजा। कोई भी वहाँ नहीं था। जैसे ही वे सीढ़ियाँ चढ़कर ऊपर के कमरे की ओर जाने लगे, उन्हें ध्यान आया कि वहाँ तो शव पड़ा है। अचानक एक भय ने उन्हें जकड़ लिया, वैसे ही जैसे कि वे बाल्यकाल में पिशाच के भय से किसी अँधेरे कमरे में घुसने से डरा करते थे, भागते हुए वे घर लौट आए। उन्होंने अपनी पत्नी का माथा छुआ तो वह एकदम सर्द-ठंडा पड़ चुका था। उस आधी रात के वक्त हाथ में एक कन्दील लिए हुए वे दूसरे अग्रहार की ओर चल दिए और वहाँ सुब्बणाचार्य के घर में जा घुसे। उनके पीछे-पीछे 'नारायण', 'नारायण' कहते हुए वे चार ब्राह्मण आ रहे थे जो दासाचार्य का दाह-संस्कार करके और सिरों पर गीली धोतियाँ लपेटे अभी लौटे ही थे। उन ब्राह्मणों को अपने साथ वे ले आए और अपनी पत्नी के शव को श्मशान ले गए। पूरे कर्म-कांड के साथ उसका दाह-संस्कार पौ फटने से पहले ही समाप्त कर दिया। जैसे कि वे स्वयं से बोल रहे हों, उन्होंने बहुत धीमी आवाज में कहा, "अग्रहार में संस्कार की प्रतीक्षा में एक और शव भी पड़ा है लेकिन उसकी प्रारब्ध के बारे में निर्णय गुरुजी के मठ में ही होगा। अब आप पधार सकते हैं।"

वे ब्राह्मण प्राणेशाचार्य को चिता पर अपनी पत्नी को जलता हुआ देखते हुए छोड़कर चले गए—जो पत्नी किसी भी दिन हड्डियों के एक मुट्ठी-भर कंकाल से ज्यादा नहीं थी और केवल उनकी जीवन-तपस्या की प्रतीक थी—और अब वह कंकाल भी भस्म हो जाने को था। उन्होंने अपने आँसुओं को रोकने की कोशिश नहीं की और तब तक रोते रहे जब तक कि उनके शरीर और मन की क्लान्ति मानो एकदम दूर नहीं हो गई।

6

मठ में आराधना का सहभोज समाप्त होने तक कोई भी ब्राह्मण अपने मुँह से कोई भी अमंगल बात बोलना नहीं चाह रहा था। चुपचाप उन्होंने आचमन लिया; तरह-तरह के भोज्य-पदार्थ और हलवा खाया। गुरु से एक-एक आना दक्षिणा में भी मिला। लक्ष्मणाचार्य को बहुत निराशा हुई; मन-ही-मन उन्होंने सोचा कि यह कैसे कंजूस संन्यासी हैं! एक आने के सिक्के को धोती की लाँग में टूँग लिया; "न इसके कोई बाल-बच्चे हैं और न परिवार, फिर भी देखो किस तरह जैसे दाँतों से धन-दौलत को पकड़े हुए है।" सहभोज के बाद मठ के मुख्य आँगन में ठंडे फर्श पर ब्राह्मण बैठे और उनके बीच में कुर्सी पर गुरुजी आ विराजे। गुरुजी काशाय वस्त्र धारण किए हुए थे और गले में तुलसी-माला और माथे पर चन्दन का तिलक लगाया हुआ था। एक गोल-मटोल, लाल गालोंवाली गुड़िया की तरह अपने छोटे-छोटे पाँव एक-दूसरे से सहलाते हुए उन्होंने सामान्य प्रश्नों से शुरुआत की : "प्राणेशाचार्य स्वयं क्यों नहीं आए? वे कैसे हैं? वे अच्छे तो हैं? हमने उन्हें बुलवा भेजा था, क्या यह खबर उन तक नहीं पहुँची?"

गला साफ करते हुए गरुड़ाचार्य ने सारी स्थिति का बखान कर दिया।

गुरुजी ने प्रत्येक बात ध्यानपूर्वक सुनी और अन्त में निश्चयात्मक स्वर से कहा, "यद्यपि नारणप्पा ने ब्राह्मणत्व को तिलांजलि दे दी थी, लेकिन ब्राह्मणत्व ने उसका त्याग नहीं किया था। इसका अर्थ यही है कि उचित और पूर्ण कर्म-कांड के साथ उसका दाह-संस्कार किया जाए। लेकिन दोषों का परिहार भी आवश्यक है। उसकी सारी जायदाद, चाँदी और सोने सहित इस मठ को, भगवान कृष्ण को अर्पित कर देनी होगी।"

गरुड़ ने कुछ साहस दिखाया, धोती से अपना मुँह पोंछा और बोला, "हे

महाराज, उसके और मेरे पिता के बीच के पुराने कलह की बात से आप परिचित ही हैं। उसके बगीचे के सुपारी के तीन-सौ पेड़ मुझे मिलने चाहिए... ।''

लक्ष्मणाचार्य ने बीच में ही बाधा देकर 'अहा' कहा और बोला, ''हे महाराज, क्या इस विषय में न्याय के लिए कोई स्थान नहीं है? जैसा कि आपको मालूम है, नारणप्पा की स्त्री और मेरी स्त्री–दोनों सगी बहनें थीं... ।''

गोल और लाल मुँहवाले स्वामीजी के मुख पर क्रोध उभर आया।

''किस प्रकार के नीच हो जी तुम लोग? यह परम्परा से चला आ रहा नियम है कि सब अनाथ-सम्पत्ति भगवान की सेवा में अर्पित कर दी जाती है; इसे कभी भूलने की कोशिश मत करना। यदि हम दाह-संस्कार की अनुमति न दें तो,'' उन्होंने गरज के साथ कहा, ''तुम लोगों को स्वयं अग्रहार छोड़कर चले जाना होगा।''

दोनों ब्राह्मणों ने अपनी-अपनी भूल स्वीकार की और उसके लिए क्षमा माँगी। बाकी सब ब्राह्मणों के साथ उन्होंने स्वामीजी के सम्मुख दंडवत् प्रणाम किया। जब वे लौटने के लिए उठे तो उन्होंने गरुड़ाचार्य को गायब पाया। देखा कि मठ की अटारी में ज्वरातिरेक से वे लेटे पड़े हैं; उन्होंने कुछ खाया-पिया भी तो नहीं था। ब्राह्मणों को तुरन्त लौटकर शव का अन्तिम संस्कार करने की जल्दी थी। गरुड़ाचार्य को वहीं छोड़कर उन्होंने अपनी राह पकड़ी।

अपनी पत्नी के संस्कार के बाद आचार्य अग्रहार नहीं लौटे। उन्होंने घर के सन्दूक में पड़े हुए सुनहरी गोटवाले पन्द्रह शालों की भी परवाह नहीं की और न दो सौ रुपयों की, और न ही मठ द्वारा दी गई सोने से मढ़ी तुलसी की माला ले आने के बारे में कुछ सोचा।

जहाँ पाँव ले जाएँ उधर ही चलने के विचार से वे पूर्व की ओर मुख करके चलने लगे।

तीसरा भाग

1

सुबह के सूरज की धूप घने जंगल के दरख्तों से छनकर धरती पर तरह-तरह के आकार बना रही थी। थककर घिसटते हुए पाँवों से प्राणेशाचार्य ने न तो दिशा और न ही उस स्थान के बारे में सोचा जिसकी ओर वे जा रहे थे। प्रायः एक क्षण के लिए उनके मन में यह पश्चात्ताप भी हुआ कि भस्म हुई राख और अनजली अस्थियों को उठाने के लिए रुकने तक का धैर्य उनमें नहीं था, ताकि अपनी पत्नी के फूलों को वे बहती हुई नदी में बहा देते। उन्हें यह दुखदायी विचार भी सताने लगा कि उन फूलों को कुत्ते और लोमड़ियाँ पददलित कर रहे होंगे। लेकिन यह सोचकर उन्होंने अपने को सान्त्वना दी कि वे नितान्त स्वतन्त्र होकर घर-बार, सब कर्तव्य, सब ऋण आदि पीछे छोड़कर चले आए हैं। मैंने कहा था कि मैं वहाँ तक जाऊँगा जहाँ तक कि मेरे पाँव मुझे ले जाएँगे; अब मुझे अपने उसी निर्णय के अनुसार चलते रहना चाहिए—ऐसा सोचते हुए और मन में एक प्रकार के सन्तुलन को बनाए रखकर वे बढ़ते रहे। इससे पहले जब कभी उनका मन उद्विग्न होता था तो वे उसे एकाग्र करने के लिए 'अच्युतानन्तगोविन्दा' के नाम का स्मरण करते थे। अब भी एक बार वैसा ही करने की उनकी इच्छा हुई। उन्हें योग के पहले सिद्धान्त के बारे में स्मरण हो आया : 'योगश्चित्तवृतिनिरोधः;' लेकिन नहीं, यह उन्होंने मन-ही-मन कहा। मन्त्र-जाप, नाम-स्मरण की झूठी सान्त्वनाओं को दूर कर दो; एकाकी अपने पैरों पर खड़े रहो! मन को प्रकाश और छाया के उन आकारों की तरह होने दो जो कि धूप के वृक्षों से छनकर आने से स्वाभाविक रूप से बन जाते हैं। आकाश में प्रकाश, वृक्षों के नीचे छाया और धरती पर आकार! यदि सौभाग्य से पानी की बौछार हो जाए तो इन्द्र-धनुष की मरीचिका भी। मनुष्य का जीवन इसी धूप के समान होना

चाहिए। मात्र एक बोध–मात्र एक विशुद्ध आश्चर्य–निश्चल–निश्चलता में तिरते हुए, और जैसे कोई बड़े, फैले हुए पंखोंवाला पक्षी आकाश में तिरता है। पाँव चलते हैं, आँखें देखती हैं, कान सुनते हैं–काश कि हम नितान्त इच्छारहित हो सकते! तभी जीवनग्राही हो सकता है। अन्यथा इच्छा के कड़े छिलके में वह सूख जाता है, मुरझा जाता है और कंठस्थ किए हुए हिसाब के पहाड़ों के पुंज की तरह हो जाता है। वह कणक, अशिक्षित सन्त–उसका मन एक स्वतः जन्मे बोध की तरह था, एक आश्चर्य की तरह; तभी वह ऋषि बन सका और यह प्रश्न पूछ सका : "तुम चाहते हो कि मैं वहाँ केले खाऊँ जहाँ एक भी केला नहीं है? कहाँ जाकर मैं ऐसा कर सकता हूँ? परमात्मा तो सर्वव्यापी है–मैं क्या करूँ?" प्राणेशाचार्य ने मन में सोचा कि परमात्मा उनके लिए अंकों के कंठस्थ पहाड़ों की तरह सो गया है–एक स्वाभाविक बोध या आश्चर्य के रूप में, जैसा कि वह कणक ऋषि के लिए था, नहीं रहा।

एक बार ईश्वर से नाता तोड़ लेने के बाद पुराने सब ऋणों से–गुरु-ऋण, पितृ-ऋण, देव-ऋण–इन सबसे अपने को मुक्त मान लेना चाहिए तथा सब सामाजिक बन्धन काटकर रहना चाहिए। इसीलिए यह निर्णय ठीक और उचित है कि जिधर पाँव ले चलें, चलते रहना चाहिए। इस पथहीन वन में, इसी तरह आगे बढ़ना चाहिए।

प्राणेशाचार्य की इस विचारधारा में एकाएक एक बाधा उपस्थित हुई–लेकिन थकन, भूख और प्यास से विवश होने पर...? ऐसा लगा कि आत्म-प्रवंचना की एक दूसरी गुहा में वे प्रवेश कर रहे हैं। यद्यपि यही निश्चय करके ही वे चले थे कि जिधर पाँव ले जाएँगे उधर ही उनका गन्तव्य होगा, यह कैसे हुआ कि वे ढोरों के गले में बँधी काठ की घंटियों की आवाज और चरवाहों द्वारा छेड़ी गई बाँसुरी के सुरों को सुनते हुए ही इतनी दूर तक चलते आए हैं? निर्णय जो कुछ भी हुआ हो, उनके पाँव मनुष्यों की बस्ती के नजदीक ही उन्हें खींच लाए हैं। उनके लोक की, उनके स्वातन्त्र्य की–यही सीमा है। स्पष्ट है कि मानव-सम्पर्क की परिधि के बाहर नहीं रहा जा सकता। लोक-कथाओं के विरत संन्यासी की कोपीन की तरह ही...। कोपीन को चूहे न काटें, एक बिल्ली को पालना पड़ा। बिल्ली को दूध पिलाना होगा, एक गाय रखनी पड़ी। गाय की देखभाल के लिए नारी की आवश्यकता महसूस हुई और विवाह कर लिया। इस कार्य-कारण के चक्कर में संन्यास-

धर्म को ही तिलांजलि देनी पड़ी।

प्राणेशाचार्य एक बड़े कटहल के वृक्ष के नीचे बैठ गए। "इस सारी समस्या को मुझे पूरी तरह समझ लेना चाहिए। भविष्य में मेरा व्यवहार विभिन्न होगा और अपने को रंचमात्र भी धोखा देने की गुंजाइश नहीं है। पत्नी के शव के दाह-संस्कार के तुरन्त बाद मैं क्यों वहाँ से भाग आया हूँ? अग्रहार में असीम, ठोस दुर्गन्ध फैली हुई थी; इस दुर्गन्ध को सहने का मुझमें साहस नहीं था। एक तो यही खास कारण है—प्रत्येक साँस-उसाँस में उस दुर्गन्ध का बस जाना, उससे पैदा हुई अशौच की भावना, निश्चय ही। लेकिन आगे क्या? जो ब्राह्मण मेरी प्रतीक्षा कर रहे थे, उनके सम्मुख जाने से मैं कतरा क्यों रहा था? भला क्यों?" प्राणेशाचार्य ने थकावट को दूर करने के लिए टाँगें फैलाईं और इस प्रतीक्षा में रहे कि उनके मन की विवेचन की शक्ति फिर से लौट आए। अनजाने में ही एक बछड़ा उनके समीप आकर खड़ा हो गया। बछड़े ने अपना मुख उठाया और उनकी गर्दन को सूँघा, उसकी गर्म साँस उनकी ग्रीवा पर पड़ी। बछड़े की दयार्द्र आँखों ने मानो उन्हें कहीं भीतर द्रवित कर दिया। और उनमें भावनाओं का एक ज्वार उठ आया। उसके गलकम्बल को वे उँगलियों से सहलाने लगे। बछड़े ने अपनी गर्दन को ऊँचा उठाया और उनके ज्यादा नजदीक खिसक आया—अपने रोमांचित शरीर को उनके हस्तस्पर्श के लिए अर्पित कर दिया। बछड़ा अपनी गुनगुनी, खुरदरी जबान से उनके कानों और गालों को चाटने लगा। सुरसुराहट होने से और बछड़े के संग खेलने की इच्छा से प्राणेशाचार्य उठ खड़े हुए; उसके गले के नीचे हाथ फेरते हुए उन्होंने 'उघुघुघु' की आवाज लगाई। बछड़ा अपने पिछले पाँवों पर खड़ा होकर उन पर कूदने को हुआ—फिर फैली हुई धूप में एक दिशा में भाग खड़ा हुआ और आँखों से ओझल हो गया।

प्राणेशाचार्य ने अपने विचारों को फिर समेटने का यत्न किया—वे क्या सोच रहे थे? "हाँ, प्रश्न यह है कि मैं लौटकर उन ब्राह्मणों से क्यों नहीं मिला?" इस विचार-बिन्दु पर मन टिक नहीं रहा था। उन्हें भूख भी सताने लगी थी, किसी पास के गाँव में जाकर खाने-पीने का प्रबन्ध करना चाहिए। वे उठे और गायों के खुरों के निशान और गिरे हुए गोबर की दिशा में बढ़ चले। प्रायः घंटा-भर चक्कर लगाने के बाद वह किसी देवी के मन्दिर के पास पहुँचे—मतलब यह कि यह अग्रहार ब्राह्मणों का नहीं है। वे आगे बढ़े और

गाँव के किनारे के एक वृक्ष के नीचे बैठ गए।

धूप बढ़ रही थी; वृक्ष की छाया के भी नीचे तपिश लगने लगी थी और उन्हें प्यास भी लग आई थी। यदि कोई ग्वाला ही उन्हें देख ले तो फल और दूध ला के उन्हें दे दे–तालाब की ओर भैंसों को हाँकते हुए एक ग्वाले ने हाथ से छाया करते हुए धूप से आँखों को बचाते हुए उन्हें देखा भी, नजदीक आया और पास आकर खड़ा हो गया। पान और सुपारी की खूब चबाई हुई गिलौरी उसके मुँह में भरी थी–शानदार मूँछें थीं; सिर पर चारखाने के कपड़े की पगड़ी लपेट रखी थी। प्राणेशाचार्य ने अनुमान लगाया कि वह शायद गाँव का मुखिया होगा। क्योंकि मुँह पान की पीक से भरा हुआ था, पीक बह न जाए, इसलिए उसने अपना मुख ऊँचा किया और हाथों के इशारे से ही पूछना चाहा कि इस अपरिचित व्यक्ति का किधर-कहाँ से आना हुआ है? यदि मालूम होता कि वे स्वयं प्राणेशाचार्य हैं तो वह ग्वाला मुँह में पान और पीक भरे इस प्रकार खड़ा न रहता और निरादर-सा दिखलाता हुआ इस प्रकार इशारे से उनसे कुछ पूछना नहीं चाहता। ''जब कोई अपने अतीत, अपने इतिहास से सम्बन्ध तोड़ लेता है तो दुनिया तो दूसरों की भाँति तुम्हें एक सामान्य ब्राह्मण-मात्र ही मानेगी।'' इस विचार से वे कुछ विचलित हुए। कोई उत्तर न मिलने पर ग्वाले ने कुछ दूर जाकर मुँह से पीक को थूका और कपड़े से अपनी मूँछों पर कुछ गिरे रस को पोंछता हुआ लौटा; आचार्य की ओर उत्सुकता से देखते हुए नम्रता से पूछा :

''महाराजजी, किस तरफ जा रहे हैं?''

प्राणेशाचार्य को कुछ तसल्ली हुई कि उस ग्रामीण ने कुछ आदर दिखलाया और सीधे यह पूछकर अपशकुन नहीं किया कि ''आप कहाँ जा रहे हैं।'' कोई स्पष्ट उत्तर देने में असमर्थ उन्होंने उत्तर दिया, ''यों ही, उधर...,'' और हाथ से भी किसी दिशा की ओर अस्पष्ट संकेत करते हुए माथे का पसीना पोंछ लिया। यह भगवान की कृपा थी कि ग्वाले ने उन्हें पहचाना नहीं।

''क्या महाराजजी, घाटी के उस पार से आए हैं?'' ग्वाले ने कौतूहल से फिर प्रश्न किया। प्राणेशाचार्य को झूठ बोलने की आदत नहीं थी; उन्होंने फिर अस्पष्ट-से स्वर में 'हाँ' कह दिया।

''दक्षिणा के लिए निकले होंगे?''

प्राणेशाचार्य को सिर नीचा कर लेने की इच्छा हुई—इस भले ग्वाले ने उन्हें भिक्षा और दक्षिणा पाने के लिए घर से निकला ब्राह्मण मान लिया है। वे अपना कुल, तेज और सामर्थ्य गँवा चुके हैं और हर किसी को दक्षिणा लेने के लिए निकले ब्राह्मण-से ही दिखलाई पड़ते होंगे। विनीत होने की शिक्षा का यह पहला चरण था। उन्होंने स्वयं से कहा : ''अब अपना उन्नत भाल झुका ही लेना चाहिए और किसी प्रकार पहले-सा 'हाँ' शब्द फिर उच्चारित किया। किसी अजनबी के सम्मुख अपनी इच्छा अथवा आवश्यकता के अनुसार अपना व्यक्तित्व बना लेने की शक्ति से उन्होंने अनुभव किया कि उनकी स्वतन्त्रता की परिधि और बढ़ गई है।''

''यहाँ आसपास किसी ब्राह्मण का घर नहीं है।''

कुछ उपेक्षा से प्राणेशाचार्य ने उत्तर में केवल 'ओह!' ही कहा।

''ब्राह्मणों का अग्रहार यहाँ से कोई दस-बारह मील की दूरी पर है।''

''ऐसा?''

''यदि आप गाड़ियोंवाली सड़क से जाएँ तो अग्रहार और भी दूर पड़ेगा। पगडंडी के रास्ते वह कहीं करीब है।''

''ठीक है।''

''यहाँ एक कुआँ है। मैं आपको एक घड़ा दे देता हूँ। आप पानी खींचकर स्नान कर लीजिए। मैं आपको चावल और कुछ दाल भी दे दूँगा; आप ईंटें रखकर चूल्हा बना लें और अपने लिए खाना पका लें। आप जरूर थक गए होंगे, बेचारे! यदि आप अविलम्ब अग्रहार ही पहुँचना चाहें, तो भी मुझसे कहिए—गाड़ीवान शेषप्पा अपने एक सम्बन्धी से मिलने के लिए आया हुआ है, उसकी गाड़ी वापस घर तक खाली ही जाएगी। वह अग्रहार के पास ही रहता है...। लेकिन जो कुछ वह बता रहा था, मैं नहीं समझता कि आप अग्रहार जाना चाहेंगे। उसने बतलाया कि एक शव तीन दिन-रात से वहाँ पड़ा सड़ रहा है। किसी ब्राह्मण का शव। उफ, शेषप्पा ने कहा था। घनी रात के अँधेरे में उस भले ब्राह्मण की रखैल शेषप्पा के पास उसके शव का संस्कार करने में सहायता माँगने के लिए आई थी। ऐसा जान पड़ा कि वह ब्राह्मण पीछे कोई सन्तान नहीं छोड़ गया। कोई मृत ब्राह्मण बिना संस्कार के कैसे इस प्रकार पड़ा रह सकता है? जब अपनी बैलगाड़ी में उस राह से शेषप्पा आया था तो उसने बताया कि अग्रहार के घरों पर गिद्ध बैठे और मँडरा रहे थे...।''

हाथों में तम्बाकू मसलता हुआ ग्वाला बातें करते हुए सामने ही बैठ गया। शेषप्पा यहीं कहीं पड़ोस में ही है, यह सुनकर प्राणेशाचार्य घबरा-से उठे। वे नहीं चाहते थे कि शेषप्पा उन्हें इस दशा में देखे। अब ज्यादा देर यहाँ रुकना उनके लिए अनर्थकारी सिद्ध हो सकता है।

ग्वाले को देखते हुए उन्होंने कहा, ''यदि तुम मुझे कुछ दूध और केले दे सको तो आगे अपने मार्ग पर बढ़ूँ।''

''महाराज, इसमें क्या बात है? पल-भर में लाया। जबकि गाँव में कोई ब्राह्मण भूखा हो तो मैं खुद अन्न नहीं ले सकता, इसी से चावल-दाल देने की बात आपसे कही थी...।''

कहकर वह चला गया। प्राणेशाचार्य को लगा, मानो वे काँटों पर बैठे हों। यदि शेषप्पा उन्हें देख ले तो क्या होगा? अपने भय के कारण मन में निरन्तर छोटे होते हुए, उन्होंने चारों ओर देखा। ''जब मैं सब कुछ त्याग आया हूँ तो मेरे मन में ऐसा भय क्यों?'' उन्होंने अपने-आप से पूछा, यद्यपि बढ़ते हुए त्रास को रोक न पा सकने के कारण उनकी उद्विग्नता बढ़ रही थी। ग्वाला एक प्याला दूध और केलों का एक गुच्छा लेकर आ गया और उन्हें आचार्य के सामने रखते हुए कहा :

''ठीक समय पर ही ब्राह्मण महाराज का हमारे गाँव में आगमन हुआ है। क्या आप मुझे भविष्य के विषय में बतला सकेंगे? अपने लड़के के लिए, सौ रुपए खर्च करके मैंने एक दुलहिन ठीक की। लेकिन वह जब से आई है, चुपचाप एक कोने में बैठी रहती है, जैसे कि किसी पिशाचिनी के कब्जे में हो। आप यदि कुछ मन्तर-ताबीज दे सकें...।''

आचार्य अपने सदा के अभ्यास की तरह अपने ब्राह्मण-कर्तव्य को निबाहते हुए कुछ कहने जा ही रहे थे कि उन्होंने अपने मन की लगाम खींचकर उसे एकाएक निश्चल कर दिया। ''गोकि मैंने अपना सब कुछ पीछे छोड़ दिया है, समाज फिर भी मुझसे चिपटा हुआ है, और ब्राह्मण-कुल में जन्म लेने के कारण मेरे जो-जो कर्तव्य बनते हैं, उनकी पूर्ति की अपेक्षा करता है। इससे छुटकारा पाना आसान नहीं है। अब इस ग्वाले को मैं क्या उत्तर दूँ, जिसने इतनी चिन्ता से एक परिचित को खाने-पीने के लिए दूध और केले लाकर दिए हैं? क्या मैं सच-सच कह दूँ कि मैंने पाप किया है और अपने सब संचित पुण्यों से नितान्त वंचित हो गया हूँ? कि मैं ब्राह्मणत्व भी गँवा बैठा हूँ? या जो कुछ हुआ है, उसी का सही-सही वर्णन कर दूँ?''

तभी उन्हें एक सही उत्तर सूझ गया जो कि झूठ भी नहीं था : ''आज मैं अपने मन्त्र के जाप का प्रयोग करने की दशा में नहीं हूँ। मेरे एक नजदीकी सम्बन्धी की मृत्यु हो गई है और मुझे अभी तक सूतक है।'' उन्होंने प्याले से दूध पीया, कपड़े में केले बाँधे और चलने के लिए उठ खड़े हुए।

''यदि आप इसी रास्ते दस-एक मील चलें तो मेलिगे नाम का एक स्थान आएगा। वहाँ के मन्दिर में आज, कल और परसों रथ-यात्रा का उत्सव मनाया जाएगा। वहाँ पहुँच जाएँ जो अच्छी-खासी दक्षिणा भी मिल जाएगी।'' यह कहकर फिर से पान चबाता और अपनी भैंसों को हाँकता हुआ ग्वाला अपनी राह चला गया।

जब वह आँखों से ओझल हो गया तो प्राणेशाचार्य ने फिर से जंगल में प्रवेश किया और पगडंडी पर होकर आगे बढ़ने लगे। उन्हें चिन्ता सताने लगी कि उनकी समस्या कहीं ज्यादा उलझ गई है। ''मैंने ऐसे भय का पहले अनुभव नहीं किया। पहचाने जाने का भय, पकड़े जाने का भय। यह भय कि अपने अन्तर के भेद को मैं दूसरों की आँखों से बचाकर कैसे रख पाऊँगा? मैंने अपनी स्वाभाविक, मौलिक निर्भयता खो दी है? कैसे, क्यों? भय के कारण ही मैं वापस अग्रहार नहीं जा सका–इस भय के कारण कि उन ब्राह्मणों की नजरों के सामने मैं जिन्दा कैसे रह सकूँगा? हाय, यह भीषण चिन्ता–कि जब मेरी गोद में गाँठ बाँधकर एक झूठ पड़ा है, मैं साँस भी कैसे ले सकूँगा?''

जंगल की निस्तब्धता जैसे-जैसे बढ़ी, उनका धूमिल मन साफ होने लगा। केलों को छीलते और खाते समय वह धीरे-धीरे, पाँव घसीटते हुए-से चलने लगे। ग्वाले से भेंट होने के बाद उनकी समस्या उनके अन्तर में पैठ रही थी। किसी भी समस्या से, उसके सिर के बालों को पकड़कर, उसकी आँखों में आँखें डालकर, सुलटना चाहिए। मूल में जो भी चीज है, उसे जलाकर भस्म कर देना चाहिए। वह चीज तो है नारणप्पा, जो कि जीवन-भर ब्राह्मणत्व को लात-पाँव मारता रहा। अभी तक दाह-संस्कार की प्रतीक्षा में है–जैसे हर चीज की एक दिन अन्त्येष्टि होनी ही है–वही समस्या बनकर उन्हें प्रताड़ित कर रहा है। यह सोचकर कि समस्या का समाधान वे धर्मशास्त्रों में खोज पाएँगे, उन्होंने पुरातन शास्त्रों को पलटा-छाना, मारुति की शरण में गए, आखिरकार उस जंगल में, उस अँधेरे में।

वे रुके। पूरी तरह से और ठीक तरह से जान लेने के लिए, अपने हृदय को सन्तुलित करते हुए वे प्रतीक्षा करने लगे।

यह सब क्या और कैसे हो गया, जब कोई यह जानने की कोशिश करता है तो ऐसा लगता है कि जैसे किसी पहले देखे गए सपने को दोबारा देखने की कोशिश कर रहा है।

"उसके स्तनों के अप्रत्याशित संस्पर्श से मैं उत्तेजित हो गया था। अपनी साड़ी के आँचल में बाँधे हुए केले निकालकर उसने मुझे खिलाए। भूख, थकान और ऊब–उन्हें निराशा हुई, भगवान मारुति से उन्हें कोई उत्तर नहीं मिला–इन सबसे वे दब-से गए थे। उन्हें भास हुआ कि वे अवांछित रहे हैं–शायद यही प्रभु की इच्छा थी। अब वह घड़ी आ पहुँची थी–वास्तव में कारण यही था। यही एक पवित्र घड़ी थी–न इसके कुछ पहले था और न कुछ इसके बाद होगा। यह ऐसी घड़ी थी, जिसमें वह कुछ घटित हुआ जो न पहले कभी हुआ था और न जिसका कोई अस्तित्व बाद में ही रहा। पहले भी रूपरहित थी और बाद में भी रूपरहित। बीच के उस क्षण का ही, उसी घड़ी का ही एक मूर्त्त, ठोस रूप था। इसका अर्थ हुआ कि उससे सम्भोग करने का दायित्व मुझ पर कतई नहीं आता। मैं उस घड़ी के लिए जिम्मेदार नहीं हूँ। किन्तु उस घड़ी ने मुझमें इतना परिवर्तन क्यों कर दिया है? इस परिवर्तित व्यक्ति के लिए मैं अपनी जिम्मेदारी समझता हूँ और यही मेरे लिए कष्टकारक है। वह घड़ी मात्र एक स्मृति बनकर रह गई है, लेकिन यह स्मृति जैसे ही उभरती है, मैं फिर से उसकी कामना करने लगता हूँ। एक बार फिर इच्छा करती है कि चन्द्री को आलिंगन में बाँध लूँ।"

उत्तेजना जैसे ही उन्हें उद्वेलित करने लगी, आचार्य का शरीर चन्द्री के देह-स्पर्श के लिए विह्वल हो उठा। उनकी आँखें गीली हो आईं। सोचा कि कुन्दापुर जाऊँ और चन्द्री को खोज निकालूँ। आत्म-विश्लेषण में–जबकि सामान्यतः उनका तर्क-वितर्क निर्विघ्न रहता था, उन्हें ऐसा लगा कि कहीं विघ्न पैदा हो गया है। तर्क-विचार की तरंगें कहीं टकराकर टूट रही थीं। 'यदि मैं उसकी तलाश में जाऊँ और फिर से शारीरिक आनन्द का भोग करूँ, तब भी मैं अपने इस कृतित्व के लिए पूरी तरह से उत्तरदायी होऊँगा या नहीं? सम्भवतः तभी मैं अपनी इस व्यथा से छुटकारा पा सकूँ, इस विचार से कि बिना किसी कारण, एकाएक मैं अपने जीवन के मार्ग पर

विपरीत दिशा में चलने लगा। तब मैं अपने इस सत्य के साथ स्वयं खड़ा होऊँगा—वह सत्य जो मेरे हाथों गढ़ा जाएगा, वह नया व्यक्तित्व जिसका निर्माण मैं स्वयं करूँगा, ताकि अपने प्रभु और अपने भविष्य की आँखों में आँखें डालकर मैं देख सकूँ। मेरे व्यक्तित्व ने मेरे पिछले रूप को गँवा दिया है, किसी नए रूप को स्वीकार नहीं किया—और इसीलिए गर्भाशय से समय से पूर्व निकाले गए राक्षसी पिंड की तरह वह बन गया है। बिना किसी भय के मुझे अपने इस विश्वास का भी विवेचन करना चाहिए कि जंगल के उस अँधेरे में वह घड़ी अनायास, स्वयमेव, बिना मेरे किसी जाने-बूझे सहयोग के उपस्थित हो गई थी। यह सच है कि वह घड़ी एकाएक आ पहुँची थी—मैं उसके पीछे उसे पकड़ने के लिए लालायित नहीं भागा था। फैले हुए हाथों ने उसकी छातियों का स्पर्श किया, लेकिन तभी कामना का जन्म हुआ—उस घड़ी का रहस्य भी उसी में छिपा है। वही एक घड़ी थी, जबकि मैं यह निर्णय कर सकता था कि जिन्दगी में किस रास्ते को पकड़ूँ। यही वह क्षण था जबकि मैं यह निर्णय ले सकता था कि अपने जीवन की दिशा को बदलूँ या नहीं। यह उत्तर ठीक नहीं है कि ऐसा मेरे शरीर की स्वीकृति से हुआ, लेकिन अन्धकार में मेरे हाथ उतावली से, चन्द्री की छातियों और जाँघों को खोज रहे थे—उस उतावली से मैंने कभी धर्म की भी तलाश नहीं की। वह पल मेरी जिन्दगी के उलट-फेर के लिए निर्णायक पल था और मैंने निर्णय लिया चन्द्री से भोग-विलास का। यदि मैं अपने आत्म-नियन्त्रण को भी खो चुका था तो इसका दायित्व भी मुझ पर ही है। मनुष्य का कोई निर्णय इसलिए वैध होता है क्योंकि मनुष्य के लिए आत्म-नियन्त्रण को खो देना सम्भव होता है, इसलिए नहीं कि कोई निर्णय कर लेना आसान होता है। विभिन्न निर्णयों में से किसी एक का वरण करके ही हम अपने-आपको शक्ल देते हैं—जिसे अपना व्यक्तित्व कहते हैं, उसकी रूपरेखा तैयार करते हैं। नारणप्पा जैसे व्यक्ति बना, वह अपने स्वतन्त्र निर्णय के कारण ही। मेरा निर्णय कुछ और बनने का था और उसके अनुसार मैं जीया भी, लेकिन अचानक मेरी जिन्दगी एक मोड़ पर आकर रुक गई। अब मैं तब तक स्वतन्त्र हो पाऊँगा जब तक यह नहीं मान लूँगा कि उस मोड़ पर मुड़ना भी मेरे द्वारा ही की गई एक प्रक्रिया थी और उसकी जिम्मेदारी मेरे ही कन्धों पर है। जिन्दगी में उस नए मोड़ को लेने के बाद क्या हुआ? जीवन के द्वन्द्व और संघर्ष उभर आए। दो सत्यों के बीच त्रिशंकु की तरह

मैं लटक गया। पुराने ऋषि लोग ऐसे अनुभवों का सामना किस प्रकार किया करते थे—या बिना द्वन्द्व और संघर्ष के? वह महान ऋषि जिसने मछुआरिन मत्स्यगन्धा को नाव की यात्रा में ही गर्भवती कर दिया था और व्यास ऋषि का पिता बना था, क्या उसे भी मेरी तरह ऐसे द्वन्द्व को सहना पड़ा था? क्या तपस्या से कमाई हुई बड़ी पूँजी को एकाएक एक स्त्री की खातिर गँवा देने पर ऋषि विश्वामित्र को भी इसी तरह कष्ट उठाना पड़ा था? जीवन को एक त्याग और बलिदान मानते हुए, परमात्मा का संग-साथ बनाए रखते हुए, संघर्षों और अन्तर्विरोधों को उनके बीच में से गुजरकर उन पर विजय पाते हुए, उस हर परिवर्तन को स्वीकार करते हुए जो कि धरती उन्हें प्रदान करती है और अन्ततः समुद्र में अपने रूप को गँवा देने के लिए बहती हुई नदी की तरह वे जी सकते थे। जहाँ तक मेरा सम्बन्ध है, मैं परमेश्वर से इतने निकट का सम्बन्ध कभी नहीं बना सका।' यदि कोई कभी उनके निकट रहा है, तो वह था उनका मित्र महाबल। 'मेरे बचपन के सब मित्रों में केवल उसी के मन में ईश्वर को पाने की गहरी भूख थी। हम अध्ययन के लिए एक साथ काशी गए थे। कैसी थी उसकी बुद्धिमत्ता! लम्बे, छरहरे, गोरे बदन का था महाबल। ऐसी कोई बात नहीं थी जो उसकी समझ और पहुँच के बाहर हो। गुरुजी अभी पहला पाठ ही पढ़ा रहे होते, वह अगला स्वयं बूझ लेता था। एक उसी के प्रति मेरे मन में जहाँ अथाह स्नेह था, अथाह ईर्ष्या भी थी। उसकी तुलना में मैं रूप और बुद्धि दोनों में कुछ कम ही पड़ता था। पारस्परिक मित्रता की इस भावना को इस कारण कहीं भी चोट नहीं पहुँचती थी कि जहाँ मैं माध्व था, वह स्मार्त था। जबकि मैं माध्व मत के प्रतिपादन में लगा रहता था, उसके लिए ईश्वर का साहचर्य ही सब कुछ था—शेष सब निरर्थक था। यदि कभी मैं तर्क करता कि ईश्वर की सत्ता के अनुभव के लिए भी क्या किसी मार्ग की जरूरत नहीं होती—आत्मा और परमात्मा के द्वैत के बोध से ही उस तक पहुँचा जा सकता है—तो वह कहता—मार्ग से तुम्हारा क्या अभिप्राय है? परमात्मा क्या कोई स्वर्ग, या नगर या कोई गाँव है कि उसे खोजने के लिए किसी मार्ग की आवश्यकता हो? प्रभु तो जहाँ भी कोई खड़ा हो, वहीं मिल जाने चाहिए। संगीत उसे तर्क और मीमांसा से भी अधिक प्रिय था। प्रभु कृष्ण सम्बन्धी जब जयदेव के गीत को वह गाता, तो श्रोता मानो कृष्ण के कुंज में ही पहुँच जाता : 'ललितलवंग-लता-परशीलन कोमल मलय समीरे'—

गीत के सुर उसके प्राणों की गहराई से उठा करते थे।' अपने मित्र की याद आने पर प्राणेशाचार्य की आवाज भारी हो उठी और गला रुँध गया। 'परमात्मा के लिए वैसे प्रेम का अनुभव मुझे कभी नहीं हुआ।' अन्त में महाबल का क्या हुआ? अभी वे दोनों काशी में ही थे कि वह अपने में सिमटकर रहने लगा; और उन दोनों में दूरी का भाव आ गया। समझ में नहीं आया कि क्यों 'मैं दुखी रहने लगा। पढ़ाई में ध्यान नहीं लगता था। मेरा मित्र, जो हमेशा मेरे साथ रहा करता था, अब मुझसे कटता था और जहाँ-तहाँ घूमता फिरता था। मैं समझ नहीं पा रहा था कि यह क्या, क्यों हो रहा है। महाबल को जितना मैं तब चाहता था, किसी को कभी इतना नहीं चाहा है। जैसे सिर पर एक पागलपन सवार था। कई-कई दिन, बाएँ गाल पर काले तिलवाला उसका रक्तवर्ण मुख मेरी आँखों में छाया रहता और मैं उसके साथ के लिए तड़पता रहता। जब मैं उसके समीप जाता तो कोई-न-कोई बहाना कर वह दूर छिटक जाता। एक दिन वह एकाएक ही लापता हो गया, पढ़ाई के लिए आना भी बन्द कर दिया। उसे खोजने के लिए मैंने काशी की गली-गली छान मारी। मुझे यह भय भी सताता था कि किसी-न-किसी विशेष क्रिया-कांड के हेतु उसकी नर-बलि ही न दे दी हो! एक दिन एक मकान के बाहरी चबूतरे पर वह बैठा मिला। मैं आश्चर्य से भर गया–वह अकेला बैठा था और हुक्का पी रहा था। इस दृश्य को न सह सकने पर मैं उसकी ओर भागा और हाथ पकड़कर, खींचकर उसे उठाने की कोशिश की। अपनी भारी आँखों को ऊपर उठाकर उसने कहा : प्राणेश, तुम अपने रास्ते पर चले जाओ। बस, इतना ही। मैंने उसे फिर बलात् उठाना चाहा। क्रोध में भरकर वह एकाएक उठ खड़ा हुआ और बोला : सत्य जानना चाहते हो तुम? है न? मैंने अध्ययन-मनन सब छोड़ दिया है। जानते हो कि किसकी खातिर अब जिन्दा हूँ? भीतर आओ, दिखलाऊँ। मुझे धकेलकर वह भीतर ले गया और दिन का भोजन करने के बाद गद्दे पर सो रही एक नवयुवती की ओर इशारा किया। वह सोई हुई थी–बाँहें फैलाए हुए। कपड़ों और मुँह की लीपापोती से मुझे जान पड़ा कि वह कोई वेश्या है। मुझे बहुत हैरानी हुई। डर से मैं काँपने लगा। महाबल ने कहा : प्राणेश, अब तुम जान गए हो। मेरी चिन्ता बिलकुल न करना, और अब जाओ। असमंजस में डूबकर मैं चला आया, यह भी नहीं सूझा कि कहूँ तो क्या कहूँ? तब मेरा हृदय एकाएक पत्थर-सा कठोर हो गया।

एक प्रण करके मैं वहाँ से चला आया : इस पतित महाबल के रास्ते पर मुझे कभी नहीं चलना है, मैं सदैव इससे विपरीत दिशा का राही रहूँगा। मैं जब कभी भी नारणप्पा को देखता तो मुझे महाबल याद आ जाया करता। यद्यपि वे दोनों एकदम विभिन्न संसारों के वासी थे और एक-दूसरे से उतने ही भिन्न थे जितना कि एक बकरी और एक हाथी!

"अब मेरी इच्छा होती है कि महाबल से मिलूँ! और पूछूँ : तुमने अपना मार्ग स्वयं ही क्यों बदल लिया था? कौन-से अनुभव, किस आवश्यकता, किस अदम्य कामना ने तुम्हें इस मार्ग पर बढ़ने को बाधित किया था? मुझे अब क्या सलाह-मन्त्रणा देते हो? क्या नारी और उसके द्वारा दिए गए सुख में तुम्हें सम्पूर्ण सन्तोष की प्राप्ति हुई है? तुम्हारी वह समृद्ध आत्मा क्या मात्र एक नारी से तुष्टि पा गई?"

'अहा, अब जाना।' प्राणेशाचार्य उठ खड़े हुए और चलने लगे। "हाँ, इस बात की जड़ यहीं है। महाबल से जो मुझे निराशा हुई थी, वह मेरे मन में बनी रही। बिना ठीक से समझे मैं नारणप्पा में महाबल को देखता रहा हूँ। वहाँ जो मेरी पराजय हुई थी, उसे नारणप्पा के मामले में मैंने विजय में परिवर्तित करना चाहा। लेकिन मेरी हार हुई, बुरी तरह हार हुई और मुझे मुँह की खानी पड़ी। जिसके विरुद्ध मैं सदैव संघर्षशील रहा, मैं स्वयं वही हो गया। परन्तु क्यों? कहाँ, कैसे मैं पराजित हुआ? इस विश्लेषण में तो मानो हर बात और अधिक उलझ जाती है।"

"देखो, एक बात दूसरी से कैसे जुड़ी है! महाबल से नारणप्पा, नारणप्पा से मेरा हठ, वे पुराण-गाथाएँ जिनका मैं प्रवचन करता था, उनका प्रभाव, चन्द्री की छातियों के लिए कैसे मैं स्वयं अन्ततः कामातुर हो गया– इस सबकी रूपरेखा, परोक्ष में, मेरे अनजाने में, जाने कब से तैयार हो रही थी। मुझे सन्देह है कि जब मैंने चन्द्री से सम्भोग किया था, वह घड़ी भी स्वतः मेरे बिना चाहे, आ खड़ी हुई थी। यह घड़ी वह रही होगी, जबकि मेरे मन में छिपी हुई हर भावना अभिव्यक्त होने के लिए उत्सुक हो चुकी थी– भंडार-गृह से कूदकर बाहर आनेवाले चूहों की तरह।" अग्रहार फिर से मन की स्मृति में उभर आया और उन्हें मितली-सी होने लगी। "जिस दुविधा का मैं सामना कर रहा हूँ, अग्रहार उसी का स्थूल प्रतिरूप बनकर अब मेरे सामने खड़ा है–मेरे जीवन के एक छोटे-से पद के मुकाबले में एक विस्तृत अध्याय की तरह। मेरे मन में अब एक बात ही स्पष्ट है कि मैं यहाँ से

भाग खड़ा होऊँ–शायद वहीं चला जाऊँ जहाँ कि चन्द्री रहती है। महाबल की तरह हो जाऊँ। उसी की तरह–अपने जीवन का एक स्पष्ट मार्ग अपना लूँ। इस दुविधामय और त्रिशंकु के समान जिन्दगी से उबर सकूँ। किसी परिचित द्वारा पहचाने जाने से पहले, गुमसुम ही, मुझे यहाँ से चले जाना चाहिए।"

वे चल रहे थे और चलते-चलते उन्हें लगा कि जंगल में उनके पीछे-पीछे कोई चला आ रहा है। ऐसा लगा कि उसकी आँखें उनकी पीठ में धँसी हुई हैं। उन्होंने पीठ सीधी की और चलते रहे। घूमकर वह देखना चाहते थे कि कौन उनका पीछा कर रहा है, लेकिन डर भी लग रहा था। उन्होंने कोई आवाज सुनी और पलटकर देखा। देखा कि कुछ फासले पर एक नौजवान कदम बढ़ाकर उनकी ओर चला आ रहा है। प्राणेशाचार्य तेज कदमों से चलने लगे। जितनी बार भी उन्होंने घूमकर देखा, वह नौजवान भी उसी तेजी से उनके पीछे चल रहा था। वे और भी तेज चलने लगे। लेकिन उस नौजवान ने उनका पीछा नहीं छोड़ा, बल्कि उसकी तेज चाल से उनके और उसके बीच का फासला कम होने लगा। यदि वह कोई अपरिचित न निकला, तब क्या होगा? नौजवान लगातार उनके नजदीक आता जा रहा था। प्राणेशाचार्य की टाँगें थकने लगी थीं और आखिर उन्हें अपनी चाल धीमी करनी पड़ी। नौजवान उनके साथ आ गया। हाँफते हुए, वह उनके संग ही चलने लगा। कौतूहल से आचार्य ने उसकी ओर ताका। कोई अजनबी निकला।

"मैं मालेर[1] का पुट्ट हूँ। मेलिगे के रथ-यात्रा उत्सव को देखने के लिए जा रहा हूँ। और आप?" उस अपरिचित ने बातचीत करने के उद्देश्य से पूछा।

प्राणेशाचार्य की इच्छा बातचीत करने की कतई नहीं थी। उत्तर क्या दें, जब यह नहीं सूझा तो उन्होंने नौजवान के चेहरे की तरफ देखा–कृष्ण-वर्ण चेहरा, कुछ मुरझाया-सा, पसीने की बूँदें उस पर चमक रही थीं। चेहरे पर लम्बी नाक से वह दृढ़-संकल्पवाला व्यक्ति दिखाई पड़ता था। चेहरे में उसकी पास-पास गड़ी आँखें उसकी नजर को पैना बना रही थीं और उस नजर से

1. ब्राह्मणों की एक निम्न जाति जो कि कुलीन ब्राह्मणों और उनकी अविवाहिता रखैलों से पैदा होती है। समाज प्रायः इनके प्रति सद्भाव नहीं रखता।

कोई भी व्यक्ति घबरा और झेंप सकता था। सिर के बाल बहुत छोटे-छोटे कटे हुए थे, और धोती के ऊपर किसी शहरी की तरह उसने कमीज पहन रखी थी।

"जब मैंने आपको पीछे से देखा तो आपकी चाल से ऐसा लगा कि जैसे मैं आपको जानता हूँ। अब भी आपके चेहरे को देखकर लगता है कि मैंने आपको पहले कहीं देखा है... ।"

यद्यपि किसी भी गाँव के निवासी की तरह पुट्‍ट ने बातचीत की शुरुआत की थी, फिर भी प्राणेशाचार्य अन्दर-ही-अन्दर घबराने लगे।

"मैं नीचे की घाटी में रहता हूँ, दक्षिणा वसूलने के लिए निकला हूँ," उन्होंने बातचीत का यह सिलसिला समाप्त कर देने के ढंग से कहा।

"हाँ-हाँ, उस घाटी के तो अनेक लोगों से मैं परिचित हूँ। वैसे मेरे ससुर भी वहीं रहते हैं। मैं प्रायः वहाँ आया-जाया करता हूँ। इस घाटी में आपका निवास-स्थान ठीक कहाँ पर है?"

"कुन्दापुर में।"

"अरे वाह! कुन्दापुर? सच? क्या वहाँ के शीनप्पय्या को आप जानते हैं?"

प्राणेशाचार्य ने कहा, "नहीं," और अपनी चाल फिर तेज कर दी। लेकिन पुट्‍ट तो बातें करने के लिए बहुत उत्सुक था; बात यहीं समाप्त कर देने की उसकी जरा भी मर्जी नहीं थी।

"शीनप्पय्या और हममें काफी घनिष्ठता है। मेरे ससुरजी का वह अच्छा मित्र है। उसी ने अपने दूसरे लड़के की शादी मेरी पत्नी की छोटी बहिन से करवाई थी... ।"

"हुँ-हुँ" करके प्राणेशाचार्य ने अपनी चाल बढ़ा दी। लेकिन उनके साथ चल रहा संगी इतनी जल्दी हार माननेवाला नहीं था। यह सोचकर कि वह अपने काम से मतलब रखेगा, थक जाने के व्याज से आचार्य एक वृक्ष की छाया तले बैठ गए। पुट्‍ट को मानो इससे भी प्रसन्नता ही हुई; वह भी एक लम्बी साँस लेकर वहीं बैठ गया। जेब से उसने बीड़ियाँ और माचिस निकाली, और एक बीड़ी प्राणेशाचार्य की ओर बढ़ाई। यह कहकर कि वह नहीं पीते, उन्होंने बीड़ी नहीं ली। पुट्‍ट ने अपनी बीड़ी सुलगाई। यह दर्शाते हुए कि उनकी थकान जल्दी ही कम हो गई है, वह उठ खड़े हुए और फिर चलना आरम्भ कर दिया। पुट्‍ट भी उठ खड़ा हो गया और उनके साथ हो

लिया। "बात यह है कि यदि लम्बे रास्ते पर कोई बातचीत करने के लिए मिल जाए तो रास्ते का पता भी नहीं चलता; मुझे तो खासकर हमेशा ही किसी के साथ की तलाश रहती है जिससे बातें करता चलूँ"—पुट्‌ट ने मुस्कराते हुए और प्राणेशाचार्य की ओर कुछ विस्मय भाव से देखते हुए कहा।

2

आचार्य की पत्नी के दाह-संस्कार के और जिधर उनके पाँव ले जाएँ उधर ही चल देने के उनके निश्चय के कुछ ही घंटों के भीतर पारिजातपुर के लोगों को सब कुछ पता लग गया—इसके सिवाय कि नारणप्पा का अग्नि-संस्कार वास्तव में किसी मुसलमान के हाथों हुआ है। पारिजातपुर के वे नवयुवक, जिन्होंने कि वीरोचित भावों के जाग्रत होने के एक क्षण में अपने मित्र नारणप्पा की अन्त्येष्टि स्वयं करने का निश्चय किया था, लेकिन अपनी जान बचाने के लिए सर पर पाँव रखकर भय से भाग खड़े हुए थे, एकदम चुप्पी लगा गए—जो कुछ उन्होंने देखा था, उसे किसी से कहा नहीं। मंजय्या को जिस बात ने सबसे अधिक चिन्तित किया था, वह थी एक के बाद दूसरी हो रही मृत्यु। सबसे पहले नारणप्पा, फिर दासाचार्य, फिर प्राणेशाचार्य की पत्नी—इस शृंखला का एक ही अर्थ था—महामारी। जैसा अनुभवी और व्यवहार में वह दक्ष था—मंडियों में, कोर्ट-कचहरियों में, शिवमोग्गे के दफ्तरों में, उसे ब्राह्मणी द्वारा बतलाए गए मृत्युओं के इन कारणों पर दया और हँसी ही आ रही थी। उन ब्राह्मणों का विश्वास था कि जो कुछ घट रहा है, उसका कारण केवल नारणप्पा का अकाल देहावसान था और फिर उसे शव का उचित दाह-संस्कार सम्पन्न करने में ब्राह्मणों के कर्तव्य की चूक। मंजय्या ने बेशक इतना जरूर कहा : "कितने अफसोस की बात है कि दासाचार्य चल बसा। परसों ही तो वह उनके घर आकर उपमा खाकर गया था।" लेकिन मंजय्या इस बात से भयभीत भी था कि उसी ने ही तो उस ब्राह्मण को अपने घर में प्रवेश करने दिया था। जैसे ही उसे बताया गया कि नारणप्पा की मृत्यु शिवमोग्गे से लौटने पर तेज बुखार और पेट के निचले भाग में निकली हुई एक गिलटी के कारण हुई है, उसे सन्देह होने लगा था। अब तो वह इस

विकराल बीमारी का नाम तक लेने में डर रहा था। क्यों आगे आकर लोगों की नजर में आया जाए, उसने सोचा। लेकिन जब उसे पता लगा कि चूहे अग्रहार से भागकर चारों दिशाओं में दौड़ रहे हैं और बीच में मरकर गिर जाते हैं, और मांसभक्षी पक्षी उन्हें खाने के लिए जमा हो गए हैं तो उसका सन्देह विश्वास में बदल गया। उसका अनुमान सोलह आने सच ही निकला। कल ही तो 'तायनाडु' पत्र का जो अंक उसे देखने को मिला, जो कि एक सप्ताह पुराना था, उसके एक कोने में यह खबर छपी थी : 'शिवमोग्गा में प्लेग,' नारणप्पा ही प्लेग की महामारी को अग्रहार में ले आया था, और यह बला तो बड़वानल की तरह देखते-देखते फैलती है। इतने समय तक महामारी के विरुद्ध कोई भी कदम न उठाकर, अन्धविश्वासों से चिपटे रहकर और मृत नारणप्पा का दाह-संस्कार न करके इन लोगों ने मानो अपने ही सिरों पर चट्टानों को गिरा लिया था। वह स्वयं भी तो कुछ कम मूर्ख नहीं निकला। बाहर बरामदे में खड़े होकर उसने चिल्लाकर कहा, "बैलगाड़ियाँ जोत के तैयार करो, एकदम।" अब एक क्षण भी गँवाने का समय नहीं है। किसी भी समय प्लेग की हवा नदी पार कर देगी और उनके अग्रहार में भी घुस आएगी। प्लेग से मरे किसी चूहे को चील या गिद्ध उनकी तरफ चोंच से गिरा गया, इतने से ही सर्वनाश हो सकता है। वह घर के बाहर खड़े होकर जोर से बोलकर मानो सबको सुनाने लगे, "जब तक मैं शहर से लौट न आऊँ, कोई भी दुर्वासापुर के पास भी न फटके।" अग्रहार के अग्रणी के रूप में उसके हृदय ने यहाँ के लोगों को प्लेग की बात कहकर डराना उचित नहीं समझा।

बैलगाड़ी तैयार हो गई थी। भीतर रखे एक तकिए से टेक लगाकर वह बैठ गया और गाड़ीवान को तीर्थहल्ली की ओर बैलों को हाँकने के लिए कहा। उसकी यथार्थवादी सूझबूझ में सब योजना पहले ही तैयार हो चुकी थी–एक, नगरपालिका को कहना और शव को वहाँ से उठवा देना; दो, डॉक्टरों को जुटाना और हरेक को प्लेग से बचाव का टीका लगवाना; तीन, चूहों को मारनेवालों को बुलाना, चूहों के बिलों में पम्पों से जहरीली गैस भरवाकर बिलों के मुखों को पाट देना; चार, आवश्यकता समझी जाने पर अग्रहार के सब निवासियों को वहाँ से हटवा देना। काफी देर तक मन्त्र-जाप की तरह वह दुहराता रहा : 'मूर्ख, महामूर्ख'; और इसी के साथ गाड़ीवान को भी बैलों की दुम मरोड़कर उन्हें तेजी से भागने के लिए प्रोत्साहित करता रहा। बैलगाड़ी तीर्थहल्ली की सड़क पर बढ़ी जा रही थी।

मठ से कुछ निराशा के साथ निकलते हुए और 'हरि', 'हरि' नामोच्चारण करते हुए गरुड़ाचार्य, लक्ष्मणाचार्य और अन्य ब्राह्मण अग्रहार लौट आए। पद्मनाभाचार्य तेज बुखार में बिस्तर पर लेटा हुआ था; जब वे अग्रहार पहुँचे तो वह बेहोशी में था। उन्हीं में से एक मायके गई हुई उसकी स्त्री को उसकी हालत के बारे में बताने के लिए गया। दूसरा डॉक्टर को बुलाने के लिए शहर की ओर दौड़ा। गरुड़ाचार्य त्रस्त हो गए। मठ में बुखार ने गुंडाचार्य को धर दबोचा था; कैमर में दासाचार्य ज्वर-ग्रस्त होकर पड़े थे। जहाँ पद्मनाभाचार्य की जीभ मुँह से लटक रही थी–अग्रहार पर कोई भीषण खतरा मँडरा रहा था। सभी के सामने लक्ष्मण ने गरुड़ को नारणप्पा के दाह-संस्कार में रुकावट डालने की खातिर गालियाँ दीं। लेकिन इसकी किसी ने परवाह नहीं की–संकट का यह समय परस्पर गाली-गलौज का नहीं है–सबको मिलकर शीघ्र-से-शीघ्र दाह-संस्कार निपटा देना चाहिए और मृत की सारी सम्पत्ति दंडस्वरूप प्रभु के प्रति समर्पित कर देनी चाहिए। अनिच्छा से रुग्ण पद्मनाभाचार्य को वे वहीं छोड़ गए और निकल पड़े। गरुड़ ने हाथ जोड़कर उनसे विनती की कि वे मठ के वैद्य को साथ लेकर जाएँ और वहाँ असहाय पड़े गुंडाचार्य की औषधि का प्रयत्न करें। रास्ते में किसी को एक शब्द भी बोलने का साहस नहीं हुआ। एक निरुत्साह-सा परदे की तरह उन पर पड़ गया था। गरुड़ मन-ही-मन मारुति से प्रार्थना कर रहा था : "मैं अवश्य ही दंड भरूँगा। हे भगवान मुझे क्षमा कर देना।" भारी मन से वे कैमर जा पहुँचे और वहाँ जाकर क्या देखा, सुना? दासाचार्य की काया के फूल और भस्म–प्राणेशाचार्य की पत्नी की मृत्यु का समाचार सुन वे हक्के-बक्के हो गए। उनके रोज के जाने-पहचाने संसार में यह कैसी उथल-पुथल मच रही थी? उन्हें ऐसा प्रतीत हुआ कि अँधेरे में उन्हें पिशाच दिखलाई पड़ रहे हैं। बच्चों की तरह दीवारों का सहारा लेकर वे आँसू बहाने लगे।

उन सबमें अग्रज सुब्बणाचार्य ने उन्हें सान्त्वना और साहस देने की कोशिश की। काफी देर से निश्चेष्ट बैठे गरुड़ ने महीन आवाज में पूछा, "क्या चूहे अब भी मर रहे हैं?" सुब्बणाचार्य ने कहा, "इससे आपका मतलब क्या है?" "कुछ नहीं," गरुड़ाचार्य ने उत्तर दिया, "गिद्ध अभी भी घरों की छतों पर बैठे हुए हैं।"

सुब्बणाचार्य ने कहा, "उठो, दाह-संस्कार पूरा हो जाए, सब कुछ ठीक हो जाएगा।" गरुड़ाचार्य ने कहा कि वे तो अग्रहार में प्रवेश नहीं करेंगे।

बाकी ब्राह्मणों में भी कानाफूसी शुरू हुई, "सड़े हुए शव का संस्कार कैसे हो सकेगा? चार गाड़ी-भर लकड़ियाँ भी इसके लिए पर्याप्त नहीं होंगी।" लक्ष्मणाचार्य ने कहा–"फिर भी चलना तो उचित ही है।" गरुड़ाचार्य ने जवाब दिया, "मैं बिलकुल थक गया हूँ–आप में से कोई भी संस्कार कर-करा दें।" इस पर सुब्बणाचार्य बोले, "यदि आप जैसे प्रौढ़ और अनुभवी व्यक्ति भी इस प्रकार भयग्रस्त और भ्रान्त हो जाएँगे, तो अन्य लोगों से क्या अपेक्षा की जा सकती है?"

गरुड़ाचार्य ने फिर हठपूर्वक कहा, "मैं तो कतई कुछ नहीं कर सकूँगा।" लक्ष्मणाचार्य ने उसे फिर से प्रेरित करने का यत्न किया, "अग्रहार में कोई भी तो नहीं है। हम लोगों की गायों, बछड़ों का क्या होगा? वहाँ उन्हें गौशालों में बाँधनेवाला, दूध दुहनेवाला भी कोई नहीं है।" शेष ब्राह्मणों ने एक राय से कहा, "ठीक ही तो है, ठीक ही तो है।" 'हरि', 'हरि' का नाम लेते हुए वे सब चलने के लिए तैयार हो गए। रास्ते-भर 'राघवेनु स्तोत्र' का पाठ करते रहे।

बड़ी मनौतीवाले पिशाच को उन्होंने एक मुर्गी की बलि दी और एक मनौती यह भी मनाई कि अगली अमावस्या को एक बकरे की बलि चढ़ाएँगे, फिर भी बेल्ली के माता और पिता, दोनों उसी रात चल बसे जिस रात को प्राणेशाचार्य की पत्नी की मृत्यु हुई थी। बेल्ली की कातर-चीत्कार को सुनकर आस-पड़ोस के जातिहीन लोग बेल्ली के पास जमा हो गए। उनके काले, प्रायः अधनंगे शरीर उस कुटिया को चारों ओर से घेरे हुए बैठे थे और आधा घंटे के लगभग अँधेरे में उसके साथ रोते रहे। तब ताड़ के सूखे पत्तों से छती उस झोपड़ी को आग लगा दी गई। देखते-देखते आग की धधकती लपटें आसमान तक उठने लगीं और बेल्ली के माता-पिता को भी चट कर गईं। बेल्ली, जो अब तक वहाँ खड़ी इस अग्निकांड को देख रही थी, भयातुर होकर गाँव से भागते हुए चूहों की तरह ही, दिशाहीन अँधेरे की ओर दौड़ गई।

मालेर का पुट्ट प्राणेशाचार्य के पीछे ही लगा रहा–अतीत के उनके किसी पाप की तरह! जब वह रुकते तो वह भी रुक जाता; बैठते, तो बैठ जाता। तेज कदमों से चलते तो वह भी अपनी गति तेज कर देता, धीमे होते तो वह भी धीमे कदमों चलता। उनका साथ छोड़ने के लिए वह तैयार नहीं था।

प्राणेशाचार्य की परेशानी इससे बढ़ रही थी। उन्हें कहीं नितान्त अकेला होने की इच्छा हो रही थी, आँखें मूँद करके ध्यानस्थ होने की, और अपने बारे में तटस्थ भाव से सोचने की–लेकिन यह पुट्ट अविरोध गति से बड़बड़ाए जा रहा था। आचार्य उसकी ओर एक बार भी उन्मुख नहीं हुए, फिर भी वह मानो उनसे चिपटा हुआ है। लेकिन उसे यह नहीं मालूम कि वेदान्त-शिरोमणि प्राणेशाचार्य यही हैं; उसका व्यवहार भिक्षा और दक्षिणा लेने को निकले एक सामान्य ब्राह्मण के प्रति जैसा है। आचार्य ने उससे कहा कि इतना लम्बा रास्ता नंगे पाँव नहीं चलना चाहिए, बताया कि तीर्थहल्ली में हाथ से सिले हुए चप्पल तीन रुपए में ही खरीदे जा सकते हैं। उपदेशात्मक आवाज में उसने पूछा, "पैसा या आराम, इनमें कौन-सी बात ज्यादा महत्त्व की है? मेरी चप्पलें देखिए, एक साल से ज्यादा पुरानी हैं, लेकिन जरा भी नहीं घिसीं।" उसने चप्पलों को पैरों से उतारा और आचार्य को दिखलाया। उसने कहा, "बातें करते रहना मुझे बहुत अच्छा लगता है। आइए, मैं एक बुझौवल कहता हूँ," उसने चुनौती-भरे स्वर में कहा, "आप उसका हल बताइए।"

प्राणेशाचार्य अपने उफनते हुए क्रोध को वश में रखने की चेष्टा में मौन साधे रहे। "एक नदी, एक नाव और एक खिवैया। खिवैये के पास घास की एक गठरी भी है और साथ है एक चीता और एक गाय। इनमें केवल एक को साथ लेकर ही एक बार वह नदी पार कर सकता है। इस बात का ध्यान भी उसे रखना है कि कहीं गाय घास न चर जाए या चीता गाय को न मारकर खा ले। नदी के इस किनारे से दूसरे किनारे पर सभी को पहुँचाना भी है। बताइए, यह सब वह कैसे करेगा? देखें, कि आप कितने बुद्धिमान और तेज हैं?" पहेली हो सुनाकर मौज से उसने एक बीड़ी सुलगाई। यद्यपि आचार्य का क्रोध अभी कम नहीं हुआ था, पहेली उनके दिमाग को खिजाने लगी। पुट्ट साथ ही बढ़े जा रहा था और अब आचार्य का मजाक भी उड़ाने लगा। "मिला? जवाब मिला?" यद्यपि प्राणेशाचार्य को उत्तर सूझ चुका था, लेकिन उसे सुनाते हुए उन्हें झेंप-सी हुई। यदि पहेली को वे बूझ लेते हैं तो मानो पुट्ट की तरफ मैत्री का हाथ बढ़ा देते हैं। यदि चुप रहते हैं तो पुट्ट उन्हें कम अक्ल का मान लेगा। यह एक नई दुनिया पैदा हो गई। इस पुट्ट की नजरों में क्या वे बुद्धिहीन व्यक्ति बनना स्वीकार कर लें?

पुट्ट ने फिर पूछा, "जवाब नहीं मिला न?" और बीड़ी के कश लगाता

रहा। प्राणेशाचार्य ने सिर हिलाकर कह दिया कि 'नहीं'। पुट्‌ट ठट्‌ठा मारकर एकबारगी हँस उठा–'हो, हो, हो' और तुरन्त पहेली का हल बतला दिया। इस भोले लेकिन अदक्ष ब्राह्मण के प्रति उसे बड़ी ममता हो आई। ''अब सुनो, एक दूसरी पहेली।'' उसने कहा। ''नहीं, नहीं,'' प्राणेशाचार्य ने कहा। ''तो ठीक, आप ही कोई पहेली बूझिए। इस बार आप मुझे हरा दीजिए–जैसे को तैसा हो जाए।'' आचार्य ने कहा, ''मुझे तो पहेलियाँ बुझाना आता नहीं है।''

'बेचारे', पुट्‌ट ने मन में कहा। बातचीत का कोई नया सिलसिला छेड़ने के लिए उसकी जीभ खुजा रही थी। उसे एक नया विषय सूझा–''आचार्यजी, जानते हैं आप? श्याम, जो कुन्दापुर की नाटक-मंडली का सदस्य था, बेचारा मर गया है।'' आचार्य ने उत्तर दिया, ''हरे राम, मुझे नहीं पता था।'' ''तब तो आपको गाँव छोड़े बहुत दिन बीत गए होंगे,'' पुट्‌ट ने कहा।

सामने रास्ता दो टुकड़ों में बँट रहा था यह देखकर आचार्य को बड़ी खुशी हुई। रुककर उन्होंने पुट्‌ट से पूछा, ''तुम किस रास्ते पर जा रहे हो?'' एक रास्ते की तरफ संकेत करते हुए पुट्‌ट ने बतलाया, ''इस पर।'' आचार्य ने दूसरे रास्ते की तरफ उँगली उठाकर कहा, ''मेरा रास्ता तो वह है।'' पुट्‌ट ने कहा, ''दोनों रास्ते ही मेलिगे की ओर जाते हैं–एक जरा बड़ा पड़ता है, लेकिन कोई बात नहीं। मुझे भी कौन-सी जल्दी पड़ी है? मैं भी आप ही के साथवाला रास्ता पकड़ लेता हूँ।'' उसने गुड़ और नारियल के कुछ टुकड़े निकाले और उनमें से एक हिस्सा प्राणेशाचार्य को देता हुआ बोला, ''लें, थोड़ा खा लें।'' और शेष स्वयं खाने लग गया। आचार्य को भी भूख सता रही थी, और पुट्‌ट के प्रति उनमें कृतज्ञता का भाव भर आया। वे जहाँ भी जाते हैं, जो कुछ भी उनसे घटता है, मानव सम्पर्क उनसे इस तरह चिपटा रहता है जैसे पिछले जन्म के उनके कर्मों का फल हो।

अब पुट्‌ट की बातें गुड़ और नारियल खाते हुए, अधिक अन्तरंग क्षेत्र के सम्बन्धों तक उतर आईं। ''आप अवश्य ही विवाहित होंगे, ठीक है न! कौन विवाह नहीं करता? मैंने भी कैसा मूर्खता-भरा प्रश्न किया भला! बच्चे कितने हैं? कोई भी नहीं? खेद है। मेरे दो बच्चे हैं। मैंने आपसे बतलाया था–बताया था या नहीं? –कि मेरी पत्नी भी कुन्दापुर की है। एक बात–आप देखिए, पता नहीं इस बात को सोचकर हँसना चाहिए या कि रोना–वह अपने माता-पिता को बहुत प्यार करती है। प्रायः हर महीने, या कम-से-कम दो महीने में एक बार तो वह जरूर मायके जाने के लिए हो-हल्ला

मचाती है। इन दिनों में बस-गाड़ी का दो रुपए का भाड़ा बार-बार कौन खर्च सकता है, कहिए तो? लेकिन वह एक नहीं सुनती। दो बच्चों की माँ बन चुकी है, फिर भी बचपन नहीं गया। लेकिन, वास्तव में उसकी उम्र भी तो अभी ज्यादा नहीं है। मेरी सास एक महा झगड़ालू औरत है, लेकिन ससुर का दिल बहुत बड़ा है। ठीक कहता हूँ आपसे। आखिरकार, दुनिया देखी है उसने। मेरी सास कभी-कभी कहती है, मेरे जामाता को क्या अधिकार है कि मेरी बेटी को मारे-पीटे? लेकिन मेरे ससुर ने इस ओर कभी इशारा भी नहीं किया, एक बार भी नहीं। मार खा-खाकर भी मेरी पत्नी किन्तु कुछ भी नहीं बदली। यदि उसे उसकी माँ के पास जाने देने से इनकार करूँ तो कुएँ में कूद मरने की धमकी देती है। अब मैं क्या कर सकता हूँ? वह इतनी साफ-सुथरी है और हर चीज की इतनी जानकारी रखती है—बस, कमी है तो एक यही है उसमें। खाना बनाने में या बर्तन-बासन माँजने में वह सफाई का बहुत ही ध्यान रखती है। बस इसी बात को लेकर झगड़ा-फसाद चलता रहता है। बताइए, मुझे कुछ सलाह दीजिए...।''

प्राणेशाचार्य हँस दिए; उन्हें एकाएक यह नहीं सूझा कि क्या सलाह दी जाए। पुट्ट भी हँसने लगा। ''स्त्रियों के स्वभाव को जान पाना तो पानी में इधर-से-उधर तैरती हुई मछली के मार्ग को पहचान लेने के बराबर है—हमारे बड़े बुजुर्ग ऐसा ही बताते हैं,'' उसने कहा, ''वे बखूबी जानते हैं।''

''ठीक, बिलकुल ठीक,'' प्राणेशाचार्य ने अपनी सहमति जताई। आखिरकार पुट्ट की वाग्धारा रुक ही गई। आचार्य ने सोचा—''किसी शब्दातीत लोक में अपनी पत्नी के व्यवहार द्वारा उठाए गए प्रश्नों का उत्तर खोजने में लग गया होगा। अब मेरी अनबूझ पहेली यह है। मैंने पहले इस पर कभी गौर नहीं किया। मेरे जीवन के निर्णयात्मक क्षण ने—वह क्षण जो मेरे प्रत्येक सम्बन्ध की व्याख्या कर सकता है—नारणप्पा से, महाबल से, मेरी पत्नी से, अन्य ब्राह्मणों से, उस समूचे धर्म से जिस पर कि मैं इतना आश्रित था—मेरे अपने किसी भी प्रयास के बिना जन्म ले लिया था। जंगल के अँधेरे में एकाएक मैं पलट गया। लेकिन मेरी दुविधा, मेरा निर्णय, मेरी समस्या मात्र मेरी नहीं थी, इसने सारे अग्रहार को अपनी लपेट में ले लिया। कुल कठिनाई की जड़ यही है—यह चिन्ता, धर्म की यह दुहरी पकड़। नारणप्पा के शव-संस्कार का जब प्रश्न उठा तो उसका स्वयं समाधान करने की कोशिश मैंने नहीं की। मैं परमात्मा पर भरोसा करता रहा; धर्मशास्त्रों के पन्ने उलटता

रहा। लेकिन क्या ठीक इसी उद्देश्य से हमने शास्त्रों का निर्माण नहीं किया है? हमारे द्वारा किए गए निर्णयों के और समूचे समाज के बीच गहरा सम्बन्ध होता है। अपनी प्रत्येक प्रक्रिया में हम अपने पूर्वजों, अपने गुरुओं, अपने देवी-देवताओं, अपने मानव संगी-साथियों को लपेट लेते हैं। अन्तर का सम्पर्क इसी कारण पैदा होता है। जब मैं चन्द्री के साथ सोया था, तो किसी ऐसे संघर्ष का भान हुआ था? क्या उस बारे में अपना निर्णय किसी विशेष नाप-तोल के बाद मैंने किया था? अब तर्क अस्पष्ट होने लगा है, धुँधलाने लगा है। मेरे उस निर्णय ने, उस एक क्रिया ने मुझे अपने अतीत से तोड़कर परे छिटक दिया—ब्राह्मणों के संसार से भी, अपनी पत्नी के अस्तित्व से भी, मेरी मौलिक आस्था से भी। परिणाम क्या हुआ? हवा के चलने से लपट रहे एक तन्तु की तरह मैं काँप रहा हूँ।"

"क्या इससे कभी मुक्ति मिलेगी?"

पुट्ट ने कहा, "आचार्यजी!"

"कहो!"

"क्या गुड़ और नारियल और लेंगे?"

"थोड़ा-सा दे दो।"

पुट्ट ने कुछ गुड़ और नारियल के कुछ टुकड़े देते हुए उनसे कहा, "यदि साथ न हो तो रास्ता काटना मुश्किल हो जाता है, ठीक है? यदि आपको ऊब हो रही हो तो मैं और पहेलियाँ भी बूझ सकता हूँ। इसका जवाब दें—एक खेलती है, एक बहता है, एक स्थिर खड़ा रहता और देखता-भर रहता है। बताइए क्या?" पुट्ट ने एक बीड़ी और सुलगा ली।

"तो मेरी कुल दुश्चिन्ता का एकमात्र कारण जैसे स्वप्न में चन्द्री के साथ मेरा सोना है। इस कारण असंशय है—यह त्रिशंकु-समान स्थिति। इससे छुटकारा मैं तभी पा सकूँगा जबकि स्वतन्त्र होकर, स्वेच्छा से, फलाफल को जानते-बूझते वही कुछ दुहराऊँगा। अन्यथा, हवा में चंचल तन्तु के समान, या उन बादलों के समान रह जाऊँगा, जिनका रूप-आकार वायु के बहाव से अदलता-बदलता रहता है। इस वक्त तो मैं एक जड़ पदार्थ-भर बन गया हूँ; तब मैं फिर से मानव बन सकूँगा। अपने किए का दायित्व मुझ पर ही होगा। इसका अर्थ हुआ...इसका अर्थ यह हुआ...मैं अपने इस निर्णय को त्याग दूँगा कि जहाँ मेरे पाँव मुझे ले जाएँ, मैं चला जाऊँगा। मैं बस पकड़कर कुन्दापुर जाऊँगा और वहाँ चन्द्री के साथ रहूँगा। तब मेरी यह पीड़ा दूर हो जाएगी।

पूरी तरह सचेत होकर मैं अपना नव-निर्माण करूँगा...।''

पुट्‌ट ने हँसते हुए पूछा, ''क्या पहेली बूझ सके?''

''हाँ, मछली खेलती है, पानी बहता है, पत्थर स्थिर खड़ा रहता और देखता-भर रहता है।'' प्राणेशाचार्य ने उत्तर दिया।

''क्या खूब! आप जीत गए। जानते हैं, मुझे लोग घर में क्या कहते हैं? पहेलियों का राजा पुट्‌ट! मुझे बहुत-बहुत पहेलियाँ आती हैं। मेरे साथ सौ मील चलकर देख लीजिए; हर मील पर मैं नई पहेली बूझता चलूँगा।'' पुट्‌ट ने कहा और बीड़ी का टोंटा फेंक दिया।

धूप में लगातार चलकर जब तक गरुड़, लक्ष्मण और दूसरे ब्राह्मण दुर्वासापुर पहुँचे, सूरज डूबने को था। अग्रहार में बड़ी झिझक के साथ उन्होंने प्रवेश किया, लेकिन घरों की छतों पर गिद्धों को न बैठा देखकर जी कुछ हलका हुआ। लक्ष्मणाचार्य ने धीमी आवाज में कहा, ''मैं जरा जाकर देख आऊँ कि मेरे घर के जानवरों का क्या हाल है, आप चलते चलें।'' गरुड़ाचार्य को गुस्सा आ गया और वह त्यौरी चढ़ाकर बोला, ''सबसे पहले तुम्हें दाह-संस्कार की सूझनी चाहिए; घर का काम-काज पीछे भी देखा जा सकता है।'' उत्तर देने की लक्ष्मणाचार्य को हिम्मत नहीं हुई। सब लोग प्राणेशाचार्य के घर आ पहुँचे। सबके मन में अभागे आचार्य के प्रति सहानुभूति व्यक्त करने की चाह थी। उन्होंने आचार्य को पुकारा, किन्तु वहाँ मरे हुए चूहों की दुर्गन्ध से सिवाय कुछ नहीं था। इसके बाद किसी को अपने घर में भी घुसने का साहस नहीं हुआ। जब वे मुख्य गली में पहुँचे, एक अस्वाभाविक व्यामोह उन पर छा गया। गली उजाड़ हो चुकी थी और भुतहा लग रही थी। एक-दूसरे से सटकर वे सोच-विचार करने लगे कि अब क्या करें? उनमें से एक ने कहा–''सबसे पहले अन्त्येष्टि-संस्कार।'' लेकिन नारणप्पा के घर में घुसकर उसके सड़े हुए शव को, जो अब तक वीभत्स और डरावनी सूरत पा चुका होगा, देखने का किसी को साहस नहीं हो रहा था। गरुड़ाचार्य को एक युक्ति सूझी–''प्राणेशाचार्य नदी तक या यहीं कहीं आसपास गए होंगे; उनके लौट आने की हमें प्रतीक्षा करनी चाहिए।'' लक्ष्मणाचार्य ने उत्तर दिया कि गँवाने के लिए समय नहीं है, कम-से-कम शव-दाह की तैयारियाँ प्रारम्भ कर देनी चाहिए। दूसरे ब्राह्मण ने कहा, ''लकड़ियाँ कहाँ मिलेंगी?'' एक अन्य ने उत्तर दिया कि एक आम का वृक्ष काट लिया जाए। एक दूसरे ब्राह्मण ने कहा,

"एक सड़ा-गला हुआ शव हरी, गीली लकड़ियों से भला कैसे जलेगा?"

लक्ष्मणाचार्य ने कहा, "तो इस हालत में उसी के घर से लकड़ियाँ लाकर उसका दाह कर दें।" उस पर छींटाकाशी करते हुए गरुड़ ने कहा, "तुम्हें तो अपने घर से किसी ने लकड़ी लाने को नहीं कहा।" तब वे एक साथ नारणप्पा के घर के पिछवाड़े की ओर गए; वहाँ पर्याप्त लकड़ी नहीं थी। उन्होंने 'चन्द्री का नाम लेकर कई बार पुकारा। कोई उत्तर नहीं मिला। ब्राह्मण बड़बड़ाए, "सारे गाँव को बरबाद करके वह मरी खुद कुन्दापुर भाग गई है।" अब वे क्या करें? गरुड़ाचार्य ने कहा, "प्रत्येक व्यक्ति अपने-अपने घर से थोड़ी-बहुत लकड़ियाँ लाए और उन्हें श्मशान में पहुँचा दे।" सबने स्वीकार किया और लकड़ियाँ सिर पर उठाकर दो मील दूर स्थित श्मशान में छोड़ आए। जब वे अग्रहार लौटकर आए तब भी प्राणेशाचार्य नहीं दिखे। "अब शव को ले आएँ," किसी एक ने कहा। गरुड़ ने कहा, "प्राणेशाचार्य को आ जाने दो।" लक्ष्मणाचार्य ने भी इसकी हामी भरी। आचार्य के घर के अन्दर जाकर देखने में हरेक को भय लग रहा था। गरुड़ ने कहा, "हमें जल्दबाजी से काम नहीं लेना चाहिए। प्राणेशाचार्य की अनुमति के बिना कुछ भी करना उचित नहीं होगा।" ब्राह्मणों ने कहा कि इस बीच उन्हें बाकी तैयारियाँ तो पूरी कर ही लेनी चाहिए और तब तक आचार्य की प्रतीक्षा भी हो जाएगी। मिट्टी के एक बर्तन में आग जलाकर नारणप्पा के घर के बाहर रख दी गई; बाँस लाए गए और शव के लिए अरथी तैयार की गई। तब वे प्राणेशाचार्य के इन्तजार में बैठ गए।

दोपहर तीन बजे के लगभग पुट्ट के साथ प्राणेशाचार्य मेलिगे के तालाब के किनारे पहुँचे। गाड़ियों के लिए बनी बड़ी और लम्बी सड़क पार करके वे आए थे; सारे बदन पर लाल रंग की धूल जम गई थी। जब मुँह-हाथ धोने के लिए पुट्ट तालाब में उतरा तो उसने कहा, "देखिए, मैंने कितनी-कितनी बातें आपसे कीं, लेकिन अपने खुद के जीवन के बारे में तो कुछ विशेष बताया ही नहीं।" वह मुँह धो रहा था कि आचार्य के मन में फिर से भय उठने लगा : मेलिगे में उन्हें कोई पहचान ले तो? भय की इस पुनरावृत्ति ने उन्हें उद्विग्न किया। तसल्ली की एक ही बात थी–मेलिगे के सब ब्राह्मण स्मार्त थे और इसलिए प्रायः अपरिचित। इस मेले की धूमधाम में उनकी सुख-सुविधा और परवरिश का ध्यान कौन रखेगा? जब उन्होंने एक बार

निर्णय ले ही लिया है तो फिर भय की बात ही कहाँ, क्योंकर रह जाती है? फिर भी, भय का होना अस्वाभाविक नहीं है, लेकिन क्यों, जबकि उसका कोई कारण ही न रहा हो? इस भय की जड़ तक को तलाशना चाहिए, इसके मूल को ही उखाड़कर नष्ट कर देना चाहिए। अग्रहार की छाती पर मूँग दलता हुआ किस शान से, भय के नितान्त जैसे अभाव में, नारणप्पा चन्द्री के साथ रहता था। यदि उनका कभी फिर चन्द्री से मेल-मिलाप हो जाए, तो शायद वे अपना चेहरा ही ढँपे रहेंगे, कौन जानता है? यह जीना भी किस प्रकार का जीना हुआ?

"आप भी सोचते होंगे कि मैं इतना बोलता-बकता क्यों हूँ; कहते होंगे, किस तरह जोंक की तरह चिपट रहा है। मैं बताता हूँ कि क्यों? आप ज्यादा नहीं बोलते, लेकिन आपको भी लोगों की, समाज की, बातचीत की जरूरत महसूस होती होगी। आप कुछ ज्यादा विनम्र स्वभाव के हैं। अन्दर-ही-अन्दर कष्ट सहनेवालों में से हैं।" पुट्टट ने अपने गीले मुँह को पोंछते हुए कहा, "मुझे बताइए, मेरा अनुमान सही है या गलत? मैं चेहरा देखकर किसी की भी प्रकृति और स्वभाव को पहचान लेता हूँ। मुझे आपसे किसी दुराव-छिपाव की जरूरत नहीं। मैं समझता हूँ कि आपने मुझे छोटी जाति का ब्राह्मण नहीं मान लिया होगा। मैंने आपसे कहा था कि मैं मालेर हूँ? मेरे पिता उच्च-कुलीन ब्राह्मण थे। उन्होंने मेरी माता की, जिसे वह सदा साथ रखते थे, उम्र-भर इतनी खोज-खबर रखी, जितनी कोई अपनी विवाहित पत्नी की नहीं रखता है। उन्होंने मेरा 'यज्ञोपवीत संस्कार' तक किया। देखिएगा मेरा यज्ञोपवीत?" उसने अपनी कमीज के नीचे से उन पवित्र धागों को निकालकर दिखाते हुए कहा। "इसी कारण मेरे सब मित्र भी ब्राह्मण नौजवानों में से ही हैं।" उसने फिर कहा, "अब चलें।" तालाब की सीढ़ियाँ चढ़कर जब वह सड़क के किनारे पहुँचा तो हँसने लगा–"मैं ठीक वैसा ही हूँ जैसा कि लोग मेरे बारे में कहते हैं। मेरा एक नाम है पहेलियोंवाला पुट्टट और दूसरा नाम है गप्पी पुट्टट! वैसे, स्वभाव से ही मैं अन्य लोगों को पसन्द करता हूँ।"

मेले के कारण मेलिगे बहुत सजीव हो रहा था। मन्दिर का रथ शहर के बीचोबीच रुका था; उसका शिखर कन्या, वृश्चिक, मिथुन आदि नक्षत्रों के चित्रों से अलंकृत किया गया था। रथ खींचने के लिए दो मोटी रस्सियाँ बाँधी गई थीं। भक्त-जन रथ को उसके छप्पर के नीचे से यहाँ तक खींच लाए थे, तथा नारियल और फल-फूलों के नैवेद्य के अर्पण के लिए उसे वहाँ

छोड़ दिया था। एक तरुण ब्राह्मण भक्तों के अर्पण को सीढ़ी पर चढ़-उतरकर उस पुजारी तक पहुँचाता जा रहा था जो कि रथ के ऊपर अपनी जगह पर पहले ही बैठ चुका था। रथ को चारों और से घेरे, नैवेद्य चढ़ाने को उत्सुक भक्तजनों का समूह खड़ा था। प्राणेशाचार्य ने इस भीड़ पर एक सरसरी निगाह इस प्रयोजन से दौड़ाई कि उसमें कोई परिचित व्यक्ति तो नहीं खड़ा जो उन्हें पहचान ले? भीड़ इतनी गहरी थी और धकापेल इतनी अधिक थी यदि कोई मुट्ठी-भर तिल फेंकता तो भी एक दाना सड़क पर नहीं गिर पाता। इस भीड़-भड़क्के में प्राणेशाचार्य का एक हाथ पकड़कर पुट्ट एक दुकान तक उन्हें ले आया और रथ-देवता पर चढ़ावे के लिए नारियल और केले खरीदे। "जरा भीड़ छँटने दें, हम तभी पूजा करेंगे। आइए, तब तक कुछ घूम-फिर लिया जाए। आइए, आचार्यजी!" पुट्ट ने उनसे साग्रह कहा।

भीड़ के घेरे से जब वे बाहर निकल आए तो सरकंडे की पीपनियों की आवाज सब ओर छाई हुई थी। गाँव के प्रत्येक बच्चे के मुख में अलग-अलग तरह की आवाज करनेवाली पीपनियाँ लगी हुई थीं–पीपनियाँ जो बहुत कह-सुनकर माँ-बाप से ऐंठे गए पैसों से खरीदी गई थीं। कपूर तथा सुलगती अगरबत्तियों की सुगन्ध भी चारों ओर फैल रही थी। नए कपड़ों की गन्ध भी। गुब्बारे बेचनेवालों के गानों का शोर। एक कोने में बम्बई तमाशावाला अपने बक्से को लेकर बैठा था। एक पैसा देने पर बक्सेवाला घुँघरुओं को बक्से से टकराकर आवाज करते हुए तमाशा दिखलाता है–"देखो, दिल्ली का शहर देखो, अठारह का दरबार देखो, बेंगलूर का बाजार देखो, मैसूर का महाराज देखो। अहा, महाराज का दरबार देखो, तिरुपति के भगवान को देखो। अहा, बम्बई की वैश्या देखो–देखो–देखो।" बजते हुए घुँघरुओं की रुनझुन रुक जाती है। वह जोर से चिल्लाता है–"देखो बम्बई तमाशे का बक्सा, तमाशे का बक्सा, तमाशा–फकत एक पैसे में।"

पुट्ट की इस तमाशे को देखे बिना आगे बढ़ने की इच्छा नहीं हुई। "आचार्यजी, मुझे इसे देख लेने दें," उसने अनुनय से कहा। "जरूर, जरूर," प्राणेशाचार्य ने उत्तर दिया। पुट्ट ने कहा, "लेकिन मुझे यहीं छोड़कर चले मत जाइएगा। यहीं रुके रहिए," और यह कहकर बक्से के काले कपड़े से अपने सिर को ढँक लिया और बक्से का तमाशा देखने लगा। आचार्य के मन में आया कि पुट्ट को वहीं छोड़कर आगे बढ़ जाएँ। फिर उन्होंने सोचा, "बेचारा कितना भोला है–ऐसा भला क्योंकर इससे कर सकता हूँ, हालाँकि

मेरी अपनी शान्ति के लिए एक क्षण भी यह नहीं छोड़ता–मुझे कुछ देर अकेले होने की भी नितान्त आवश्यकता है,'' ऐसा तर्क-वितर्क करके वे चल पड़े। कुछ ही कदम चले होंगे कि पीछे से आवाज सुनाई दी–''आचार्यजी!'' उन्होंने घूमकर देखा–पुट्‌ट ही था। ''मैं तो एकबारगी डर ही गया था कि आप मुझे अकेला छोड़कर चले गए हैं। उस तमाशेवाले ने बतलाया कि आप किधर जा रहे हैं। चलिए, चलें।'' एक बार तो क्षोभ के आक्रोश में प्राणेशाचार्य की इच्छा हुई कि सिर पीट लें। क्या उसे वे डाँटें-डपटें? लेकिन बिना किसी स्वार्थ के मैत्री के लिए हाथ बढ़ानेवाले किसी मनुष्य को कैसे कोई पीड़ा पहुँचा सकता है? उन्होंने मन से कहा कि इसके साथ को स्वीकार ही कर लेना चाहिए। पुट्‌ट ने कहा, ''अहा, जरा इधर तो देखिए।'' एक डोम कलाबाजी के खेल दिखला रहा था। साँप-सी पतली और साँवले रंगवाली एक युवती, जिसके पूरे-के-पूरे शरीर में मानो मोड़-ही-मोड़ थे, बाज की तरह अपने हाथ-पैर फैलाए केवल अपने नंगे पेट के बल बाँस के ऊपरी छोर पर झूल रही थी। डोम एक ढोल बजा रहा था। अगले ही क्षण वह लड़की उसी बाँस के सहारे जमीन तक फिसल आई और नाचने लगी। भीड़ में से लोग उसकी तरफ पैसे फेंकने लगे। पुट्‌ट ने भी एक पैसा फेंका। चलकर जैसे वे मन्दिर की ओर बढ़े, सड़क के दोनों ओर रेंगते हुए भिखारियों की भीड़ भीख माँग रही थी–भिखारी जिनके हाथ या पाँव नहीं थे, उनकी जगह पर बल्कि केवल ठूँठ बने हुए थे–अन्धे भिखारी, ऐसे भिखारी नाक की जगह पर जिनके केवल दो छिदे हुए छेद दीख रहे थे–हर प्रकार से लँगड़े-लूले, अपाहिज और कोढ़ी भिखारी! उनमें से एक आकर्षक भिखारी की तरफ पुट्‌ट ने एक पैसा फेंक दिया। और आगे बढ़कर रेड़े पर सजाई गई एक चलती-फिरती दुकान से उसने अपनी पत्नी के बालों के लिए एक गज रिबन खरीदा–अनेक रंगों के रिबन एक छोटे बाँस के सहारे लटक रहे थे। ''उसे रिबन पहनने का बड़ा चाव है,'' पुट्‌ट ने कहा। बच्चों के लिए उसने दो पीपनियाँ मोल लीं, एक बार उन्हें बजाकर देखा, और फिर कहा : ''अब चलें।'' प्राणेशाचार्य को लगा कि इस धक्कम-धक्के और भीड़-भड़क्के में वह वैताल की तरह चक्कर लगा रहे हैं, इस शोर और भीड़ में वह जड़हीन पदार्थ की तरह हो गए हैं।

पुट्‌ट ने सोडे की बोतलें बेचनेवाली जैसे ही एक दुकान देखी, वैसे ही कहा, ''आइए, सन्तरे के रंग का सोडा पीया जाए।'' प्राणेशाचार्य ने नहीं माना; कहा, ''मैं इन चीजों को नहीं पीता!'' कोंकणी की उस फूस से छाई

हुई दुकान के सामने पुट्ट रुक गया, ध्यानपूर्वक लाल रंग के सोडे की एक बोतल को देखा, और कहा, "यह एक बोतल मुझे दें।" दुकान में गाँव की औरतों की भीड़ जमा हो रही थी, जो उस सुगन्धित सोडे को लजाते हुए लेकिन शौक से पी रही थीं। किसान भी, बच्चे भी। सिर के बालों में चुपड़ा हुआ तेल चमक रहा था; बाल कंघी से अच्छी तरह से सजाए-सँवारे गए थे। अनेक के बालों से फूलों के गुच्छे लटके थे। स्त्रियों ने नई-नई साड़ियाँ पहन रखी थीं, किसानों ने नई कमीजें। सोडे की बोतलों के ढक्कनों की बिल्लौरी गोलियाँ नीचे दबाते वक्त कैसी कलकल की आवाज निकलती थी। फिर उस रंगीन सोडे के दो-चार घूँट ही पीकर डकारों की कैसी आवाजें निकलती थीं–यह सब दृश्य और श्रव्य में स्वयं एक सम्भावना, एक अनुभव, एक तृप्ति का संचार करता था। रथ-यात्रा के विविध आनन्दों और उल्लासों में इस सबका भी स्थान था। सब भक्त लोग इसके बारे में काफी पहले से सोचते हैं और यहाँ खर्च करने को पैसे जुटाते हैं। प्राणेशाचार्य इन सामान्य सुखों के संसार से बाहर, निरपेक्ष-भाव से खड़े रहे और भीड़ को देखते रहे। पुट्ट ने एकाएक बड़ी-सी डकार ली और उसका मुँह मानो खिल उठा। "चलिए चलें, लेकिन आपने तो कुछ पीया तक नहीं।"

इतनी भीड़ और शोरगुल में, गुब्बारेवालों की और पीपनियों की आवाजों में, सोडा खुलने की और मिठाई बेचनेवालों की हाँक में, मन्दिर के घंटा-नाद में, स्त्रियों की कलाइयों के लिए काँच की चूड़ियाँ बेचनेवाली दुकानों की तड़क-भड़क में, पुट्ट के पीछे-पीछे जैसे सम्मोहित होकर प्राणेशाचार्य चले आ रहे थे। सभी जगह सतर्क और उत्सुक आँखें दिखाई पड़ रही थीं, किसी-न-किसी दृश्य अथवा क्रिया-कलाप में व्यस्त! केवल उन्हीं की आँखें थीं जो अनाविष्ट थीं, किसी भी दृश्य अथवा क्रिया-कलाप से संपृक्त नहीं थीं। पुट्ट ठीक ही कहता था। 'उसका इस तरह अचानक मिल जाना भी नियति का ही निर्देश है। अपने निर्णय के पालन में मुझमें जीवन के प्रति आसक्त होने की क्षमता भी पैदा होनी चाहिए। आसक्ति की यही दुनिया चन्द्री की भी है। लेकिन मैं न तो इस संसार का हूँ, न उसी संसार का। इन परस्पर दो विरोधी ध्रुवों में मैं फँस गया हूँ।' उनकी नाक को कॉफी और मसाला-दोसा की गन्ध महसूस हुई। पुट्ट रुक गया, और फिर आचार्य भी।

पुट्ट ने कहा, "आइए, एक-एक प्याला कॉफी पी जाए।"

"मैं तो नहीं पी सकूँगा," प्राणेशाचार्य ने उत्तर दिया।

"यह तो एक ब्राह्मण का होटल है। इसी उत्सव के लिए तीर्थहल्ली से इसे यहाँ इतनी दूर लाया गया है। यहाँ कुछ खाने-पीने से आपको कोई पातक नहीं लगेगा। आप-जैसे कट्टरपन्थी ब्राह्मणों के बैठने के लिए अन्दर विशेष रूप से स्थान सुरक्षित रखा गया है।"

"नहीं, मुझे कॉफी नहीं चाहिए।"

"यह कैसे सम्भव है? आइए तो! मुझे आपके लिए कॉफी खरीदनी ही है", पुट्ट ने कहा और हाथ से खींचकर उन्हें अन्दर ले गया। अनिच्छा से एक चौकी पर प्राणेशाचार्य बैठ गए। कायरता से उन्होंने चारों ओर नजर घुमाई—कोई परिचित व्यक्ति तो उपस्थित नहीं है? 'यदि कोई मुझ वेदान्त-शिरोमणि को इस दूषित होटल में कॉफी का प्याला पीता हुआ देख ले, तो?'

"सच्चाई तो यह है कि मुझे पहले तो ऐसे ही भयों से छुटकारा पाना है," सोचकर वे अपने को देर तक कोसते रहे। उनके श्रेष्ठ ब्राह्मण-पद के सम्मान में पुट्ट हटकर कुछ दूर खड़ा रहा। अपने सामने खड़े हुए वेटर से उसने कहा, "दो स्पेशल कॉफी ले आओ।" उसने दो आने का दाम भरा, कॉफी का अपना प्याला पी लिया और धिक्कार के शब्दों में बोला, "इन मेलों में कितनी गन्दी कॉफी मिलती है!" प्राणेशाचार्य को प्यास लगी हुई थी; उन्हें तो अपनी कॉफी अच्छी ही लगी।

भावना की इस नई उड़ान के साथ वे बाहर आए। पुट्ट ने कहा, "मन्दिर में जाकर आप भोजन क्यों नहीं कर आते? आज सायं छह बजे तक ब्राह्मणों के लिए भंडारा खुला रहेगा।" ठीक से भोजन किए बिना प्राणेशाचार्य को कितने ही दिन बीत गए थे; गरम और नरम चावल और रसम खाने को वे उत्कंठित हो उठे। लेकिन उन्हें तभी ध्यान आया—पत्नी के देहान्त के बाद शोक की अवधि अभी समाप्त नहीं हुई है, अभी सूतक है। कैसे कोई इस दशा में मन्दिर की पवित्र भूमि पर पाँव रख सकता है और वहाँ खाना खा सकता है—मन्दिर दूषित हो जाएगा—तब यात्रा का रथ एक इंच भी आगे नहीं बढ़ सकेगा। लेकिन नारणप्पा की गणपतिसरोवर की मछलियों को खाकर क्या बिगड़ गया था? कर्मकांड और परम्परा को नारणप्पा के समान चुनौती देने का साहस उनमें भला कहाँ है? उनका हृदय उनकी खिल्ली उड़ाने लगा : "चन्द्री से मिलने और उसके साथ रहने का आपका निश्चय एकदम निरर्थक है, बेमानी है। यदि आपको अपने निर्णय पर टिकना है तो पूरे साहस और विश्वास के साथ कदम बढ़ाइए, अन्यथा इस निश्चय से हाथ धो

लीजिए। अन्तर्विरोधों की खींचातानी से पार पाने का और कोई साधन नहीं है; भय से उन्मुक्त होने का भी यही एकमात्र जरिया है। ध्यान कीजिए—महाबल किस तरह अपने दृढ़ निश्चय पर अडिग रहा था।''

''जरा रुकिए, आचार्यजी, उधर देखें,'' पुट्ट ने कहा। थोड़ी ही दूर पहाड़ी पर जैसे बेहोश हुए छोटी जाति के लोगों का एक समूह खड़ा था। ''आइए, वहाँ चलें। मैं समझता हूँ कि वहाँ मुर्गों की लड़ाई चल रही होगी।'' प्राणेशाचार्य के हृदय को जैसे ठेस-सी लगी। उस जन-समूह से थोड़ा हटकर ही वह रुक गए और देखने लगे। ताड़ी की सस्ती शराब की गन्ध से उन्हें मितली आने को हुई। एड़ियों के बल बैठे हुए लोग दो मुर्गों का एक-दूसरे पर झपटना देख रहे थे, मुर्गों के पाँवों से चाकू बँधे हुए थे—पंख फड़फड़ाकर वे एक-दूसरे पर आक्रमण कर रहे थे। मुँह खोले, बड़े ध्यान से इस प्रकार एड़ियों पर बैठे लोग कट-मरने के लिए तैयार लड़ते हुए मुर्गों को देख रहे थे। इस प्रकार की एकाग्रता, इतनी क्रूर, निर्मम नजरें प्राणेशाचार्य ने पहले कभी नहीं देखी थीं। जैसे उनका कुल अस्तित्व ही उनकी आँखों में आ जुटा था! और तब दो मुर्गे और फड़फड़ाते चार पंख, चार ही चाकू! कोक्क, कोक्क, कोक्क की कर्कश आवाजें और उन लाल कलगियोंवाले मुर्गों को, चाकुओं की चमचमाती धारों को घेरे हुए उन्हें देख रही चालीस-पचास आँखें! सूर्य की किरणें चाकुओं से टकराकर चौंधियाती हुई। पलटतीं। चाकुओं के टकराने पर चिनगारियाँ फूट निकलतीं। आह! कैसी चतुराई, रण-कौशल दिखाई पड़ रहा था। उनमें से एक मुर्गे ने मार की, एक बार, दो बार, तीन बार! उड़कर घायल मुर्गे के ऊपर चढ़ बैठा। प्राणेशाचार्य के प्राण निकलने को आए। एकाएक कैसी नृशंस दुनिया में चले आए हैं वे! दारुणभय के मारे वे जमीन पर बैठ गए—यदि इस पाताल लोक में, जहाँ उन्होंने चन्द्री के साथ मिलकर रहने का निश्चय किया है, यदि उस गहराई के अँधेरे में, उस गुफा में, इन अर्द्ध-मूर्छित लोगों की आँखों में चमकनेवाली वृत्ति इस प्रकार की क्रूर क्रीड़ाओं का ही अंश है, तो उन जैसा ब्राह्मण तो एकदम निस्तेज हो जाएगा। मुर्गों के मालिक गलों से निकलती भिन्न-भिन्न आवाजों से अपने-अपने मुर्गों को बढ़ावा दे रहे थे—निश्चय ही ये आवाजें किसी मानव के गले से निकली आवाजें नहीं हो सकतीं। उन्हें स्पष्ट होने लगा कि इस प्रकार के क्रूर और निर्मम भावनाओं के संसार में साँस लेने के लिए भी वे नितान्त असमर्थ हैं। कामुकता का एक पक्ष कोमलता में व्यक्त होता है और दूसरा ऐसा पैशाचिक

दुर्भावों में। उनकी कायरता लौट आई–वैसी ही कायरता जो उस दिन अनुभव हुई थी जबकि नारणप्पा चुनौती देकर उनके सामने खड़ा हो गया था, जबकि उनका कुल व्यक्तित्व उसके घमंड के सामने सिकुड़ता-सा प्रतीत हुआ था।

लोगों ने लड़ाकू मुर्गों को जबरदस्ती अलग-अलग किया, उनके घावों की मरहम-पट्टी की और फिर से लड़ाई के मैदान में उन्हें उतार दिया। इस बीच पुट्ट ने, जो बड़े उत्साह से मुर्गों की लड़ाई को देख रहा था, एक अजनबी से शर्त लगा ली। "वह मुर्गा मेरा है, यदि वह जीता तो आपको दो आने हारने होंगे," उसने कहा। "यदि मेरा मुर्गा जीते तो आप चार आने हारने की बाजी लगाइए।" पुट्ट और बढ़ा, बोला, "आठ आने।" अजनबी शर्त को दस आने पर ले आया, पुट्ट बारह आने पर। "ठीक, बारह आने की ही शर्त रही, देखें कौन जीतता है," अजनबी ने कहा। चिन्ताग्रस्त हो प्राणेशाचार्य देखते रहे। यदि यह अनुभवहीन नौजवान अपना सारा पैसा इस तरह हार दे तो क्या होगा? जब पुट्ट जीत गया तो उन्हें महान आश्चर्य हुआ। चलने के लिए पुट्ट उठ खड़ा हुआ। जो व्यक्ति हारा था, उसने कहा कि एक बार और शर्त लग जाए। पुट्ट ने कहा, "नहीं।" अजनबी ने पी रखी थी, नशे में उससे मार-पीट करने के लिए बढ़ा। प्राणेशाचार्य ने रुकावट की मुद्रा में हाथ उठा दिया। अपने सामने एक ब्राह्मण को देखकर अजनबी अपने गुस्से को पी गया। बाकी लोग किसी झगड़े-फसाद से आकर्षित होकर इधर बढ़ने लगे तो प्राणेशाचार्य ने बाँह पकड़कर पुट्ट को भीड़ से बाहर खींच लिया, और एक ओर चल पड़े।

पुट्ट को जरा भी घबराहट नहीं थी। बारह आने जीतकर वह खुशी से फूला नहीं समा रहा था। उसके प्रति आचार्य के मन में एकाएक पितृवत् स्नेह उमड़ पड़ा। "मेरे भी कोई पुत्र होता तो मैं उसका बड़े लाड़-दुलार से पालन-पोषण करता," उन्होंने मन-ही-मन कहा।

मैत्री की इन भावनाओं को जैसे अवरुद्ध करते हुए प्राणेशाचार्य बोले, "पुट्ट, अब मुझे अपने रास्ते जाने दो।"

पुट्ट का चेहरा उतर गया; उसने पूछा, "किस ओर जाएँगे?" आचार्य गहराई से सोचने लगे कि क्या कारण हो सकता है कि यह नौजवान मेरा पीछा छोड़ने को तैयार नहीं है?

"कहीं भी। अभी मैंने तय नहीं किया है।" उन्होंने उत्तर दिया।

"तो थोड़ी दूर तक मैं आपके साथ चलूँगा। लेकिन आप कम-से-कम

मन्दिर में भोजन तो करते जाइए।"

प्राणेशाचार्य ने सोचा कि अब शायद व्यर्थ का झमेला ही होगा। उन्होंने एकाएक कह दिया, "मुझे किसी सुनार के यहाँ जाना है।"

"लेकिन क्यों?" जैसे पीछा न छोड़ने के स्वर में पुट्ट ने पूछा।

"मुझे सोने की एक चीज बेचनी है।"

"ऐसी आपको क्या जरूरत आ पड़ी? यदि पास में पर्याप्त पैसे न हों तो मैं बारह आने आपको उधार दिए देता हूँ। आप सुविधा से लौटा दीजिएगा।"

इस व्यक्ति से पीछा छुड़ाने का कोई बहाना खोजने के लिए आचार्य अपने दिमाग पर दबाव डालने लगे। इसकी संवेदना-सहानुभूति तो धरती पर फैली-बिछी उन बेलों की तरह थी जो पाँवों से उलझ-लिपट जाती हैं।

"नहीं, पुट्ट! मेरी आवश्यकता इतने कम पैसों की नहीं है। कुन्दापुर के लिए मुझे बस पकड़नी है। फिर वहाँ भी कुछ खर्च वगैरह की जरूरत पड़ेगी," आचार्य ने कहा।

"ओह! यह बात है, तो आइए। यहाँ एक मेरा परिचित सुनार है। आपको बेचना क्या है?"

उससे बचने का कोई उपाय न पाकर प्राणेशाचार्य ने कहा, "मेरे यज्ञोपवीत में बँधी हुई अँगूठी।"

"देखें तो," कहकर पुट्ट ने अपने हाथ को आगे बढ़ाते हुए कहा। आचार्यजी ने यज्ञोपवीत से अँगूठी को खोला और उसे पकड़ा दिया। पुट्ट ने उसे हाथ में रखा, परखा और फिर कहा, "किसी भी हालत में पन्द्रह रुपए से कम इसके लिए स्वीकार न कीजिएगा।"

दोनों एक गली में गए और सुनार के मकान में घुसे। लकड़ी की एक पेटी के सामने सुनार बैठा था, और एक अँगूठी को घिस रहा था। चाँदी के फ्रेम के चश्मे को सीधा करते हुए उसने पूछा, "कहिए, कैसे आना हुआ?" तब तक पुट्ट को उसने पहचान लिया और कुछ अधिक नम्रता से बोला, "यह बात क्या है? आज पुटय्या के पाँव उसे यहाँ तक कैसे खींच ले आए?"

सुनार को अँगूठी पकड़ा दी गई। सुनार ने एक तराजू में रत्तियों से अँगूठी का वजन तौला, उसे एक कसौटी पर घिसकर देखा, और फिर कहा, "दस रुपए इसके दे सकूँगा।" पुट्ट ने कहा कि यदि मूल्य पन्द्रह रुपयों से कम है तो इस बारे में बात करना भी बेकार है। आचार्य को इस सौदेबाजी

से कोफ्त हो रही थी। सुनार ने कहा, "तुमको शायद पता नहीं, सोने का भाव गिर गया है।"

"इस बारे में मुझे कुछ पता नहीं। आप इसके पन्द्रह रुपए दे सकते हैं या नहीं?" पुट्‌ट ने पूछा और तब आचार्य की तरफ अपनी भौंहों को मानो यह कहने के लिए ऊपर उठाते हुए देखा कि देखिए, किस प्रकार मैं मोल-भाव करता हूँ, इसकी तो तारीफ होनी ही चाहिए। लेकिन सुनार को उत्तर दिया आचार्य ने–"यदि ठीक दाम दस रुपए हैं तो मुझे वही मंजूर हैं। मेरा खर्च उनसे पूरा हो जाएगा," ऐसा कहते हुए उनकी सौदेबाजी को रोकने की कोशिश की। सुनार का मुँह चमक उठा। उसने दस रुपए गिने और विदाई में हाथ जोड़कर नमस्कार किया। प्राणेशाचार्य ने कहा, 'मदद के लिए धन्यवाद' और बाहर चले आए।

जैसे ही वे बाहर आए, पुट्‌ट ने प्रायः किसी धर्मपत्नी की तरह उन्हें परेशान करना शुरू किया, "यह माजरा क्या है? यहाँ आपकी सहायता करने की मैं इतनी कोशिश कर रहा था और आप हैं कि मेरी बेइज्जती करवा दी। अब वह सुनार कभी आगे मेरे कहे पर विश्वास नहीं करेगा। वैसे मैं आसानी से यह कह सकता हूँ–आपके रुपए थे, आपने ही उन्हें नाली में फेंक दिया तो मुझे क्या? लेकिन सोचने की बात यह है कि इस कलियुग में कोई इतना बुद्धू बना रहकर जिन्दा नहीं रह सकता। सुना नहीं है कभी आपने, कि सुनार तो अपनी बहन के सोने में से भी हिस्सा काट लेते हैं?"

"मुझे रुपयों की सख्त जरूरत थी। मैंने कुछ उतावली की, मुझे क्षमा कर दो," आचार्य ने मन्द स्वर में कहा, पुट्‌ट को कोई ठेस पहुँचाने की उनकी नीयत नहीं थी। पुट्‌ट नरम पड़ गया, और बोला :

"आप पर नजर पड़ते ही मैं समझ गया था। आप एक बहुत ही भले व्यक्ति हैं। मैं स्वयं जाकर आपको बस पर चढ़ा आऊँगा और लौट आऊँगा। लेकिन अब जैसा मैं कहता हूँ, मान लीजिए। मुझे किसी से मिलने के लिए जाना है। आप भी मेरे साथ आएँ। उसके बाद मन्दिर जाकर आप भोजन करें–अभी काफी समय शेष है–यहाँ शाम तक अतिथियों की पंक्ति के बाद पंक्ति को भोजन कराया जाता है। रात आप कहीं यहीं बिना लेना। सुबह उठकर हम तीर्थहल्ली चले जाएँगे, पाँच मील पर ही तो है। वहाँ से आगुम्बे के लिए बस मिल जाएगी। यदि टैक्सी से पहाड़ से सीधा नीचे उतर जाएँ तो कुन्दापुर के लिए बस पकड़ना सहज होगा।"

टेंट में कुन्दापुर के भाड़े के लिए अँगूठी को बेचकर प्राप्त रुपयों को खोंसते हुए आचार्य ने कहा, "ठीक।" पुट्ट ने कहा, "रुपयों को खूब बचाकर रखिए।"

आचार्य ने सोचा कि इस व्यक्ति से मन्दिर में भोजन के लिए जाने पर पीछा छुड़ा पाना आसान रहेगा। यह पुट्ट–बिना किसी भी कारण या उद्देश्य के क्यों अपनी जिन्दगी को किसी दूसरे की जिन्दगी से उलझाना चाहता है? कौन जाने, शायद किसी पुराने जन्म के ऋण ही इस बहाने चुकाए जा रहे हों? इस व्यक्ति के संग से बच भागना कितना मुश्किल जान पड़ रहा है? पाँव में लिपट रही बेलों की तरह। कैसे कोई कह सकता है कि हर किसी का जीवन मात्र अपना ही जीवन होता है?

मन्दिर की भीड़-भरी गली से एक सँकरी गली में जाते हुए पुट्ट ने कहा–"इस रास्ते चले आइए।" एक सुनसान जगह पर पहुँचने तक वे चलते रहे। एक छोटा-सा नाला था, जिसे पार करने के लिए बाँसों का पुल-सा बना हुआ था। बाड़ को लाँघकर वह एक गीले खेत में पहुँचे। उसके किनारे-किनारे चलते हुए आचार्य को मुर्गों की लड़ाई फिर से याद हो आई! कैसे एक मुर्गा दूसरे को घायल कर उस पर चढ़ बैठा था, पंखों और पैरों में कैसा चापल्य आ गया था! कैसे एक मुर्गे ने दूसरे को चीरते-फाड़ते उसके मांस और पुट्ठों पर अधिक, और अधिक वार करते-करते उसे पराजित कर दिया था! धूप में चाकुओं की धार किस तरह चमक रही थी। और फिर, वे आँखें! देशी ठर्रे की फैली बदबू! जबरन एक-दूसरे से अलग किए जाने पर भी, मरहम-पट्टी हो जाने के बाद, कैसे वे मुर्गे, कोक्क, कोक्क, कोक्क पुकारते और हाँफते हुए फिर से भिड़ जाने को चंचल हो रहे थे! विवश करनेवाली मजबूरियों, बदले की भावना और लालच का वह पिशाच-संसार! मैं तो वहाँ एक निकम्मे प्रेत की तरह बैठा रहा। उस भीषिका से संत्रस्त होकर, मैंने जान-बूझकर अपने में परिवर्तन लाने और उस जगत में प्रवेश पाने की कोशिश की। और वह कलाबाजी दिखाती हुई डोम-कन्या? कलाबाजी दिखाते हुए बाँस के एक कोने पर आसमान में झूलती हुई–शरीर के प्रदर्शन के लिए उसने चिपटे हुए कपड़े पहने हुए थे। किस आसानी से वह नीचे फिसल आई। फिर नाची। बिल्लौरी गोलियों के ढक्कनवाली सोडे की वे बोतलें, गोलियों के दबाए जाने पर कैसी आवाज करती थीं–उनमें भरा रंगीन पानी, यकायक डकारों की खुशबू, कामना का भभकना, अनुभव की इच्छा,

तृप्ति की हवस! वे सप्रयोजन आँखें–नजरें जो रंग-बिरंगे रिबनों, गुब्बारों और मन्दिर के शिखर पर अलंकृत चित्रों पर फिसल रही थीं! सभी ओर घूमती सतर्क आँखें, मेरी पीठ के पीछे, सामने, दाईं-बाईं ओर फड़फड़ाते हुए पंखों को देखती आँखें–चाकुओं को–चोंचों को–घायल करने को उत्सुक पंजों को घूरती आँखें और उनमें डूबे हुए वे सब। भावनाओं की तद्रूपता, आकांक्षाओं और तृप्तियों के बीच का अद्वैत। तत्त्वमसि, तत्त्वमसि।

"और मेरी भयातुरता–प्रेत के स्थान पर पिशाच हो जाने का भय!"

बीड़ी सुलगाते हुए और हँसते हुए शरारत-भरी आवाज में पुट्‌ट ने पूछा, "जानते हैं कि हम लोग कहाँ जा रहे हैं?"

प्राणेशाचार्य ने सिर हिलाकर बताया कि नहीं।

"मेरे भले आचार्यजी, मुझे तो आपकी हर बात पसन्द है। आप जहाँ कहीं भी जाने को तैयार हैं, कभी सवाल नहीं करते। मेरा स्वभाव भी कुछ ऐसा ही है। एक प्रकार मैं भी इसी तरह एक मित्र के कहने पर शिवमोग्गे तक चला गया था। मेरे ससुर की शिकायत रहती है : 'पुट्‌ट जहाँ जाता है, वहीं का हो जाता है पुट्‌ट! अपना पुट्‌ट न! एक बार नजर से उसे ओझल हो जाने दो तो फिर हाथ में कठिनाई से आएगा, पकड़ लो तो तुम्हें फिर छोड़ेगा नहीं'–ऐसा कहते हैं वह।"

"आपने कहा था न कि आपको किसी से मिलने जाना है। है न?"

"आचार्यजी, मुझे इस तरह सम्बोधित करके शर्मिन्दा न करें–'तू' कहकर ही बुलाएँ। मुझसे 'आप' कहकर बोलेंगे तो मेरी उम्र घटेगी।"

"अच्छा भाई।"

"नजदीक ही एक बगीचा है। वह सामने दीख रहा है। मेरी एक परिचिता युवती वहाँ रहती है, जिसने बगीचे को ठेके पर ले रखा है। बिलकुल अकेली रहती है, बड़ी बहादुर है। बहुत ही अनिंद्य है उसका रूप–इतनी साफ-स्वच्छ कि उसे छूने से पहले हाथ धोने पड़ते हैं। दूर से मेरे रिश्ते की है। आप जैसे सनातन ब्राह्मणों का बड़ा सम्मान करती है। उससे मिल लें, फिर तुरन्त चल देंगे। यदि मैं उससे मिलने न जाऊँ तो वह जाने कब तक उलाहना देती रहेगी–"सुना था कि तुम शहर आए थे, पुट्‌ट, अपना मुँह दिखाए बिना ही लौट गए। यह भी जानने की चिन्ता नहीं हुई कि मैं जिन्दा हूँ या मर गई। इतने व्यस्त रहने लगे हो क्या?" आप जानते ही हैं। मैं किसी का दिल कभी नहीं दुखाना चाहता। आदमी की जिन्दगी का क्या भरोसा है–

इस क्षण साँस ले रहा है, अगले ही क्षण चल बसता है! बताइए, फिर किसी का दिल क्यों दुखाया जाए? इसलिए हर बात का उत्तर मैं स्वीकृति में देता हूँ, 'न' कभी भी नहीं करता। लेकिन आचार्यजी उधर आपको बता ही चुका हूँ कि मेरी पत्नी मेरे लिए कितने कलह-क्लेश का कारण बन चुकी है; हर महीने अपने मायके जाना चाहती है। शुरू-शुरू में तो मैं उसे मना नहीं करता था, बाद में इनकार करने लगा। मैंने उसे मारा-पीटा भी। लेकिन फिर दया उमड़ आती है। आपने यह ग्रामगीत जरूर सुन रखा होगा :

"वह अपनी पत्नी को पीटता है
लेकिन मन-ही-मन रोता है
फिर उसके चरणों में झुक जाता है
और वहाँ लेट उसकी चिरौरी करता है।
कौन अधिक प्यारा है, मुझे बतला,
मैं कि तुम्हारा मायका?"

"मेरा ऐसा ही स्वभाव है...लीजिए, हम पहुँच गए।"

बगीचे के दूसरी ओर पक्की छत के एक घर तक वे आ पहुँचे। "पता नहीं, वह इस वक्त यहाँ है भी या नहीं? कहीं मेला देखने ही न चली गई हो," पुट्ट ने कहा और ऊँची आवाज में पुकारा, "पद्मावती!"

प्राणेशाचार्य को, जो वहाँ बिछी एक चटाई पर बैठ गए थे, एक नारी के मधुर कंठ का उत्तर सुनाई दिया, "आई।" आवाज में एक स्निग्ध आकर्षण था। आचार्य में फिर भय का संचार हुआ—कौन है यह? पुट्ट इतना रास्ता चलवाकर मुझे यहाँ क्यों ले आया है? फिर उसी मोहक कंठ में विनम्र भाव से सुनने को मिला—"अरे तुम? तुम आ ही गए!" प्राणेशाचार्य चौंके, फिर पलटकर देखा। वह दहलीज पार कर आगे बढ़ आई थी और खम्भे के सहारे, एक हाथ ऊँचा करके उसे पकड़े हुए, खड़ी थी। जैसे ही आचार्य की नजर उस पर पड़ी, उसने अपनी साड़ी का पल्ला वक्ष-स्थल पर खींच लिया। पुट्ट ने कहा, "बूझो तो, क्या सोचती हो, किसे अपने साथ लाया हूँ? बड़े आचार्यजी!"

वह लजाती हुई बोली, "आपने इतनी दूर आने का कष्ट किया। गंगाजल ले आऊँ?" फिर पूछा, "दूध और फल तो आपको लेने ही होंगे," अनुरोधपूर्वक यह कहकर वह भीतर चली गई। आचार्य पसीना-पसीना हो रहे थे। उन्हें कोई सन्देह नहीं रहा—यह जरूर एक वर्ण-संकर मालेर स्त्री है।

अकेली रहती है। पुट्ट मुझे यहाँ क्यों ले आया? उनकी सारी बड़बड़ाहट जैसे एकाएक रुक गई थी। आचार्य को अचानक ऐसा लगने लगा कि दो आँखें पीछे से उनके पीठ पर जमी हुई हैं। उन दो रहस्य-भेदी आँखों के लिए मैं एक खुले पन्ने के बराबर हो चुका हूँ। घूमकर देखने से वे झिझकते हैं, लेकिन कौतूहल बराबर बना रहा। कौन जानता है कि वे आँखें क्या कहने जा रही हैं? जैसे ही आँख से कोई आँख मिलेगी, कौन जानता है कि अभी तक का रूपहीन, अज्ञात भविष्य क्या रूप ले लेगा? लम्बी-लम्बी आँखें हैं। गुँथे हुए बालों की एक साँप-सी वेणी कन्धे से होकर उसकी छातियों पर झूल रही है। वह लड़की—वह जो लम्बे बाँस के कोने पर नंगे पेट से झूल रही थी। धारवाले चमकते चाकू—फड़फड़ाते पंख—तेज चोंचें और गिरते-बिखरते पर! जंगल के अँधेरे में—पुष्ट वक्षों का समर्पण! चन्द्री की मटियाले रंग की छातियाँ। बिना पलक झपके उसके पीछे से निहारती ये दो आँखें, क्या मानो खुले पन्ने पर लिखा ये सब कुछ पढ़ न लेंगी।

जैसे काले साँप की निगाह में पड़ते ही पक्षी सुन्न हो जाता है, होश नहीं रहता, कुछ वैसा ही निष्क्रिय करनेवाला भारी आतंक। उन्होंने घूमकर पीछे की ओर देखा। जो वे सोच रहे थे, सत्य निकला। वे आँखें चोरी-छिपे उन पर टिकी थीं; हाथों में कठौती पकड़े थी; दरवाजे से लगकर उन्हें घूमता देख वे आँखें भीतर के अन्धकारमय कमरे में गुम हो गईं। तब फिर चूड़ियों की खनखनाहट सुनाई दी। वह फिर प्रकाश में बढ़ आई। अब मानो कुछ शान्ति थी। शरीर को जैसे आशा, एक सम्भावना ने बीच से चीरकर रख दिया। कठौती को नीचे रखने के लिए वह जैसे ही झुकी, साड़ी का आँचल खिसक गया; छातियाँ आगे की ओर बढ़ आईं, आँखों में लालसा-भरा निवेदन उभर आया। आचार्य की छाती में जैसे ज्वाला धधकने लगी। उनकी मद-भरी आँखें भी अब उसे एकटक देखने लगी थीं। इस भाव का, कि वह खुले पन्ने की तरह उन फैली हुई आँखों द्वारा पढ़े पहचाने जा सकते हैं, लोप हो गया। अब वही आँखें उनकी हो गईं। तत्त्वमसि।

उस युवती ने पूछा, ''महाराज का पधारना कहाँ से हुआ?'' आचार्य की ओर, उनके तेजस्वी व्यक्तित्व की ओर एकटक देखती हुई! जवाब पुट्ट ने दिया, ''ये कुन्दापुर से आए हैं;'' साथ में एक और झूठ जोड़ दिया, ''शिनप्पा से भी खूब परिचय है।'' झूठ का अम्बार बढ़ाते हुए उसने फिर कहा, ''वहाँ के मन्दिर की देखभाल करते हैं।'' जब पुट्ट ने यह भी कहा कि इस ओर

ये दान-दक्षिणा इकट्ठी करने आए हैं, तो ऐसा लगा कि जैसे उनका एक नया ही व्यक्तित्व उसने स्थापित कर दिया हो। अजनबियों की नजर में, हर किसी को सदा एक भिन्न रूप, एक भिन्न मुखौटा पहनना पड़ता है। 'पूरी तरह सन्देह करने की सीमा तक, कि मैं वास्तव में कौन हूँ, एक ही दिन मैंने कितने विभिन्न व्यक्तित्व अपनाए हैं! ठीक है बातें जैसे घटती हैं, उसी तरह घटने दी जाएँ।' वे प्रतीक्षा में बैठे रहे। 'आक्रमण करता हुआ पक्षी, घायल होता हुआ पक्षी, चाकू की तेज धार! उनकी पत्नी भागीरथी नितान्त असहाय होकर जमीन पर जब गिरी थी, तो इस तरह चीखी थी मानो उसके जीवन के मर्मान्तर को किसी ने छू दिया हो और तब वह अन्त्येष्टि की अग्नि में भस्म हो गई—भागीरथी—मेरे आत्म-बलिदान की वेदी। मैंने उसे खो दिया; और ऐसे बन्दीगृह में, एक ध्वस्त-आत्मा की भाँति, आ कैद हुआ हूँ इन आँखों द्वारा देखे जाते हुए, आत्मा की गति के अगले चरण की ओर मैं बढ़ गया हूँ—उस प्रेतमय पुराने चरण को पीछे छोड़कर। शायद।'

नजरों के सम्भव सीधे मिलन से बचती हुई पद्मावती गई और दरवाजे की दहलीज पर जा बैठी। प्राणेशाचार्य फिर उद्विग्न हो उठे कि वह एक छिपे ठिकाने से उनकी ओर टकटकी लगाए हुए है। साहस बटोरकर उन्होंने उसकी ओर मुँह कर लिया। दिल में धुकधुकी हो रही थी। पद्मावती उठी और काठ के बर्तन में पान और सुपारी ले आई। पुट्ट ने पान के पत्तों पर चूना लगाया, उन्हें तहाया और कई-एक गिलौरियाँ एक साथ अपनी उँगलियों में पकड़ लीं, सुपारी का एक टुकड़ा मुँह में गेरा और बोलना शुरू किया। पद्मावती फिर उठकर दरवाजे की दहलीज पर जा बैठी।

"आचार्यजी से मेरी भेंट सड़क पर हुई। हम रास्ते-भर बातें करते आए। ये कुन्दापुर जा रहे थे। मैंने कहा—एक रात यहीं क्यों न रुक जाएँ, सुबह उठते ही तीर्थहल्ली चले जाएँ जहाँ कुन्दापुर के लिए बस पकड़ी जा सकती है। क्या खयाल है, ऐसा ही ठीक रहेगा न?"

लाज से कुछ झुकती, पद्मावती ने भी इस खयाल का समर्थन किया।

"तो ठीक। रात यहीं क्यों न काटी जाए और सुबह उठते ही प्रस्थान कर दिया जाए?"

प्राणेशाचार्य का साँस जैसे रुक रहा था। उनके कानों में भीषण गर्जन की आवाजें भर रही थीं, हाथ पसीने से तरबतर हो गए थे। "नहीं, नहीं, आज नहीं। कल। जिस निर्णयात्मक क्षण की मैं प्रतीक्षा में हूँ, वह क्षण आज

का, इसी घड़ी का नहीं है। आज नहीं; मैं अभी शोक और सूतक की दशा में हूँ; मैंने अभी-अभी तो अपनी पत्नी का दाह-संस्कार किया है, नारणप्पा का शव अभी वैसे ही पड़ा सड़ रहा है। मुझे इन लोगों से सभी कुछ साफ-साफ कह देना चाहिए। मुझे सब सत्य ही बतलाना चाहिए। उचित है कि मैं यहाँ से उठ जाऊँ और चला जाऊँ। मुझे एकदम लुप्त हो जाना चाहिए।'' लेकिन इस सब सोच-विचार के बावजूद उनका स्थूल शरीर वहीं बैठा रहा–पद्मावती की आशामयी, एकटक दृष्टि का लक्ष्य बनकर पुट्‌ट ने कहा :

''तब तो सब ठीक है। इन्होंने अभी भोजन नहीं किया है। यह मन्दिर में सहभोज के लिए जाएँगे और फिर यहीं लौट आएँगे। धर्मस्थल की मंडली भी यहाँ आई हुई है न? तुम उनके नाटक को क्या देखने जाओगी?'' अनौपचारिक लहजे में उसने पद्मावती से पूछा।

''अरे, नहीं। मैं भगवान के दर्शन के लिए शाम को केवल मन्दिर जाऊँगी और लौट आऊँगी। मैं आप लोगों का इन्तजार करूँगी।''

उनसे किसी स्वीकृति-अस्वीकृति का कोई भी संकेत पाए बिना पुट्‌ट और पद्मावती के बीच में बैठे उनके मुँह से जरा-सी भी आवाज के निकले बिना पुट्‌ट ने कहा : ''तो आइए, उठिए, चलें।'' आचार्य उठकर खड़े हो गए; पद्मावती की तरफ देखा। लम्बी केश-राशि, स्नान के बाद अभी उनमें तेल भी नहीं डाला गया। गुदगुदे, मांसल अंग–नितम्ब, वक्ष। लम्बा छरहरा बदन। आँखों में एक चमक, एक उम्मीद, एक प्रतीक्षा। मासिक धर्म के उपरान्त जरूर रीति के अनुसार नदी में स्नान करके आई होगी। हर साँस लेने और छोड़ने के साथ छातियाँ उठती हैं, गिरती हैं। यदि अँधेरे में उन्हें दुलारा जाए तो उनके अग्रभाग कड़े हो उठेंगे। घास की जड़ों की, जंगली चिरायते की गन्ध! जुगनुओं की रोशनी में तैरते हुए रथों का आभास! आग, आग! चिता की आग लकड़ियों को लीलती चल रही है, हाथों और पाँवों की ओर बढ़ रही है, पेट को भूनते हुए सीत्कार कर रही है, फूट रही है और हड्डियों के कपाल को फोड़े दे रही है–अग्नि की लपलपाती जिह्वाएँ मृत की छातियों तक पहुँच गईं। धू-धू करके जलती आग! नारणप्पा का जीवनहीन शरीर अभी तक बिना क्रिया-कर्म के पड़ा है। किस तरह वह अपने सामने के बरामदे में हुक्का पीते बैठा रहा करता था! अरथी पर पड़ी मृत-देह–अपने वजन से बीचोबीच से उसे दबाती हुई। वैदिक ऋषि याज्ञवल्क्य ने एक बार कहा था :

'स्नेह? किसका किससे स्नेह? अपनी पत्नी से स्नेह, अपने से ही स्नेह है। परमात्मा से स्नेह भी, अपने प्रति ही स्नेह है।' वे इस समस्या के मूल तक जाएँगे। वे विजयी होंगे।

उन्होंने उसे देखा, उसकी सराहना की। व्यास ऋषि का जन्म एक घड़े में हुआ था–हाथों में उन्होंने कमंडल तक पकड़ा हुआ था। आचार्य ने एक कदम उठाया। "तो ठीक, आप चलें, और जल्दी ही लौट आएँ," पद्मावती बोली, "भगवान मारुति ने मुझे चकमा दिया। मित्र महाबल ने मुझसे चतुराई की। नारणप्पा ने मुझसे बदला लिया। ब्राह्मण स्वर्ण के लिए लालच से घिर गए। अन्धकार में प्रतीक्षा करती चन्द्री को जिस चीज की कामना थी, उसे हासिल किया और विदा हो गई। भागीरथी ने चीखा-पुकारा, और प्राण त्याग दिए।" आचार्य स्वयं में ही खोए थे।

पुट्‌ट ने आचार्य के कन्धे पर हाथ रखा; गीले खेत के किनारे उन्हें रोका, पूछा–"क्या विचार है आपका?" फिर कहा, "जैसा मैं सोचता था, वैसा ही हुआ। इस भ्रम में मत पड़िएगा कि यह स्त्री कोई सामान्य वेश्या है। एकदम नहीं, महाराज। छोटी जाति का एक भी व्यक्ति कभी उसके पास तक नहीं फटका है। और उसकी अपनी भावनाएँ ऐसी हैं कि वह किसी चालू ब्राह्मण तक को स्वीकार नहीं करती। धन के लिए? चन्द पैसों के मोल वह नहीं बिकती। आपने स्वयं ऐसा ही अनुमान लगाया होगा। वह तो काफी बड़ी जागीर की मालिक है। हमारे पुराने ऋषि-मुनि जीवित होते तो वे भी उस पर मोहित हो जाते। इस तरह की वह है। एक मिनट के लिए तो मैं डर ही गया था कि आप मेरी कही बातों को झूठा न बता दें। आपको वह अच्छी लगी या नहीं? दोस्त के लिए पुट्‌ट कुछ भी कर सकता है। परमार्थी पुट्‌ट–इस नाम से भी मेरी ख्याति है।" यह कहकर वह आचार्य की पीठ थपथपाता हुआ हँसने लगा।

गीले खेत को, उसकी बाड़ को, फिर बाँस के बने छोटे पुल को उन्होंने पार किया, सँकरी गली को लाँघ गए और फिर वही मेले की भीड़ और शोर। मन्दिर के रथ के चारों ओर भारी भीड़ की रेलपेल जमा थी। सोडे की दुकान के बाहर भी वैसी ही भीड़। बन्दर के नाच का तमाशा दिखानेवाले मदारी को भी भीड़ घेरे हुए थी। बच्चों के लिए बाजे, पीपनियाँ। इस सब शोर-शराबे में एक अशुभ आवाज! शहर की ओर से एक मुनादी करनेवाला। अपनी ढोलक पर पतले बाँस बजाकर थोड़ी-थोड़ी देर बाद ऊँची आवाज में वह

घोषणा करता चल रहा था : "महामारी फैल गई है। शिवमोग्गे की तरफ जानेवाले लोग पहले तीर्थहल्ली उतरें और टीका लगवाएँ। म्युनिसिपैलिटी का यह जरूरी हुक्म है!" दिलचस्पी के साथ लोग उसकी बात भी सुन रहे थे, और साथ-ही-साथ सोडे की खपत भी बढ़ गई थी। बन्दर की शरारतों पर ठहाका मारकर लोग हँस रहे थे। भीड़ को जमा करके दवाइयाँ बेचनेवाला कन्नड़ और उर्दू में बोलकर दवाइयों की बिक्री में व्यस्त था : "केवल एक आने में, एक आने में, ओंदाणे ओंदाणे! पेट के दर्द के लिए, कान के दर्द के लिए, मधुमेह से रक्षा के लिए, बच्चों की बीमारियों के लिए, मासिक-धर्म के रोगों के लिए, खुजली और टाइफाइड के इलाज के लिए–यह लीजिए रामबाण औषधि! केरल ब्राह्मण के मन्त्रों के जाप से इसमें तासीर भरी गई है। एक आने में, एक आने में, ओंदाणे ओंदाणे।" बम्बई-बक्से का तमाशा बदस्तूर चल रहा था–"देखिए, देखिए–तिरुपति के भगवान को देखो, तिम्मप्पा।...बम्बई की वेश्या देखो।" पेड़ की एक ऊँची शाखा और जमीन पर गड़े खूँटे से बँधी एक रस्सी को पकड़कर एक कलाबाज आँख झपकते नीचे फिसल आया और पाँव धरती पर टिकाकर भीड़ को सलाम ठोकने लगा। बैलून खरीदने के लिए जिद कर रहे एक बच्चे को एकाएक कहीं तमाचा पड़ा। बच्चा ऊँचे सुर में रोने लगा। कॉफी की दुकान पर ग्रामोफोन का कोई रिकॉर्ड बज रहा था। मुसलमान हलवाइयों की दुकान पर रंग-बिरंगी मिठाइयाँ सजी हुई थीं। ग्रामीण पुरुष और स्त्रियों के खास धीमे सुरों में आरती और प्रार्थना की उठती आवाजें! मन्दिर के रथ पर पुजारियों द्वारा संस्कृत के मन्त्रों, श्लोकों के सतत पाठ का तालमेल, स्मार्त ब्राह्मणों की कर्कश स्वर में बातचीत। इन सबके बीच उन्हें अभी, इसी क्षण अपना निर्णय ले लेना है। फैसला करना है कि पच्चीस वर्ष की अनुशासन से पूर्ण, नियमों से बँधी जिन्दगी को क्या वे छोड़ दें और सामान्य दुनियावी आदमी की भाँति बन जाएँ? नहीं, नहीं। इस सबसे पहले नारणप्पा के शव का संस्कार आवश्यक कर्तव्य है। उसी के बाद किसी दूसरे निर्णय की बात सोची जा सकती है। मठ के गुरु से आदेश लेकर गरुड़ और लक्ष्मण आज लौट आए होंगे। यदि गुरु ने अनुमति देने से इनकार कर दिया तो वे क्या करेंगे? फिर एक बार इस पूरे दुविधा-चक्र से गुजरना होगा।'

वे मन्दिर के पास रुक गए। एक ब्राह्मण एक-सुर के बाजे पर कोई भक्ति का गाना गा रहा था : "कैसे तुम्हें रिझाऊँ, कैसे तुम्हारी सेवा करूँ,

ओ भगवान?'' जब पुट्‌ट ने उसके बर्तन में एक पैसा डाल दिया तो हाथ और पाँवों के स्थान पर ठूँठ दिखाता हुआ एक कोढ़ी भिखारी घिसटता हुआ उसकी ओर बढ़ आया : ''इस पापी के न हाथ हैं, न पैर हैं।'' चिरौरी और मिन्नत करते हुए वह वहीं जमीन पर लोट गया, उठा-उठाकर अपना ठूँठ दिखाने लगा। उन्हीं से अपनी छाती पीटने लगा। कोढ़ से उस भिक्षुक के अंग-प्रत्यंग को गला हुआ देखकर प्राणेशाचार्य को फिर से नारणप्पा की याद आ गई–बिना संस्कार के वह पड़ा सड़ रहा होगा! पुट्‌ट ने उस भिखारी की तरफ भी एक पैसा फेंक दिया। तब तो और भी अनेक लँगड़े लूले, अपाहिज भिखारी उसकी तरफ आने लगे–घिसटते हुए, अपने पेट पीटते हुए, अपने सिर और मुँह पर हाथ मारते हुए। ''बढ़े चलो, बढ़े चलो,'' आचार्य ने पुट्‌ट की ओर देखकर कहा।

पुट्‌ट ने कहा, ''आप पहले मन्दिर जाकर खाना खा आएँ।''

''लेकिन तुम भी साथ क्यों नहीं आते?'' कहकर प्राणेशाचार्य ने न्यौता दिया। एकाएक मन्दिर के अहाते में जमी ब्राह्मणों की कतार-पर-कतार के सामने अकेले पड़ जाने का, पहचाने जाने का, अकेले, किसी के साथ न होने का भय उन पर छाने लगा। ''अब मैं पुट्‌ट के बिना शायद कहीं आने-जाने के योग्य नहीं रहा,'' उन्होंने सोचा। ऐसा भय उनके मन में पहले कभी नहीं उठा था।

''अरे, आप कह क्या रहे हैं? भूल गए कि मैं ब्राह्मण नहीं हूँ, बल्कि मालेर हूँ?'' पुट्‌ट के इस कथन के उत्तर में आचार्य ने उत्तर दिया :

''चिन्ता मत करो, तुम मेरे साथ आ जाओ।''

''मजाक कर रहे हैं आप क्या। यह जगह मेरे परिचितों से भरी हुई है। ऐसा न होता तो मैं शायद चला भी चलता। सुनार के उस बच्चे के बारे में आप जरूर जानते होंगे या नहीं, जिसने तरह-तरह के झूठ बोलकर मठ में नौकरी कर ली थी? लेकिन हम मालेर तो यज्ञोपवीत भी धारण करते हैं, आपको पता ही है। केवल बात करने के लिए ऐसा कह रहा हूँ। लेकिन सच, आपके साथ बैठकर भोजन करने का न मुझमें साहस है, न ऐसी उद्धतता का भाव ही। आप कृपा करके भोजन के लिए जाएँ। मैं यहीं प्रतीक्षा करूँगा।''

चारों ओर से घेरे हुए भिक्षुकों की करुण विनतियाँ सुनने की आचार्य में ज्यादा क्षमता नहीं थी; स्तब्ध-सी अवस्था में वे मन्दिर में प्रवेश कर गए।

मन्दिर के चारों ओर ऊँचे चबूतरों पर केले के पत्ते बिछा दिए गए थे। हर पत्ते के सामने एक-एक भोजनाकांक्षी ब्राह्मण बैठा हुआ था। उनके चेहरों पर आँखें फिराते हुए प्राणेशाचार्य का दिल बैठने लगा। मुझे कोई पहचान ले तब क्या होगा? एकाएक भाग जाने की इच्छा हुई। लेकिन पाँव मानो जड़ हो गए थे। वहीं जमे खड़े रहे और सोचने लगे : "मैं क्या करने जा रहा हूँ? कैसा नीच काम मेरे हाथों होने जा रहा है? शोक और सूतक का दूषित समय अभी मुझ पर है और इसे भलीभाँति जानते हुए भी क्या इन ब्राह्मणों की पंक्ति में बैठकर इनके साथ खाना खा सकता हूँ? अपने पातक की छाया से इन सबको भी दूषित कर दूँ? यदि मैंने इनके साथ यहाँ बैठकर भोजन कर लिया तो मेरा पाप मन्दिर से लगे सरोवर की मछलियों को मारने के नारणप्पा के पाप से कम जघन्य नहीं होगा। भोजन के दौरान यदि इन्हें खबर मिल गई कि यही प्राणेशाचार्य हैं...कि पत्नी की मृत्यु के बाद अभी सूतक की दशा में हैं...तो कैसा भयंकर कलंक लगेगा! रथ-यात्रा का सारा उत्सव रद्द कर दिया जाएगा। हजारों-हजार आँखें उन्हें निगलने को होंगी।"

"यहाँ। यहाँ अभी एक पत्तल खाली बची है। इधर आ जाएँ," कोई पुकार रहा था। उन्हें आश्चर्य हुआ। घूमकर देखा–एक पंक्ति के अन्त में बैठा हुआ एक ब्राह्मण उन्हें निमन्त्रित कर रहा था। अब वे क्या करें? हे भगवान, अब क्या करना उचित है? वे वहीं स्थिर खड़े रहे। "अरे, सुना नहीं आपने?" पुकार रहे ब्राह्मण ने हँसते हुए प्राणेशाचार्य की तरफ हाथ बढ़ाते हुए और खाली जगह और खाली पत्ते की ओर इशारा करते हुए कहा, "देखिए यहाँ। यह पत्ता मैंने आपके लिए सुरक्षित कर छोड़ा है और आपके लिए इस पर एक सकोरा भी रख दिया है। यदि मैं ऐसा न करता तो भोजन के लिए आपको अगली पंक्ति की बारी की प्रतीक्षा करनी पड़ती।" चित्र-खचित से आचार्य जड़वत् जाकर उस स्थान पर बैठ गए। उनका सिर चकरा रहा था।

अपने मन को शान्त करने के प्रयास में वे सोचने लगे–"हे परमात्मा, इस सारे भय, आतंक का मूल कारण क्या है? क्या किसी नए जन्म से पूर्व की यह प्रसव पीड़ा है? या यह भय उस प्रकार का है जो कि आज रात यदि मैं पद्मावती के साथ सो जाऊँ तो लुप्त हो जाएगा? यदि मैं जाकर चन्द्री के साथ रहने लगूँगा तो क्या यह निर्मूल हो जाएगा? मेरे निर्णय का कोई मूल्य भी है क्या? मेरे प्रारब्ध में कहीं ऐसा तो नहीं है कि मनुष्य के रूप में

ही मैं प्रेत बनकर, सदैव संशय-असंशय के बीच डोलता रहूँ? मेरे साथ अब पुट्ट होता तो कितना अच्छा होता! क्या मैं उठूँ, बाहर चला जाऊँ? मेरे साथ बैठा हुआ ब्राह्मण तब क्या सोचेगा?''

भोजनार्थ बैठे हुए ब्राह्मणों की पंक्ति के बीच से एक ब्राह्मण, सकोरों को पवित्र जल से भरता चला गया। दूसरे ने प्रत्येक पत्ते की एक ओर कड़छी-भर खीर गेर दी। उसी के पीछे दो हट्टे-कट्टे ब्राह्मण चावल परोसते हुए और यह कहते हुए बढ़ते चले आए–''रास्ता छोड़िए, रास्ता छोड़िए, रास्ता!'' फिर दाल और ककड़ी की पिसी हुई चटनी। खाना परोसने के लिए सामने आए हर नए चेहरे से एकबारगी फिर भय जाग जाता था : ''सम्भव है, यह व्यक्ति मुझे जानता हो, मुझे पहचान ले–तब मैं क्या करूँगा?''

जिस ब्राह्मण ने उनके लिए स्थान बनाया था और जो साथ ही बैठा था, उसका रंग काला और डील-डौल भीमसेन की तरह भारी-भरकम था। स्मार्त था, माथे पर चन्दन के टीके की लम्बी रेखाएँ खिंची हुई थीं। जैसे ही उसने आचार्य की ओर रुख किया, उन्हें उससे भय लगने लगा। भय और भी बढ़ा जब वह आचार्य से कुछ पूछताछ करने लगा।

''क्या मैं जान सकता हूँ कि आपका आना कहाँ से हुआ?''

''मैं तो इसी घाटी का हूँ।''

''लेकिन ठीक कहाँ के हैं? क्या घाटी की निचली ओर के?''

''हाँ, कुन्दापुर का।''

''मैं जान सकता हूँ कि आप किस जाति के हैं?''

''मैं वैष्णव हूँ।''

''किस उप-शाखा के?''

''शिवल्ली के।''

''मैं कोट उप-शाखा का हूँ। आपका गोत्र क्या है?''

''भारद्वाज।''

''मैं अंगीरस गोत्र का हूँ। महाराज, मुझे आपसे मिलकर बड़ी खुशी हुई। हमारी एक पुत्री है, जल्दी ही विवाह-योग्य हो जाएगी–एक-दो वर्षों में रजस्वला जो होने लगेगी। हमारा आचार अभी उतना भ्रष्ट नहीं हुआ है कि घरों में रजस्वला लड़कियों को रोक रखें और तब उनके लिए वरों की तलाश करें। स्वामीजी, अपने गोत्र में कोई योग्य वर हो तो बतलाइएगा। कन्यादान में किसी पिता की चिन्ता को दूर करने में सहायक होना बड़े पुण्य का कार्य

है। कन्या की जन्म-पत्री मैं आपको आज दे दूँगा। भोजन कर लें, फिर चलते हैं। आप आज की रात हमारे यहाँ ही ठहरें।''

एक दोने में रसम डलवाते वक्त प्राणेशाचार्य ने सिर उठाकर देखा। परोसनेवाला ब्राह्मण बड़े गौर से उन्हें ताक रहा था। क्षणभर वह रुका, फिर चल दिया।

''ठीक है,'' प्राणेशाचार्य ने बातचीत का सिलसिला तोड़ देने के लिए कह दिया। क्या यह सम्भव है कि जो ब्राह्मण रसम परोस रहा था, उन्हें पहचान गया हो? उसके मस्तक पर कोयले से बनाया गया तिलक लगा है, जिससे यह उन्हीं के समान माध्व सिद्ध होता है। अब अपने स्थान से वे उठ भी नहीं सकते, अंजली में आचमन का जल है, भगवान का नाम लेकर उसे सबके साथ मिलकर पवित्र भी कर लिया है : 'श्रीमद्रमारमण गोविन्दाऽऽगोविन्दा।'

उन्होंने रसम में गर्म-गर्म चावल मिलाकर खाना शुरू कर दिया। ठीक तरह से भोजन किए बिना कई दिन बीत गए थे। 'हे भगवान, मुझे इस यातना से तारो। मेरी रक्षा करो कि अब मुझे कोई पहचान न सके। मैं यह निश्चित रूप से नहीं कह सकता कि यह निर्णय मेरा अपना है। मैं जो कुछ भी करता हूँ उसमें किसी अन्य को जैसे लिप्त कर लेता हूँ। जो कुछ हुआ था, उसके बाद नारणप्पा का शव-संस्कार मुझे अपने हाथों सम्पन्न करना चाहिए था। लेकिन मैं अकेला क्या कुछ कर सकता था? संस्कार के लिए केवल शव को श्मशान तक उठाकर ले जाने के लिए हमें कम-से-कम तीन और व्यक्तियों की आवश्यकता थी। मुझे किन्हीं तीन और को तो कहना ही पड़ता। जिसका अर्थ है कि अपने कर्तव्य में मैं कम-से-कम तीन और को आविष्ट कर लेता। मेरी सारी यातना, कुल पीड़ा का मूल इसी में है। ज़बकि मैं चन्द्री के साथ, दूसरे किसी के भी जाने बिना, सोया था, तो अपने इस कार्य से सारे अग्रहार के जीवन को मैंने अपने साथ उलझा लिया। परिणामस्वरूप मेरा जीवन सबके लिए अनावृत्त होकर रह गया है।

जो ब्राह्मण रसम परोस रहा था, वह यह पुकारता हुआ फिर आया, ''रसम, रसम, किसी को रसम चाहिए?'' वह आचार्य के पत्ते के सामने खड़ा होकर बोला, ''रसम?'' आशंका से आचार्य ने मुँह उठाकर उसकी ओर देखा।

उस व्यक्ति ने कहा, ''शायद मैंने आपको कहीं देखा है।''

''सम्भव है,'' आचार्य ने कहा। परमात्मा की इतनी दया हुई कि यह

सुनने के बाद वह व्यक्ति अगली पंक्ति में बैठे ब्राह्मणों को परोसने के लिए चला गया। 'मुझे लगता है कि उस व्यक्ति की आँखें मेरे बारे में ही सोच रही हैं। वह आँखें मेरे चेहरे को उसके मस्तिष्क के भीतर तक पहुँचा रही हैं, ताकि वह मेरे व्यक्तित्व को पहचान सके। यदि मैं चन्द्री के साथ भी जाऊँ तो रास्ते में कोई मुझे पकड़कर जरूर पूछेगा–आप कौन हैं? आप किस गोत्र के, किस उप-शाखा के हैं? आपकी जाति क्या है?

"जब तक मैं कुल ब्राह्मणत्व को त्यागकर अलग से खड़ा नहीं हो जाता, इन सब उलझनों से स्वतन्त्र नहीं हो पाऊँगा। यदि मैं इनका त्याग कर सकूँ तो मैं मुर्गों की लड़ाई के भयानक, हिंसक संसार में गिर पड़ूँगा और किसी कृमि-कीट की तरह जन्म-भर जलूँगा। मैं इस स्थिति से कैसे छुटकारा पाऊँगा, जो न यहाँ की है और न वहाँ की, जो स्थिति प्रेतात्माओं की अनन्त बेचैनी के समान है?"

जो ब्राह्मण उनके आगे बैठा था, वह बड़बड़ाया, "इस बार ज्यादा पानी डालकर उन्होंने रसम को पतला कर दिया है...और यह क्या, आप अपना पेट केवल रसम पी-पीकर भर रहे हैं? थोड़ी प्रतीक्षा कीजिए, अभी तो मिठाइयाँ और दूसरी चीजें भी आएँगी।"

जो व्यक्ति पहले रसम लेकर आया था, इस बार वह सब्जी से भरा एक बड़ा बर्तन लेकर आया। आचार्य के सामने खड़े होकर उसने कहा, "मुझे याद नहीं आ रहा है कि आपको कहाँ देखा है? क्या यह सम्भव है कि मठ में देखा हो? विशेष पूजा-पाठ के दिनों में भोजन बनाने और बाँटने के कार्य के लिए मैं वहाँ प्रायः जाया करता हूँ। हमारा अग्रहार इस नदी के पार है। परसों खाना बनाने के लिए मैं मठ गया था और आज ही लौटा हूँ।"

तब, जैसे जल्दी हो, फिर वह अगली पंक्ति में सब्जी बाँटने के लिए यह कहता हुआ चला गया, "सब्जी, सब्जी, सब्जी।"

आचार्य ने सोचा कि मुझे अब यहाँ से उठकर चले जाना चाहिए। लेकिन उनकी टाँगें सुन्न पड़ गई थीं। उनके साथी ब्राह्मण ने कहा, "हमारी पुत्री बहुत अच्छी रसोई बनाती है। बड़ों के प्रति बहुत सम्मानशील है। हमारी इच्छा है कि हम उसे किसी ऐसे समादृत परिवार में दें, जहाँ घरेलू काम-धन्धों की शिक्षा देने के लिए उसके सास-ससुर जीवित हों।"

इस वर्तमान भय से बचने का एक ही उपाय है। मुझे नारणप्पा के अन्त्येष्टि-संस्कार का दायित्व अपने ऊपर ले लेना चाहिए। दूसरे ब्राह्मणों की

नजरों में, उसी अग्रहार में जहाँ मैं बड़ा हुआ और सबसे आदर पाया, मुझे सबका अग्रज बने रहना चाहिए। मेरे लिए उचित है कि मैं गरुड़ और लक्ष्मण को बुलाऊँ और कहूँ कि सब कुछ इस प्रकार हुआ। अब मेरा निर्णय इस-इस तरह का है। मैं आदर और शील का वह अंग-वस्त्र उतारकर फेंक रहा हूँ जो अब तक आपकी नजरों में ओढ़े हुए था। मैं उस समादर के चोले को तार-तार करके आप लोगों की आँखों के सामने फाड़ फेंकूँगा। यदि मैं ऐसा नहीं करता तो मेरे अन्तर का भय हर जगह मेरा पीछा करेगा और मैं कभी स्वतन्त्र नहीं हो पाऊँगा। तब क्या होगा?

''नारणप्पा की तरह ही, जिसने मन्दिर के सरोवर में मछलियाँ पकड़कर समूचे अग्रहार को उलट-पलट दिया था, मुझसे भी ब्राह्मणों के जीवन में आमूल परिवर्तन होने जा रहा है। उनकी आस्था को मुझसे बहुत करारी चोट पड़ेगी। मैं उन्हें क्या बतलाऊँगा? कि चन्द्री के साथ मैंने सम्भोग किया था? कि मैं अपनी पत्नी से घृणा करने लगा था? कि मैंने बाजार की एक चालू दुकान से मेले में कॉफी पी? कि मैं मुर्गों की वह भयावह, हिंसक लड़ाई देखता रहा? कि मेरे भीतर पद्मावती के प्रति कामुकता का भाव जगा? कि शोक और सूतक की दशा में भी मन्दिर में ब्राह्मणों की पंक्ति में बैठकर मैंने पवित्र सहभोज किया? कि मैंने एक मालेर लड़के को मन्दिर में अपने साथ आने और अपने साथ भोजन करने का न्यौता दिया? लेकिन यही मेरा सत्य है। कुछ हो गई भूलों की मात्र यह स्वीकारोक्ति नहीं है, किसी किए हुए पाप का पश्चात्ताप भी नहीं, केवल सच्चाई-भर है। मेरी अपनी सच्चाई। इसलिए यह मेरा निर्णय है। अपने इस निर्णय से ही मैं अपने सम्पूर्ण अतीत को तिलांजलि दे रहा हूँ।''

''जरूरी हो तो पुत्री के विवाह पर दहेज देने में भी हमें झिझक नहीं होगी महाराज! आप जानते ही हैं कि समय बुरा है; साँवले रंग की लड़कियों के लिए वर खोज पाना कठिन होता जा रहा है। आप आइए और बेटी को स्वयं एक बार देखिए। उसमें एक ही कमी है–उसके रंग का साँवला होना, जबकि उसकी आँखें बहुत सुन्दर हैं और नाक बहुत तीखी। बेटी की जन्मपत्री में गज-केसरों का योग है जो कि बहुत उज्ज्वल भविष्य का सूचक है। वह जिस घर जाएगी, लक्ष्मी के वहाँ पाँव पड़ेंगे।'' साथ बैठे हुए ब्राह्मण ने चावल और सब्जी खाते हुए आचार्यजी से कहा।

''लेकिन यदि मैं अग्रहार के ब्राह्मणों को कुछ नहीं बतलाता हूँ, यदि

नारणप्पा का शव पूरे कर्मकांड के अनुसार चिता पर नहीं जलाया जाता है, तो मैं भय से कभी छुटकारा नहीं पा सकूँगा। यदि किसी को बिना बतलाए मैं चन्द्री के साथ रहने का निर्णय ले लूँ, तो वह निर्णय न तो सम्पूर्ण ही होगा और न भय से हीन ही। अब मुझे अन्तिम निर्णय शीघ्र ही ले लेना चाहिए। अब तक जो-जो बातें परोक्ष में हो रही हैं, वे प्रत्यक्ष में होनी चाहिए। मुझमें दूसरों की आँखों में आँखें डालकर देखने की हिम्मत आनी चाहिए। लेकिन कोई भी निर्णय लूँ, क्या मेरी यातना यन्त्रणा में कमी होगी? यदि मैं बातों को छिपाता हूँ तो सारी जिन्दगी इस खतरे की पीड़ा बनी रहेगी कि कोई खोज रही आँख इन बातों का भेद जान-पहचान लेगी। यदि मैं ऐसा नहीं करता हूँ, तो मैं दूसरे बहुत-से लोगों के जीवन को, अपने ब्राह्मणत्व की सच्चाई को, निरावरण करते हुए अस्त-व्यस्त कर दूँगा। क्या मेरा यह अधिकार है कि दूसरों के जीवन को अपने इस निर्णय से अपने जीवन से उलझा लूँ? इन सारे तर्क-वितर्क में कितनी पीड़ा है, कितनी कायरता है! हे परमात्मा, निर्णय करने के इस दायित्व को तुम मुझसे ले लो। जैसा कि मेरी इच्छा के बिना जंगल के अँधेरे में जो कुछ हुआ, इस निर्णय को भी उसी तरह अनायास होने दो। ऐसा कर दो कि किसी निर्णय पर एकाएक पहुँचा जा सके, कि आँख की एक झपक लेने से पहले ही वहाँ मेरा एक नया अस्तित्व आ खड़ा हो। नारणप्पा, क्या तुम भी इस प्रकार की किसी यन्त्रणा से गुजरे थे? महाबल, क्या तुम्हें भी इस प्रकार की पीड़ाएँ झेलनी पड़ी थीं?''

जो ब्राह्मण रसम लेकर आया था, इस बार वह मिठाइयों से भरा एक टोकरा लेकर आया। आचार्य के साथ बैठे हुए ब्राह्मण ने उसे पत्ते पर मिठाइयाँ नहीं डालने दीं, वरन् अपने बाएँ हाथ में लेकर उन्हें अलग रख दिया। अब वह व्यक्ति आचार्य के पत्ते के सम्मुख खड़ा था। आचार्य की साँस ऊपर-नीचे हो रही थी।

''अरे हाँ, कैसा भुलक्कड़ हो गया हूँ मैं। आप तो दुर्वासापुर के प्राणेशाचार्य हैं न! आप जैसे महान ब्राह्मण इस तरह के साधारण भोजन के लिए यहाँ कैसे आ गए? साहूकार के घर में आज एक महाभोज का आयोजन था। आप जैसे बड़े-बड़े लोगों के लिए ही उस सहभोज की व्यवस्था हुई थी। आपके माथे पर क्योंकि कोई तिलक-चिह्न नहीं था, शुरू में ही मैं आपको नहीं पहचान सका। आपने स्वयं भी नहीं बतलाया। अब यदि मैं साहूकार को यह खबर नहीं देता हूँ तो वह मेरा गला पकड़ लेगा कि मैंने आप जैसे

महान पंडित को एक पंक्ति के अन्त में बिठाकर यह खाना खिलाया। मैं एक पल में लौटकर आया। आप कृपा करके यहाँ प्रतीक्षा कीजिए।'' यह कहकर और मिठाइयों का टोकरा वहीं छोड़कर वह दौड़ पड़ा। प्राणेशाचार्य ने अंजली में आचमन का जल भरा और अपना भोजन समाप्त करते हुए उसे पी लिया। अपनी जगह से वह एकदम उठे और चल पड़े। जो ब्राह्मण उनसे अलग पत्ते के सामने बैठा हुआ था, चिल्लाया, ''स्वामीजी, स्वामीजी, अभी तो खीर भी परोसी जाएगी।'' लेकिन मन्दिर से बाहर चले आने तक उन्होंने पीछे पलटकर नहीं देखा। वे बिना हाथ धोए बाहर चले आए थे—इन सब लोगों और भीड़ से कहीं दूर चले जाने के लिए। अभी कुछ दूर गए थे कि पीछे से एक आवाज आई, ''आचार्यजी, आचार्यजी!'' आवाज पुट्‌ट की थी। वह भागता हुआ आया, प्राणेशाचार्य के साथ-साथ चलने लगा, जिन्होंने अपनी चाल की गति तेज कर दी थी।

''स्वामीजी, यह क्या? एक शब्द भी नहीं और आप ऐसे भाग रहे हैं जैसे कि एकाएक हाजत हो उठी हो,'' यह कहकर पुट्‌ट हँसने लगा। जब वे भीड़ से दूर आ गए तो आचार्य रुके। अपने अनधोए हाथों को देखकर उन्हें घृणा-सी हुई।

''अरे, यह क्या, क्या हाजत इतनी ज्यादा थी कि आप हाथ धोने तक के लिए नहीं रुक सके? मेरे साथ भी ऐसा हो चुका है। चलिए, तालाब पर चलें; वहाँ आप निवृत्त हो लीजिएगा।'' दोनों चलकर तालाब पर पहुँचे। रास्ते में पुट्‌ट ने कहा :

''आचार्यजी, मैंने एक फैसला किया है। मैं कुन्दापुर तक आपके साथ चलूँगा। मैंने पहले आपको नहीं बतलाया था कि मेरी पत्नी बच्चों को लेकर एक महीने से ज्यादा हुआ, अपने मायके गई हुई है। उसने मुझे एक पत्र भी नहीं लिखा। मुझे उससे बातचीत करनी है और उसे वापस लाना है। आप बुजुर्ग हैं। मेरा इतना उपकार कीजिए, मेरे साथ चलकर मेरी पत्नी को सदुपदेश दीजिए। वह आपकी बात जरूर सुनेगी। आप एक दिन में ही मेरी पत्नी के गुरु और साथी बन जाएँगे। एक और बात, आचार्यजी। इधर-उधर बातें करने का मेरा स्वभाव नहीं है। पद्‌मावती के घर आज रात आप सोएँगे, यह बात किसी को कभी भी पता नहीं चलेगी, यह मैं अपनी माँ की शपथ खाकर कहता हूँ। मेरे मुँह से एक शब्द नहीं निकलेगा। वहाँ खड़ा मैं बन्दर का नाच देख रहा था। आपको दौड़ते हुए देखा तो हँसी आ गई। कभी-कभी

ऐसा हो ही जाता है। कभी-कभी तो खाना आधा ही खाया हो तो पेट इतने जोर से उमड़ता है कि फिर रोका नहीं जा सकता। यह अनुमान लगाकर कि आपकी भी वही दशा हो रही है, मैं हँसने को हुआ।''

प्राणेशाचार्य सीढ़ियाँ उतरकर तालाब में घुस गए, और अपने हाथ धोए, कुल्ला किया। ऊपर, तालाब की ईंट की दीवार से टेक लगाकर पुट्‌ट खड़ा था। आचार्य जब ऊपर लौट आए और उसके पास आकर खड़े हो गए तो पुट्‌ट ने कहा, ''अरे क्या? इतनी जल्दी निवृत्त हो गए?''

''देखो पुट्‌ट, मेरी बात सुनो।''

सिर ऊँचा उठाकर प्राणेशाचार्य ने देखा : एक तपते दिन की लम्बी-सी शाम। पश्चिम के आकाश में रक्तिम आभा। सफेद पक्षियों की कतारों-पर-कतारें अपने घोंसले को लौट रही हैं। नीचे, तालाब के किनारे खड़ा एक बगुला गड़गड़ा रहा है। दीपक, कन्दील जलाने का प्रायः वक्त हो आया है। अग्रहार में कोई भी दीप जले बिना कितने दिन बीत गए हैं, कितने दिन हो गए हैं कि लौटकर शाम को घर आए गाय-बछड़ों को छप्परों के तले बाँधा गया हो, गायों को दुहा गया हो? उस दूध से भगवान के चरण धोए गए हों? सपने में किसी दुनिया के घुल जाने के समान, सामने के पहाड़ों की स्पष्ट शृंखला धूमिल पड़ने लगी। एक क्षण पहले के आकाश का रंग दूसरे ही क्षण बदलने लगा–आकाश सूना–सुनसान पड़ गया। शुक्ल पक्ष की पहली रात बीत चुकी है; कुछ ही समय में द्वितीया के चाँद की महीन फाँक पहाड़ों के ऊपर दिखलाई पड़ने लगेगी–किसी प्रतिमा को पहली बार स्नान कराने के लिए जल-भरे, झुकाए गए चाँदी के कटोरे के कोने के समान! पहाड़ों के बीच की घाटियाँ निस्तब्ध, मौन हो जाएँगी। रात की पूजा के लिए जलाई गई मशालें पूजा के तुरन्त बाद बुझा दी जाएँगी और मेले से आनेवाली तरह-तरह की आवाजें चुप्पी में खो जाएँगी। फिर नाटक-मंडली के ढोल और तबले बजने लगेंगे और नए प्रकार का शोर उभरेगा। ''यदि मैं इसी वक्त चलना शुरू करूँ तो आधी रात तक अग्रहार, इस दुनिया से कितनी दूर, पहुँच जाऊँगा। उन भयभीत ब्राह्मणों के सम्मुख मैं मानो बिलकुल निश्शंक, नंगा होकर खड़ा हो जाऊँगा; तब मैं उन सबसे ज्येष्ठ, उस आधी रात के पल अपना नया व्यक्तित्व पा लूँगा। सम्भव है कि जब ज्वालाएँ नारणप्पा के शव के चारों ओर नाचेंगी तो एक प्रकार की सान्त्वना मुझे पहुँचेगी। जब उन्हें मैं अपने बारे में बतलाऊँगा, तो मुझमें पश्चात्ताप की छुअन भी नहीं होनी चाहिए–

किसी दुख का लेशमात्र भी एहसास नहीं कि मैं किसी भी रूप से पापी हूँ। यदि ऐसा सम्भव न हो तो मैं मन के द्वैव-दुविधाओं और संघर्ष से ऊपर कभी नहीं उठ सकूँगा। मुझे जरूर महाबल को खोजना है और उससे मिलना है। उसे बतलाना है : अपने गुह्यतम, अन्तर्मम के निर्णयों और इच्छाओं को जो रूप हम देते हैं, निस्सन्देह केवल वही हमारी निजी इच्छाएँ–आकांक्षाएँ होती हैं। यदि यह सच है, मैं उससे पूछना चाहता हूँ तो क्या अब तुम्हें भगवान से मिलने की इच्छा नहीं होती?'' संस्कृत का वह पद फिर उनके मानस में गूँज गया : ललित लवंगलता परिशीलन कोमल मलय समीरे। प्राणेशाचार्य भावातिरेक से गद्‌गद हो गए। उनमें अनुराग उमड़ आया। पुट्‌ट के कन्धे पर उन्होंने हाथ रखा। उसे अपने नजदीक खींचा और पहली बार उसकी पीठ थपथपाते हुए उससे बोले, ''मैं क्या कहने जा रहा था?''

''स्वामी महाराज, जब सड़क पर पहली बार मेरी भेंट आपसे हुई थी तो मुझे ऐसा लगा था कि यह भद्र स्वामी कभी मेरे मित्र नहीं बन सकते,'' पुट्‌ट ने आचार्य के स्नेह-भरे स्पर्श से पुलकित होकर कहा।

''देखो, पुट्‌ट! तुम्हें बतलाता हूँ, मैं मन्दिर में भोजन खाता हुआ एकाएक क्यों भाग खड़ा हुआ। मुझे तुरन्त ही दुर्वासापुर लौटकर जाना है।''

''अरे, कैसे कर सकते हैं यह आप, आचार्यजी! आपकी पद्‌मावती आपकी राह देख रही होगी–एक नर्म बिस्तर अभी से बिछा दिया होगा–अगरबत्तियाँ जला चुकी होगी और अपने बालों में फूल भी सजा चुकी होगी। अब यदि आप मेरे साथ वहाँ नहीं पहुँचेंगे तो मैं उसका सामना ही कैसे कर सकूँगा? आपको कितना ही जरूर काम हो, आज की रात तो आपको यहीं गुजारनी है; आप बड़े तड़के निकल जाइएगा। आप अभी नहीं जाएँगे, आपको मेरे सिर की कसम!'' पुट्‌ट यह कहकर प्राणेशाचार्य का हाथ पकड़कर उन्हें खींचने लगा। आचार्य एक बार फिर भयग्रस्त हो उठे। अपने निश्चय की शक्ति पर उन्हें शंका होने लगी। शायद वे फिर से फिसल जाएँ। पुट्‌ट से, किसी तरह भी हो, छुटकारा पा लेना चाहिए।

''नहीं पुट्‌ट! यह असम्भव है। क्या सच्चाई कह दूँ तुमसे? तुम्हारे मनोभावों को मैं उलझाना नहीं चाहता था, इसीलिए अब तक चुप रहा हूँ।'' उन्होंने रुककर एक क्षण सोचा, अन्ततः एक झूठ कहने का ही फैसला किया। ''मेरा भाई दुर्वासापुर में मृत्यु-शैया पर पड़ा है। मन्दिर में जब मैं बैठा था, तब यह खबर मिली। किसी भी क्षण वह...इस स्थिति में मैं किस प्रकार...?''

पुट्ट ने एक लम्बा साँस लिया। निराश होने के बावजूद अपनी सहमति जतलाई, "तब तो ठीक ही है।"

चलने को तैयार होते हुए प्राणेशाचार्य ने कहा, "अब तुमसे कब भेंट होगी? पद्मावती से कह देना कि मैं कुन्दापुर को लौटते वक्त उससे मिलूँगा। अच्छा, तो अब चलूँ।"

कुछ सोचता हुआ पुट्ट खड़ा रहा। "इस अँधेरे जंगल में आपको मैं इस तरह अकेले कैसे जाने दूँ? मैं भी आपके साथ चलूँगा।"

क्या कहें, प्राणेशाचार्य को नहीं सूझा। किसी भी उपाय से इस आदमी से सम्पर्क तोड़ सकना असम्भवप्राय लगने लगा है। फिर भी उन्होंने कहा, "मुझे अच्छा नहीं लगेगा कि तुम मेरी खातिर इतनी तकलीफ उठाओ।" लेकिन पुट्ट मानने को तैयार नहीं हुआ।

"कोई कष्ट, कोई तकलीफ नहीं होगी। मुझे दुर्वासापुर में एक निजी काम है। शायद वहाँ के मेरे एक मित्र नारणप्पा से आप परिचित हों। मेरे भांजे-भतीजे पारिजातपुर रहते हैं। जब मैं एक बार पारिजातपुर गया तो ठीक जैसे आपसे मुलाकात हुई, उससे भी हो गई थी। खूब, कि मुझे याद हो आया। सारा शहर जानता है कि नारणप्पा ने अपनी सारी सम्पत्ति फिजूलखर्ची में गँवा दी। साड़ी, साए में लिपटी किसी नारी-देह को वह पास से चला जाने दे सम्भव नहीं–वैसी प्रकृति है उसकी। यदि वह आपका परिचित निकल आए तो उससे पद्मावती का जिक्र भी कीजिएगा, कि कैसे वह आपको न्योता दे रही थी। भला अब आपसे क्या छिपाऊँ? जैसे ही मेरा परिचय नारणप्पा से हुआ, जोंक की तरह वह मुझसे चिपट गया और पीछे पड़ गया कि पद्मावती से उसे मैं मिलवा दूँ। लेकिन मैं ऐसी बातों में नहीं पड़ता, मैं उस तरह का आदमी नहीं हूँ। फिर भी जब एक ब्राह्मण आपके पीछे ही पड़ जाए तो किया ही क्या जा सकता है? पद्मावती को उसका व्यवहार और शील कतई पसन्द नहीं आया। बाद में उसने मुझसे कहा– "जाने कितनी पी रखी थी उसने! उसे फिर कभी यहाँ नहीं लाना।" इस बात को अपने तक ही रखिएगा। अरे, कहाँ बात शुरू की थी, कहाँ आ भटका! मैंने आपको बतलाया था न–कि मेरा गाँव तीर्थहल्ली से कुछ ही दूर पड़ता है। नारणप्पा वहाँ के एक बगीचे का मालिक है। अब तो वह तहस-नहस हो चुका है–किसी भी देखभाल के एकदम अभाव में। सो एक बार मैं उससे पूछने की कोशिश करना चाहता हूँ : 'वह बगीचा मुझे किराए पर उठा दो।

मैं उस पर मेहनत करूँगा, उसे हरा-भरा कर दूँगा—लाभ में तुम्हारा भी हिस्सा रहेगा।' इसीलिए मैंने कहा था कि मैं भी आपके साथ चलता हूँ, आचार्यजी! आपको भी अँधेरे मार्ग पर अकेला नहीं चलना पड़ेगा। मेरा भी शायद कुछ काम हो जाए।''

मन में मच रही उथल-पुथल में प्राणेशाचार्य ने पुट्ट की बातें सुनीं। 'क्या इससे मैं कह दूँ कि नारणप्पा तो चल बसा है? क्या इसे अपनी वास्तविक दुविधा से परिचित करा दूँ?' लेकिन उसके भोले हृदय में वह इतना बड़ा तूफान पैदा नहीं करना चाहते थे। यदि वह सचमुच ही उनके साथ चलना चाहे, तो उसे कुछ न बतलाना सम्भव नहीं रह जाएगा। और तब एकाएक जैसे पुट्ट का साथ उन्हें अच्छा लगने लगा। 'उन सब ब्राह्मणों का सामना मैं अकेला कैसे करूँगा? पहले, पुट्ट को सब कुछ बतलाकर इसी की प्रतिक्रिया को देखूँ—मेरा इस समय यही सबसे बड़ा अन्तरंग है। देखूँ कि उसकी आँखों में मैं कैसा लगता हूँ; यह सूझ बुरी नहीं है। पुट्ट से उन्होंने कहा—''तो, चलो।''

और तभी कपड़े से ढकी एक गाड़ी ठक्-ठक्-ठक् सड़क पर बढ़ आई। पुट्ट ने कहा, ''जरा एक मिनट रुकिए,'' और अपना हाथ बढ़ाकर गाड़ी को रोक लिया। गाड़ी के अन्दर से सुनहरी किनारी का दुशाला ओढ़े एक स्मार्त ने अपना सिर बाहर निकालकर कहा, ''क्या चाहते हो तुम?''

पुट्ट ने कहा, ''हमारी किस्मत से आपकी गाड़ी ओगम्बे की ओर तो नहीं जा रही?'' सुनहरी किनारी के दुशालेवाले उस व्यक्ति ने 'हाँ' कहा। पुट्ट ने पूछा, ''आप हम दो जनों को साथ बैठा सकेंगे? हमें जल्दी से दुर्वासापुर पहुँचना है।''

''लेकिन मेरी गाड़ी में तो केवल एक के लिए ही जगह है।''

पुट्ट ने आचार्यजी का हाथ पकड़ा और कहा, ''तो फिर आप तो बैठ ही जाएँ।''

''नहीं, नहीं इकट्ठे चले चलेंगे, पैदल।'' आचार्य ने उत्तर दिया।

''छिः-छिः! इतना लम्बा रास्ता पैदल चलकर अपने को थका मत लीजिएगा। मैं आऊँगा और कल आपके दर्शन करूँगा।''

दुशालेवाले गाड़ी के मालिक को जल्दी थी और उसने इनसे जल्दी फैसला करने के लिए कहा : ''तो क्या आप में से कोई चल रहा है? दुर्वासापुर पहुँचने से एक-दो मील पहले ही हमें दूसरा रास्ता पकड़ना है। आप

में से कोई एक मेरे साथ आ सकता है। गाड़ी पर जल्दी चढ़ जाइए, जल्दी।''

पुट्ट ने जोर देकर प्राणेशाचार्य को गाड़ी पर चढ़ा दिया। कोई दूसरा रास्ता न सूझने पर आचार्य गाड़ी में चढ़ गए और बैठ गए। गाड़ी चल पड़ी। पुट्ट ने ऊँची आवाज में कहा, ''कल आपसे मिलूँगा।'' ''ठीक, ठीक,'' प्राणेशाचार्य ने उत्तर दिया। सफर के चार-पाँच घंटे ही बाकी हैं, फिर उसके बाद?

आकाश तारों से भरा हुआ था। एक कोने में द्वितीया के चाँद का टुकड़ा! एक तरफ सप्तर्षि-मंडल : अचानक कहीं से ढोल बजने की आवाज आई। जहाँ-तहाँ मशालों की रोशनी। पहाड़ी पर गाड़ी खींचते हुए बैलों के साँस-उसाँस की ऊँची आवाज। उनके गले में बँधी घंटियों की रुनझुन। उनकी यात्रा–अभी चार-पाँच घंटे और बीतने हैं। फिर उसके बाद क्या होगा?

प्राणेशाचार्य उत्सुकता से, उद्विग्नता से, आशा से उस घड़ी की प्रतीक्षा कर रहे थे।

●●●